微幸福戀愛教主

艾小薇 著

小貓少女

kitten girl

你送了我一個很特別的名字，這是不是代表……
我在你心裡也是很特別的存在？

出・版・緣・起

三百六十度全媒體出版

城邦原創創辦人　何飛鵬

當數位變革浪潮風起雲湧之際，做為一個紙本出版人，我就開始預想會不會有數位原生內容出版社出現？如果會的話，數位原生出版會以什麼樣貌出現？而我又將如何面對這種數位原生出版行為？

就在這個時候，我看到了大陸的起點網，這個線上創作平台，聚集了無數的寫手，形成數量龐大的創作內容，無數的素人作家在此找到了夢許之地，也成就了一個創作與閱讀的交流平台，而手機付費閱讀的習慣養成，更讓起點網成為全世界獨一無二、有生意模式的創作閱讀平台。

基於這樣的想像，我們決定在繁體中文世界打造另一個線上創作平台，這就是POPO原創網誕生的背景。

做為一個後進者，再加上我們源自紙本出版工作者，因此我們在POPO上增加了許多的新功能，除了必備的創作機制之外，專業編輯的協助必不可少，因此我們保留了實體出版的編輯角色，讓有心成為專業作家的人，能夠得到編輯的協助，我們會觀察寫作者的內容、進度，選擇有潛力的創作者，給予意見，並在正式收費出版之前，進行最終的包裝，並適當的加入行銷概念，讓讀者能快速認識作者與作品。

這就是ＰＯＰＯ原創平台，一個集全素人創作、編輯、公開發行、閱讀、收費與互動的一條龍全數位的價值鏈。

經過這些年的實驗之後，ＰＯＰＯ已成功的培養出一些線上原創作者，也擁有部分對新生事物好奇的讀者，不過我們也看到其中的不足—我們並未提供紙本出版服務。

真實世界中，仍有許多作家用紙寫作，還有更多讀者習慣紙本閱讀，如果我們只提供線上服務，似乎仍有缺憾。

為此我們決定拼上最後一塊全媒體出版的拼圖，為創作者再提供紙本出版的服務，讓所有在線上創作的作家、作品，有機會用紙本媒介與讀者溝通，這是ＰＯＰＯ原創紙本出版品的由來。

如果說線上創作是無門檻的出版行為，而紙本則有門檻的限制，線上世界寫作只要有心，就能上網、就可露出，就有人會閱讀，沒有印刷成本的門檻限制。可是回到紙本，門檻限制依舊在。因此，我們會針對ＰＯＰＯ原創網上適合紙本出版的作品，提供紙本出版的服務，我們無法讓所有線上作品都有線下紙本出版品，但我們開啟一種可能，也讓ＰＯＰＯ原創網完成了「三百六十度全媒體出版」的完整產業及閱讀鏈。

不過我們的紙本出版服務，與線下出版社仍有不同，我們提供了不同規格的紙本出版服務：（一）符合紙本出版規格的大眾出版品，門檻在三千本以上。（二）印刷規格在五百到二千本之間的試驗型出版品。（三）五百本以下，少量的限量出版品。

我們的宗旨是：「替作者圓夢，替讀者服務」，在作者與讀者之間搭起一座無障礙橋梁。

我們的信念是：「一日出版人，終生出版人」、「內容永有、書本不死、只是轉型、只是改變」。

我們更相信：知識是改變一個人、一個組織、一個社會、一個國家的起點。讓想像實現、讓創意露出、讓經驗傳承、讓知識留存。我手寫我思，我手寫我見，我手寫我知，我手寫我創，變成一本本的書，這是人類持續向前的動力。

我們永遠是「讀書花園的園丁」，不論實體或虛擬、線上或線下、紙本或數位，我們永遠在，城邦、POPO原創永遠是閱讀世界的一顆螺絲釘。

Contents

第一章　巧合也不是這麼巧合法的

我站在第三排單人座位旁。

右側的青年上班族，一上車就直盯著智慧型手機看，握著手機的右手大拇指一刻也不得閒地滑來滑去。左側的女學生，戴著一副眼鏡，手拿著英文單字本，時而出神地盯著空中一點，時而喃喃自語地背誦。面前坐著的同校高三學姊，有著一頭誇張的酒紅色捲髮，這是她第四次拿出鏡子整理儀容。身後的男同學看不清楚是哪校的學生，他輕鬆握著頂端橫槓，左手腕上掛著一只顯眼而相襯的紫色手錶，濃眉下的那雙眼，直視著前方……

啊，對上了。

坐公車的時候，我喜歡從窗上的倒映，偷偷觀察周圍的人，但偶爾也會有不小心和某個人視線交集的時候。通常一般人會選擇立即轉開視線，但那只會顯得心虛和尷尬，所以我總是一瞬也不移地繼續注視著那一點，然後緩緩地將原本停留在窗上的目光，穿透過窗戶，落向車外的街景上。接著，我會在心裡暗數三秒，再自然地收回視線。

一秒、二秒……

公車靠站了，幾位要下車的學生自車子後方走來，從我和男學生之間穿過。交疊的視線，順勢錯開。

公車再次發動，我還站在原地，但身後已不是他，而是一位剛上車、頭髮灰白的阿婆。

我沒注意男學生的去向，只注意到阿婆費力拉著上頭的拉環，身體隨行駛中的車子搖搖晃晃。我低眼，發現剛剛還醒著的捲髮學姊在裝睡。

「學姊，可以請妳讓位給這位阿婆嗎？」

我的聲音不大，但在還算安靜的車內突然蹦出時，仍顯得突兀，也引起附近少數人的注意。但座位上的她仍然不為所動，緊閉雙眼。

「沒關係啦，同學，我等一下就要下車了。」阿婆笑笑說道。

「不行啦，這樣站著太危險了！」

禮讓座位本來就是應該的，更何況……

「學姊，我知道妳剛剛在阿婆上車時才閉眼的，請妳讓座！」這次，我刻意加大音量，還在她的肩膀上拍了兩下。

司機先生似乎注意到了這裡的狀況，在我語落的下一秒，車內的廣播系統也傳來「請禮讓座位給老弱婦孺」的呼籲宣導，四周耳語漸漸多了起來。學姊這才不情願地睜開眼，她起身前，還惡狠狠地瞪了我一眼，我裝作沒看見，轉身要阿婆趕快坐下。

「喂！」學姊不友善的聲音傳來。

我故意慢了半拍才看向一臉不耐的她，露出了「妳叫我嗎？」的困惑表情。

「妳不知道我是誰嗎？」

「不知道。」說話的同時，我的目光越過學姊左肩，望向窗外，赫然瞥見一隻小黑貓正瑟縮在等候綠燈的車輛間。

「妳給我聽清楚，我是……」

「對不起，我要下車！」沒聽完學姊是何方神聖，我連忙朝司機先生的方向喊了聲，往前門走去。學姊錯愕的「喂！」已遠遠落在身後。

下車後，我奔向車道間，一把抱起小貓跑向對街。下一秒，機車汽車從身後呼嘯而過。我還喘著氣，但一對上牠瞪得圓愣愣的眼時，笑了出來。

「等我一下喔。」

將小貓安置在騎樓的柱子旁，我拿出隨身帶著的貓飼料，裝在用廣告紙摺成的紙盒中，放到牠的面前。見我後退了幾步，牠才比較放心地慢慢開始吃起飼料。這時，我注意到牠的腳底是白色的。

我家沒養貓，我對貓也沒有特別研究，只是常在住家附近的公園看見流浪貓，後來就習慣在身上帶著飼料，只要看見牠們，就會順手餵牠們。不過，這是我第一次看見白腳底的貓。

老一輩的人說，這類的貓或狗，因為被人視為會帶來厄運，通常不大受歡迎。但我覺得這是無稽之談，只是迷信，像這樣好像穿著白色襪子的感覺，明明就很可愛。

小貓吃完飼料時，我才赫然想起一件被擠到腦海角落的重要的事。

匆匆收拾好東西，和小貓告別後，我一路狂奔了一站的距離抵達學校。

因為早就過了入校時間，我直接繞到後門附近的老地方。以前念國中部時，每次遲到我都是從這裡翻牆入校，沒有一次失誤，也從來沒被抓過，雖不是什麼光榮的事，卻還是讓我引以為豪。當然，這件事我是不會隨便跟別人說的。

開始上課後的校園空蕩蕩的，走廊上只有巡堂老師走來走去的身影。我一邊注意動靜，一邊迅速溜進一年級的大樓，找到一年八班的教室。

講臺上，看起來已經是媽媽級的班導正在點名。我壓低身子躲在後門邊，打算趁她不注意時溜進教室，然後隨便找個後面的空位坐下。但探頭一望，整間教室只剩下一個特別座位，既明顯又刺目地在講桌前發亮。

我一愣，縮回身子，還來不及思考下一步該如何行動，就聽見班導念出的名字是——

「言可珈。」

「……有！」

我只好光明正大地出現在後門，然後感覺到全班同學，加上班導，瞬間定格了一秒後，紛紛投來視線，簇擁我走向教室前面。

「開學第一天就遲到，理由？」我站定在班導面前，她上下打量了我一回後才問。

「路上看見一隻流浪貓……」

「然後救了牠？」班導接下我的話。

「嗯。」

我確定我說得很誠懇，但班上還是出現了細碎的笑聲。

「言可珈，妳不覺得這個理由太牽強了嗎？睡過頭就說睡過頭，編什麼救流浪貓這樣的理由？」

「我沒有編。」雖然聽起來很荒謬，不過這的確是事實。

「妳是不是以為每個老師都這麼好騙？妳知道老師我最討厭什麼嗎？說謊！我最討厭會說謊的學生。言可珈，妳在國中部的那些『豐功偉業』，我知道得一清二楚，但我不像妳國中部那些老師這麼好應付！我警告妳，妳現在在我的班級，最好乖一點……」

又來了，老師們怎麼都有「被騙妄想症」？難道相信學生……不，相信我有這麼困難嗎？

我默默嘆了一口氣，視線一瞥，不經意發現左方的徐韶婷。她揚起一側的嘴角，極度挑釁地盯著我。

沒想到國中孽緣未斷，現在還延續到高中來了。暗想的同時，我不動聲色地收回視線。

「請問課文要罰抄幾遍？」

還在喋喋不休數落我的班導，被我沒頭沒尾的問話突然打斷，一時怔住。

「還是午休罰跑操場？還是……讓我現在到走廊罰站？」

似乎終於聽懂我在說什麼的班導，臉色由青轉紅……

「國文第一課課文加注釋十遍，放學前交！現在去外面罰站！」

接下命令，我什麼也沒說，直接轉身離開。走到門口時，才發現書包還斜揹在身上，如果現在又回去說要先放書包，班導不知會有何反應？想到她剛剛怒火中燒的樣子，為了班導的健康……我向旁邊一跨，站定在掛著課表的牆壁前。

教室內，班導繼續將剩下的名點完後，開始選班級幹部。

「首先，班長……有自願或是要提名的嗎？」

「我提名柯紹恩。」那是徐韶婷的聲音。

看來那個柯什麼的同學，很榮幸地，已經成為徐韶婷的獵物了。

徐韶婷的長相確實漂亮，成績也名列前茅，音樂美術更是在行，國中時就常以校花自詡，只要看到心儀的男孩子，總是大方不扭捏地直接表達愛慕之意。當然，為了搭配她的「身分」，眼光自然也高，舉凡成績不好、長相不佳、身高不夠高……通通不及格。

像我們這種層級的就該和同層級的人在一起——她總是這麼說。

「同層級……」我喃喃地念出聲，腦中閃過徐韶婷說那句話時，一副公主病已經病入膏肓的神情，覺得好笑，忍不住噗哧了一聲。

班上又陸續提名了幾個人選，徐韶婷的名字也在其中。舉手表決後，班長由壓倒性獲勝的柯同學擔任，而副班長則是第二高票的徐韶婷。

「謝謝大家的支持，我會盡力做好班長的職務，也希望大家能多跟我配合。」

從教室裡傳來的聲音，乍聽之下沉穩、誠懇，但我莫名地覺得他的口吻沒什麼情感和熱忱，好像只是為了迎合大家的「官方說詞」。

果然是同層級，一樣做作……

我感到無趣地從書包裡拿出耳機塞進耳朵，然後按下音樂播放鍵。

教室裡，似乎換新任班長主持班會，繼續選出其他幹部。我不太確定，也不想確定。

因為是開學第一天，接下來的三堂課，老師多半以閒聊加概略介紹這學期課程的方式帶過。中間的下課時間，班上充斥著同學忙著認識彼此、建立感情的熱絡交談聲。

唯有我，一點也不輕鬆地獨自坐在位子上埋頭罰寫，偶爾還會聽見徐韶婷在教室後方「好心」地向其他同學介紹我，而且是鉅細靡遺地從國一介紹到國三。諸如：我每天都擺一張臭臉、自以為是、難以親近、嗆老師、結交混混朋友、找外校的人來圍毆國三學長……簡直就像我的代言人。

結果，我鄰座那個文靜女同學的椅子與我的距離，一堂課比一堂課還遠。

好不容易捱到中午，我拿了便當，正要離開教室，遇上迎面而來的徐韶婷。

我懶得理她，直接繞過，但她卻故意從我身後丟來一句：「怎麼不在教室吃？因為待不下去了嗎？」

我頓了頓腳步，回身淡淡說道：「對啊，我怕我跟『某人』待在同一個空間吃飯，會想、吐。」

徐韶婷一時語塞，只能氣得瞪著我。

有些人就是不懂記取教訓，從以前同班到現在，每次都是她先點燃戰火，但每次也都是她落敗。不過，為了獎勵她不屈不撓的精神，我附贈了一個微笑給她，才走出教室。

來到中庭廣場時，予潔已經到了，正一邊吃便當，一邊搜尋我的身影。當她看見我時，舉起手揮了揮。

「本來想找一節下課去找妳，但我又當選了學藝股長，早上都在忙著搬書和發課本。」予潔的字很漂亮，又會畫可愛的插圖，手工勞作也很厲害，國中時，當了三年的學藝股長。她自己也很喜歡這個職務，所以就算高中再當三年的學藝，我想她應該也會很樂意。

「恭喜妳啊！」我打開便當，主菜是魚排，「還好妳沒來找我，因為我也很忙。」

「為什麼？難不成妳也當選了幹部？」予潔一臉驚喜又開心。

「不是。」基本上，這類好事降臨在我身上的機率，趨近於零，「我是忙著罰抄。」

然後我把早上遲到的事，還有後來班導、同學對我的態度全告訴了她。

「看到坐隔壁的同學一臉很怕我，但又不敢表現得太明顯的樣子，我很想跟她說：

『嘿，同學，我不是壞學生，妳可以不用這麼怕我。』」

「呵，那妳就說啊。」予潔把飯盒中不喜歡吃的青椒全挑給了我。

「說了她可能會更害怕喔。」我想像著同學聽到我那麼說後，露出驚恐表情的樣子，無奈地笑了。

「而且妳知道嗎？之後的科任老師每次點到我的名字時，都一定會加一句：『喔？妳就是言可珈啊。』然後順勢投來關照的眼神。」

「妳出名了。」予潔送來同情的目光。

「我懷疑那個座位根本就是班導故意排的！唉，我本來想在高中當一回老師眼中的乖學生，結果第一天就被列入黑名單。想想，我從小到大還真沒老師同學緣，就算換一個新的求學階段，過沒多久，也會莫名其妙變成所謂的問題學生。」

「那是因為大家不了解妳。」

「可能吧。」只是我一直不知道為什麼我比其他人還難了解？以前，我曾試著找原因，但很快就放棄了，「算了，反正我也不在意，而且也習慣了。」

「妳啊，就這點好。」

「想太多只會讓自己更累，我才不想自尋煩惱呢！」說著，我大口咬下魚排。

「對了、對了！」予潔像突然想到什麼，很興奮地拍我。

嚥到一半的魚排差點噎住我的喉嚨。不過，予潔正沉浸在她激動的情緒中，沒有發現。

「早上開學典禮致詞的新生是我們這屆入學考試的第一名，妳知道是誰嗎？」

「誰？」我其實沒有很大的興趣，但還是隨口問了聲。

「是一個中泰混血的男生喔。」

予潔自從看了幾部泰國的校園電影後，迷上了一位泰國明星，不僅買齊他每部電影的DVD，甚至連連續劇，都透過在論壇上認識的同好網友買到手。我問她聽得懂嗎？她居然還真的能說幾句泰語，不過我也無法判定她說得對不對……而且，要不是因為泰語太冷門，招不到創社人數，不然她原本還想在學校創個泰語社。

「嚴格說起來，應該是中德泰混血。好像是媽媽有四分之一的德國血統，所以他也算有混到一點德國血統。」她又補充。

「真複雜。」

「反正他就是混血兒啦，而且還是妳班上的。」

「和我同班？」這個我倒是比較驚訝，「我怎麼一點印象也沒有。」

「妳當然沒有印象啊！妳有『識人不能症』，怎麼可能會記得。」

「也是。」我笑。

說來奇怪，我這個症狀也不知道是怎麼來的，總之，我記不得剛見過面的人的模樣，除非見過三次以上，對方的樣子才會印入腦海中。所以，像我現在放眼望去，經過面前的每個人，在我眼中臉孔都差不多。

「他叫柯紹恩，這樣有印象了吧？」

我默念幾次名字後，終於記起來：「他是我們的班長。」我說。

「果然！」予潔露出了崇拜的眼神。

「怎麼好像妳很了解他一樣？」不是早上才剛見過嗎？

「我們班有人國中跟他同校，聽說柯紹恩在國中時就很有名了，還當選過全國模範生喔，很厲害吧！而且他很謙虛又親切，完全不以功課好自傲，可以說不管在待人處事，還是課業上，幾乎是零缺點。加上他是混血兒，妳就可以想見他以前有多受歡迎了。」

難怪徐韶婷動作這麼快，我心想。

「不知道有沒有機會認識？這樣就可以問他泰語了。」予潔喃喃自語。

我將她這句話默默記下後，問道：「等一下要去輔導室跟小華老師打招呼嗎？」

「老師今天有午餐會議，我來這裡前有遇到……咦？」予潔話還沒說完，視線突然落向不遠處的走廊，似乎發現了什麼。

「怎麼了？」我也望了過去。

「是柯紹恩耶！」明明就隔了一段距離，予潔還是不自覺地放低音量。

「哪個啊？」

「他往這裡看了。」予潔慌張地別過頭。

我根本還找不到哪位是柯紹恩，仍直盯著那個方向，然後……對上了。但僅只幾秒鐘的時間，他就轉回頭去。

怎麼有種似曾相識的感覺？剛剛的那瞬間，總覺得那道視線好熟悉，卻一時想不出個所以然來。不過，我平時很容易不經意和陌生人四目相對，所以也有可能是我的錯覺。

「人已經走遠了。」收回目光，我說。

聞聲，予潔這才光明正大地看著他離去的方向。

「可珈，那個方向是往校舍後的草地，該不會有人要跟他告白吧？這麼猛，才開學第一天耶！」

告白嗎？我又望向那個方向，然後揚起了嘴角。

「予潔，妳便當吃完了沒？」

「吃完啦。」她說。

「那走吧！」我一手拿著桌上的兩個飯盒，另一手抓起予潔。

突然被我拉離座位的她，一頭霧水地問道：「去哪兒？」

「跟蹤。」我將吃完的便當盒丟進垃圾桶，「看看我們受歡迎的班長要去哪兒？」

「這樣不好吧。」

「不要被發現就好啦，反正閒著也是閒著。」

我加快了步伐，予潔還在不放心地嘀咕。一接近校舍後的草地，我們兩人很有默契地停止腳步和說話聲。

這片草地被學生戲稱為「告白聖地」，也不知道是從哪屆開始流傳這個稱呼，總之，從我們進國中部時，學長姊就這麼告訴我們了，因此，這塊草地每學期不知道見證過幾對告白成功和失敗的男女。

身後的予潔拍拍我的肩，然後指指前方。我點點頭，兩人躡手躡腳地走向一堆放在校舍牆壁旁的鐵桶後面。

「看得到嗎？」予潔用幾近氣音的聲音在我耳邊問道。

我探出一點頭，看到面朝我的柯紹恩正和一位背對我的中長髮女孩在說話。說著說著，女生的肩膀有些抖動，似乎是哭了，接著，柯紹恩從褲子的口袋裡，拿出一條摺得四方的手帕遞給她。

「果然跟傳說中的一樣溫柔。」

聽了我的現場轉播後，予潔又說了一次「果然」，甚至連「傳說中」這種詞也出現了。乾脆給他一個「王子」的稱號好了？我想笑，但礙於不能出聲，只好忍住。

「那現在呢？什麼情形了？」

在予潔的吩咐下，我又繼續探頭觀察。突然，女孩無預警地回頭，我來不及躲，正巧被她看見……不對，那比較像是被狠瞪了一眼。

我立即縮回身子，感到莫名其妙，以為是自己看錯，但回想起來，那眼神真的……

「怎麼了？」予潔的聲音，打斷我的思緒。

「我剛剛好像被那個女生瞪了。」

「妳確定？」

「應該是，而且她好像很生氣。」

「她不是背對妳嗎？」

「可是她突然回頭了。」

「她為什麼會突然回頭？她應該不知道我們躲在這裡啊，而且，她為什麼要瞪妳？」

對啊，她為什麼會突然回頭？她應該不知道我們躲在這裡啊，而且，她為什麼要瞪我？

「可珈……」

當我的腦子已經亂成一團，只能默默重覆予潔的話時，她突然輕喚一聲，然後視線飄向我身後。我接收到她「有狀況」的訊息後，緩緩地回過頭，抬眼——

「嗨，班長！這麼巧啊？」我舉起手，盡量自然地笑道。雖然我還不太記得柯紹恩的長相，但既然予潔努力露出故作鎮定的表情，那就表示是他了。

「言同學，午休時間到了，是不是該回教室了？」

「喔，我現在正要回去。」

「那一起走。」

我正要拉予潔一起離開時，柯紹恩一句話堵住我的路。

我下意識地看向他，他的眼神雖柔和，卻有著不容置疑的堅定。然而，我卻不太明白那份堅定所為何事？

「我還要去辦公室，跟你們不同路，先走了。」在我還搞不太清楚狀況時，予潔突然冒出這句話，丟下我一個人離開。我愣然地目送她的背影。

「走吧。」柯紹恩說著，卻沒有動作。

我原本還覺得奇怪，後來發現他似乎在等我先走，於是我先踏出了腳步，果然他隨後就跟上。

嘖嘖，現在是在對我展現他的紳士風範嗎？我瞥了他一眼，剛剛予潔對他盛讚的話語，同時回到我的腦海裡。

我稍稍放慢腳步，從與他並肩，變成落後他半步。

我曾在電視上看過混血兒，這是第一次真人站在我面前。他的輪廓的確比較深，但線條不是屬於有稜有角，而是比較細緻型的，雙眼皮、大眼、挺鼻、紅脣，再加上因黑髮襯托而更顯白皙的膚色，這些原本有點偏女性化的長相特徵，卻因為他的兩道濃眉，增添不少男孩氣息，中和了那份秀氣。

他很高，目測應該有一七五公分以上，身型不算單薄，寬厚的肩膀完美地撐起身上那件白襯衫。比較令我意外的是，他的右手戴著橘色的矽膠運動手環，左手戴著紫色手錶，和早上在公車上看見的那個男學生一樣，難道最近在流行紫色手錶嗎？我以為男孩子喜歡的多半是黑、灰、藍這類顏色，看樣子他喜歡亮色系色調，不過，還滿適合他就是了。

以整體外型來說，確實可算是零缺點，不過個性……真的像予潔說的也是零缺點嗎？如果真是如此，那也太過分了吧！正常人怎麼可能一點缺點都沒有？再次回想他當選班長時，在臺上致詞的感覺，我不管怎麼想，都不覺得那是「親切」的聲音……

「妳一直看我，有話要說嗎？」柯紹恩突然出聲，但他仍望著前方。

這傢伙背後長眼睛嗎？正這麼想時，他大概是見我沒出聲而看向了我。

又是那種眼神，讓人不得不做出一點回應的眼神。

「我在看你的手錶，還滿好看的，是什麼牌子？」我只好隨便拿一件事來發問。

「謝謝，是swatch。」回答的同時，他還附上一枚閃閃發亮的「親切」微笑。

頓時，我有些怔然。當然不是因為被他的笑容給迷住，而是我覺得有點困惑。

「妳平常都坐公車到學校？」他又問了個不相干的問題。

我還沒回答，前方就傳來徐韶婷叫我的聲音，我抽離定在柯紹恩臉上的視線，這才發現已經到教室了。

「午休時間都已經過了，妳為什麼這麼晚才回來？」抓到我的把柄，她擺出副班長的高傲姿態質問。

「是我有點事找她幫忙，不是她遲到。」徐韶婷問的是我，回答的卻是柯紹恩。

我們同時看向他，但他只是從容地走進教室。徐韶婷一臉不甘心，睨了我一眼後，也跟上他的腳步。

我今天怎麼一直被瞪？算一算，已經是第三次了。不過，柯紹恩剛剛是在幫我解圍嗎？這樣的想法一閃而過後，我沒打算讓它繼續停留，直接丟出了腦外。

下午，依舊在上課老師特別打招呼，下課努力罰抄中度過。到最後一堂體育課時，我的罰抄終於只剩下最後一遍了。

體育老師點完名後，讓我們自由活動。體育股長借來了籃球，大部分的同學拿著球到場上玩，有些坐在場邊觀賽聊天。我則帶著課本、紙筆到一旁的大樹下繼續抄寫。

期間，不時聽見柯紹恩的名字和歡呼聲穿插。我好奇地抬眼望去，只見柯紹恩正拿著球，輕鬆越過幾位防守的同學，直接在三分線上跳投。籃球在空中畫出的軌道，和他躍起的姿態一樣美麗，時間彷若暫停了零點一秒，直到籃球「刷」地擦過籃網，才再度被按下開始鍵。

連運動神經也很好是吧？我盯著被同學圍住的柯紹恩，心想。

這時，他看向我，我若無其事地低下了頭。過了一會兒，一雙愛迪達球鞋出現在我的視野裡，我沒有理會，持續抄寫的動作。

「罰抄還沒寫完嗎？」

柯紹恩這一聲分明就是要引起我注意，不過，我仍舊選擇不回應。他直接在我身旁坐下，我感覺到他投來的視線，但奮筆疾書的手絲毫沒有減速。

「才開學第一天，老師這個處罰似乎有點不近人情。」他說。

所以呢？他想說什麼？

「不覺得委屈嗎？」

我覺得他這句問話有些奇怪，忍不住反問：「我遲到是事實，為什麼要覺得委屈？」

「所以，妳說遲到是為了救流浪貓這個理由，確實是假的？」

「……班長，請問你有什麼事嗎？」不會是要來跟我確認真正的遲到原因吧？

「沒有，只是想認識妳。」他笑，依舊是那樣「親切」。

這次，我果斷地將他列入「最不想與之有交集」的名單中。或許，認識不到一天就下定論太過偏頗，但我覺得磁場合不合這種事，在見面第一眼時就能馬上分辨了。這無關討厭或不討厭，純粹是我覺得他太難捉摸，而我最不會的，就是揣測人心。

「認識？我們不就已經是同學……」

在我說話的同一瞬間，他突然雙手越過我兩側的肩膀朝我傾來。我下意識地將上半身往後，接著感覺到我的後腦杓有一陣強風撫過。

「沒事吧？」

我盯著他那張因為距離過近而放大的臉，才剛接收到他的問話，整個人已經重心不穩地向後倒去。耳邊聽見東西落地，悶悶的一聲「砰」後，我的頭在碰地前，千鈞一髮地被柯紹恩扶住了，只是這個動作……很曖昧。

此刻，我不需要環顧四周，就已經知道全班的目光全集中到這裡。

柯紹恩啊，你不如直接讓我倒地還比較好！我突然有這般無奈。

「謝謝。我們……可以起來了嗎？」望著上方的他，我說。

他起身的同時，也順手將我拉起。這時，我看見了腳邊的籃球，思緒迅速地帶過一回，我大概猜到事情的來龍去脈了。

「以後丟球要小心點，如果砸傷同學就不好了。」柯紹恩撿起球、站起身，依舊帶著笑容地朝我身後說道。

我回頭一看，剛剛想謀殺我的果然是徐韶婷！

這時場上傳來叫「班長」的聲音，柯紹恩和我們打了招呼後，跑了過去，被留下的我和徐韶婷，大眼瞪小眼。她在離開前，還幼稚地踏了幾下地，塵土瞬間揚起，害我忍不住咳起嗽來。她轉身後，我立刻回敬，撿起附近一顆小石礫，朝她的小腿肚丟去。她立即回頭，但看見的只是我罰抄的身影。

被這麼一鬧，浪費了我不少時間，還好因為平時訓練有素，我還是在放學前如期寫完了。

到辦公室找班導時，她可能以為我是來求情的，摩拳擦掌一副準備好要開罵的架勢，但一看到我的罰抄，發現準備好的臺詞全都派不上用場，又覺得不念幾句不甘心，硬是讓我聽了足足十分鐘的訓話。

不過，這十分鐘也不算毫無收穫，至少我發現，從班導這個位子望出去的夕陽很美麗。

離開辦公室後，我到川堂找予潔，遠遠就看見徐韶婷在跟予潔說話，雖然知道予潔不會傻傻地被欺負，我還是快步走上前。

「有事嗎？」我口氣有些衝地問道。

「我跟蕭予潔打招呼，不行嗎？」

「那招呼打完了，可以走了吧？」

「不用妳說我也要走了。」她瞥了一眼停在校門口的私家接送轎車後，轉身。

「慢走！下樓梯的時候，小心不要跌倒了。」我故意在她身後大吼，結果她還真的絆了一下。

「妳幹麼這樣？」予潔輕笑。

「我只是好意提醒她。」說著，我們一起出校門，往公車站走去。

「妳和徐韶婷高中又同班，沒問題吧？」

「哪會有什麼問題？每天多個人跟我吵嘴，生活才不會太無聊。而且她啊，最多就是擺擺她大小姐的樣子，然後偶爾發發她的公主病，見怪不怪了。認真說起來，我對她沒有什麼喜惡，完全是她單方面討厭我。」

「因為妳那時那樣說她，讓她面子掛不住，所以她才總是找妳碴。」

「妳是說那句『心不美的人，人就算再美也是醜陋的』嗎？要不是那時我實在看不下去她總是奚落班上的同學，我才懶得跟她說這些。但我說得也沒錯，是她自己不願承認，只能說，忠言逆耳啊。」

予潔笑笑後，問起中午我和柯紹恩一起回去的事。

「我才要問妳為什麼突然丟下我一個人呢？」她沒提，我還不記得，予潔一問，我就想起要問她這件事。

「因為他的眼神告訴我：他要和妳『兩個人』一起回教室。」

「妳什麼時候學會讀心術了？」我沒好氣地說道。

「好啦，所以他沒有為難妳吧？」

我搖頭，然後腦中突然閃過一個想法：「不過……他會不會很小人地把我們偷看的事記在心上，留著以後報復？」

予潔居然噗哧了一聲：「不會啦，他是柯紹恩耶。」

難道柯紹恩不會有小人的時候嗎？我在心裡默默反駁。反正在盲目的少女面前，不管說什麼，少女還是會堅守她的信念，所以我也不必多說了。

之後，我等的那班公車先來了，我們沒再繼續聊下去。分別前，她還不忘叮嚀我明天不要遲到了。

回到家時，比平常晚了一些，已經開始準備晚餐的媽媽，隨口問了一下開學的情況，於是我又再次把今早發生的事說了一遍。

「也就是說，我們家女兒今天做了見義勇為的事耶！很好啊！」

「可是老師不覺得好啊，她覺得我在騙她。」

「那一定是因為老師不了解妳。沒關係，等老師了解妳之後，就會相信妳了。」媽給了我一個肯定的笑容。

我一把抱住她。唉唉，怎麼說都還是家人還有予潔最挺我！

「長這麼大了，還撒嬌啊！」

「反正不管我長大到幾歲，在妳和爸眼中，我都還是小孩子。」

「說得也是。」媽拍拍我環繞在她腰上的手，「對了，女兒啊，我剛剛快到家的時候，裝水果的袋子破了，結果水果掉了一地，有位好心的男學生來幫忙。他不但有禮貌，長得又好帥喔！我一問之下才知道他是中泰混血兒耶！想當初懷妳的時候，我也買了一堆外國小孩和混血兒小孩的照片來看……」

「媽，如果妳和爸這兩個正港台灣人生得出混血兒的話，那就是奇聞，會上電視的那種。」不要說我太殘忍，但做白日夢也要做得實際一點。不過，我剛剛好像又聽到了那五個字……一定是別校的！我自我催眠，然後要自己別再繼續想下去。

「我先去把制服換下來，等一下倒完垃圾，我要去找鬍子大叔喔。」我邊往房間走去邊說。

「好，晚餐時間記得回來。」

「遵命！」

換上家居服後，看看時間已經五點半，垃圾車差不多要到了，跟媽說了一聲，我提了一袋垃圾出門。

巷口有許多等候的婆婆媽媽、大人小孩，各自帶著自家垃圾，一群群圍著聊天，今天似乎特別熱鬧，我瞄向對角線那一大圈人群，卻看不出個所以然來。

這時，垃圾車來了，我收起好奇心，連忙上前倒垃圾，離開前，再回頭望去，剛剛聚集在一起的人們已經鳥獸散了。

找鬍子大叔前，我習慣先繞到附近的公園餵流浪貓，看著牠們將我準備的飼料都吃完後，才前往「鬍子咖啡廳」。

入秋後的傍晚，開始起風，我隨手拉起薄外套的連帽戴上。

「鬍子咖啡廳」是去年才在我們社區開張營業的小店，白天是早餐店，下午後才變身為咖啡廳。雖然招牌上寫的是咖啡廳，但其實店裡不單只賣咖啡，還賣各式的異國料理，特別的是，每日提供的餐點未必相同，要視當日鬍子大叔的心情和準備的材料決定，完全就是一間非常隨興又任性的店。不過，社區裡的住戶都喜歡這樣的「特別」，所以咖啡店的生意並不差。

另外值得一提的是，店裡有一面牆，上面貼滿了咖啡店主人到各國自助旅行的照片。鬍子大叔說，他年輕的時候不喜歡念書，喜歡到處走走看看，大學三年級就辦了休學，先當完兵後，再到國外邊打工邊旅行，就這樣台灣、國外來回幾年，才在去年決定開這間小店。

鬍子大叔其實不老，大約二十七、八歲，因為留著性格的八字鬍，認識他的第一天，「鬍子大叔」就成了我對他專屬的稱呼，後來店裡的客人常聽我這樣叫他，漸漸也開始在老闆前加上「鬍子」兩字。他自己也挺喜歡這些稱呼，他說這樣很有朋友的感覺。

推開咖啡廳的門，掛在門邊上的銅鈴發出清脆響聲。

「歡迎光臨。」站在吧檯內，正不知在煮什麼的鬍子大叔抬頭，「是可珈啊！剛好，我正在煮泰式奶茶，要不要來一杯？」

「喔……好啊。」我怔了怔後，答道。不是刻意要去注意，只是今天莫名對有「泰」字的詞特別敏感。

「今天的裝扮是？」鬍子大叔常嘗試不同風情的異國裝扮，像上星期走的是墨西哥風。

「東南亞熱帶風情。」

花襯衫、短褲、夾腳拖鞋……鬍子大叔還特地轉了一圈給我看。

「呵，果然很有海島度假的感覺。」我說。

「妳那件外套的帽子也很可愛，上面那個是兔子耳朵嗎？」

「是貓耳朵。」我跳上吧檯前的高腳椅。

鬍子大叔笑笑後：「ＯＫ！冰冰涼涼、好喝的泰式奶茶完成！」一杯透著橘色的飲料，放到我的面前。

「謝謝。」

「可珈，妳剛剛是先去倒垃圾嗎？」

我正在喝飲料，所以點頭示意。

「那妳有沒有看到一個混血兒男生？」

我一嗆，嘴裡的奶茶差點噴出來，趕緊拿了幾張紙巾掩嘴。

「妳還好吧？」

「那個混血兒……該不會是中泰混血吧？」我問。

「對啊，妳怎麼知道？」

別鬧了！我只是隨便說說，還真的被我猜對！今天是中泰混血兒大集合嗎？正無力地這麼想時，門上的鈴鐺發出聲響，我下意識地回頭……

「ยินดีที่ได้รู้จักครับ」

第二章　天堂地獄也不是這麼分的

不知道是不是受刺激過大的關係，昨晚睡得並不好，一直做著不管走到哪兒都會遇到柯紹恩的夢，而且夢中的他總是笑得一臉燦爛。醒來後，那抹笑容依舊清晰地印在腦中，怎樣也揮不去。

我精神不濟，邊走邊努力趕走腦中的柯紹恩，感覺就快成功時，一抬眼，站在鬍子咖啡廳門口的本尊，讓快被忘卻的影像，「咻」地又黏了回來。我忍不住咒罵了一聲。

「早，可珈！妳的早餐我已經幫妳準備好了。」鬍子大叔探出特地裝設的外賣窗口，將一袋早餐遞給我。

「謝謝。」我一手接過早餐，一手將錢放到他手中。

「那你們上學小心，拜拜！」鬍子大叔揮揮手後，回頭繼續準備其他客人的餐點。

我看了看身旁的柯紹恩後，往前走去。

「其實你可以不用等我。」

「反正同路，去學校的時間也差不多，路上多個伴比較不無聊。而且……我叔叔不是要妳多關照我嗎？」

我聽出了他話中的笑意。

沒錯，這傢伙居然是鬍子大叔的姪子，因為考上台北的高中，所以未來三年都會跟鬍子大叔住一起，也就是說，他現在不僅是我的同班同學，還是我的鄰居……甚至，我還懷疑，我媽說的那個好心混血兒，百分之九十九點九九也是他。不過，昨天從咖啡廳回家後，我沒跟媽確認，因為我不想那百分之零點零一的希望這麼快就被奪去。明明昨天才剛把柯紹恩列入「最不想與之有交集」的名單中，結果一夜之間……

深深地，我嘆一口氣。

「妳喜歡貓？」

沉默了一段路後，我們停在公車站牌前，他突然開口。雖說他的話語帶著問號，我卻覺得其中含有肯定的意味。

我沒有回答，只是無聲地問：所以呢？

他卻笑了。我感到更加莫名其妙，只能愣愣地瞪著他。

「昨晚，我看到妳倒完垃圾後，到公園餵貓。」

他這麼一說，我想起鬍子大叔問我倒垃圾時，有沒有看到一個混血兒男生？時間再往前推一些，我在等垃圾車時，看到聚成一大圈的那群人，難道就是因為看見柯紹恩……

「你跟蹤我！」

「我是光明正大跟著妳走，只是妳不知道。」

「那你幹麼不叫我？」

「因為那時候沒有想叫妳的想法。」

這也算答案嗎？

「那請問你當時的想法是什麼？」

「公車來了，」他笑笑地將我推向前，又說了一句：「คุณแมว（音：坤喵）。」

「這句泰語是什麼意思？該不會是在罵我吧？」我隨即轉頭問道。他昨天也講了一句超長的泰語，又不解釋那是什麼意思，欺負我聽不懂泰語嗎？

「上車吧。」他仍舊無視我的問題，逕自將我推上車。

原本想繼續追問，但上車後，發現車上有許多同校的學生，他們一看到柯紹恩，或多或少都投來了好奇的視線，可能是因為他的外貌特別，短短一天，好像已經有許多人都認識他。所以，為了避免給自己找麻煩，我還是與他保持距離，以策安全。

不過，不知道他是故意，還是真的沒意識自己會給別人帶來「危險」？我明明都刻意不跟他站在一起了，他居然還穿過人潮，硬是要站在我旁邊。我不方便說什麼，只好沉默，假裝不認識他，好險他也很識相地沒找我搭話，不然我一定相應不理。

公車停靠後，我一下車就頭也不回地往校門口走去。長腿的他，兩三步就追上我，若無其事地與我並肩。我目不斜視，繼續往前快步疾走。

「等一下。」他突然搭上我的肩，我的腳步被他半強迫地停下。

「妳頭髮上有東西。」說著，他的手在我還來不及閃避下，伸向我的瀏海，撥了幾下後，又說：「抱歉，看錯了。」

我當下的反應是隨即瞄向四周，還好大家都一副很專注在走路的樣子。視線再落向紹恩，他一臉「怎麼了？」的表情看著我。

「……沒事。」我繼續邁開步伐。

明天絕對、絕對不能再跟他一起上學！今天就算了，但是明天不能再重蹈覆轍了！

我在心裡暗下決定的同時，經過教官面前，柯紹恩和我異口同聲：「教官好。」結果，教官親切地回應柯紹恩，而我卻是被叫住的命運。

「言可珈，上了高中要乖一點，知道嗎？教官還是會隨時盯著妳喔。」

「是。」但是教官啊，我以前也沒有很不乖啊……除了爬了幾次圍牆以外。

「剛剛那個柯紹恩是你們班的吧？要以他為榜樣，多跟他學習，知道嗎？」

「是。」

「嗯，快進教室去吧。」

「謝謝教官。」

這算什麼呢？教官認識我三年，卻要我多跟只認識兩天的柯紹恩學習，這就是天堂與地獄的差別嗎？盯著柯紹恩的背影，我第一次明白自己被周圍的人定位在什麼樣的位置，果然沒有對照，就無法看清楚殘酷的現實。

當然，殘酷的現實又僅是如此，它充斥在每一堂課裡，好像深怕我會一不小心忘記，如影隨形地提醒著我。

英文課，老師說我閱讀課文時沒有美感、太過平板，她說要像柯紹恩那樣，語調要有高低起伏、富含感情。國文課，老師說我文言文翻白話文，怎麼翻得比柯紹恩還差？言下之意是，我一個正統中國人居然輸給一個半統中國人！好不容易來到我稍有信心的數學課時，我和柯紹恩同時被叫上臺解題，結果還是輸了一分半鐘的時間。

連敗四堂課後，中午因為予潔他們班導今天要和幹部們一起吃飯，所以我只好自己待在教室用餐。

默默地領了便當，默默地走回自己的座位，默默地一口接著一口吃飯，我所在的這個小四方區域，就像是自動被隔離出來的空間，安靜得與身後那一大片喧嚷（尤其是柯紹恩那塊區域），形成了強烈的對比。

自從和予潔成為朋友後，已經很少在午餐時間，置身於被孤立的環境中了，再加上剛剛課堂上的那些恥辱……我頓時悲從中來。用力咬下一大口沙丁魚，囫圇吞下，結果魚肉中的小刺卡在喉嚨。

連魚刺都要跟我作對。

灌了幾口水，又塞了幾口飯，那根我以為很好解決的小刺，仍頑固地一動也不動。我試圖咳出來，咳到眼眶都泛淚了，還是徒勞無功。

就在這時，桌邊來了一個人，對方還未開口說話，我卻已經感受到她的來勢洶洶。

「言可珈！」

我抬頭，徐韶婷雙手交叉於胸前，居高臨下地看著我。須臾，她那張原本面無表情的臉，突然換上嘲弄的誇張大笑。

「妳在哭嗎？言可珈！是不是突然意識到自己被大家討厭，覺得很可憐，所以難過到哭了啊？欸，大家趕快來看，言可珈在哭耶！」

託徐韶婷的福，我瞬間成了被關在動物園裡，供人觀賞的珍奇走獸。

魚刺卡在喉嚨已經很不舒服了，徐韶婷還火上加油地繼續拿我當話題，對班上同學巴拉巴拉地說個沒完，更讓我惱火。要不是因為魚刺還沒吞下，我很難說話，不然我一定反擊。

蓋上飯盒，我拿了起身就要離開座位。

徐韶婷見狀，立即擋在我面前：「覺得很丟臉，想逃走？」

我瞥了她一眼後，直接撞開她往前走。

「言可珈！我有話要問妳。」她動手拉住我，大概是怕我溜走，抓著我手肘的手緊緊不放，「妳今天早上是不是跟柯紹恩一起來上課？」

我望向柯紹恩的座位，不見他的人影。所以是因為男主角不在，才敢來質問我？

「妳不說話，我就當妳默認了。妳為什麼跟他一起來上課？」

喉嚨突然一癢，我咳了一聲後，一直吞下不去的魚刺終於滑入食道。徐韶婷可能以為我要對她怎樣，抓著我的手一縮，一臉戒備。

「我早上跟誰一起來上課，需要跟妳報備嗎？」見我開口了，她方才高漲的氣焰瞬時滅了不少。終於可以說話的感覺真是暢快！

「如果妳這麼想知道，就自己去問柯紹恩。」

「有什麼事要問我嗎？」

身後，傳來說人人到的柯紹恩的聲音。

「他來了，妳問吧。」

語畢，我丟下那兩人，離開。

「怎麼了？」、「沒事。」隱約中，我聽見了這樣的對話。

下午，因為午休沒把昨晚的睡眠不足補滿，自然也沒什麼戰鬥力。

地理課時，突然被老師叫起來問問題，我因為答不出來被罰站，必須等到下一個自願替我回答的人，答出正確答案後，我才能坐下。原以為要罰站到下課，結果被柯紹恩給救了。

老師還自以為幽默地補一句：「妳要謝謝人家喔！」全班哄堂大笑。

最後一堂公民課，我終於還是因為打瞌睡，被叫去後面罰站了。其實，我覺得罰站比坐著聽課有趣多了，因為站在教室的最後方，可以恣意觀察大家在做什麼，一點也不無聊。

放眼望去，有傳紙條的、有發呆的、有在紙上塗鴉的……當然，也有認真聽課的。我的視線定在斜前方，第六排最後一個位子的柯紹恩身上，他時而抬頭看黑板，時而低頭抄寫。

看著看著，我總覺得有個怪怪的地方……啊！他是左撇子！

這個發現，頓時讓我有些開心。我算是半個左撇子，除了寫字外，習慣用左手做事，舉凡接電話、拿剪刀、揹書包……等等都是。小時候上美勞課，曾因為用左手拿剪刀，被老師斥責要我換手，讓我以為自己有什麼問題，後來還是在媽媽的開導下，才對這件事釋懷，自此之後，只要看到左撇子的人，我都會有種「遇到同類」的欣喜。

就在我沉浸在這樣的喜悅中時，柯紹恩好像感應到什麼地突然回頭。

他朝我淡淡一笑，彷彿說著：「我就知道妳又在偷看我。」然後隨即又轉回去。

而我瞬間清醒過來，連忙移開目光。

放學後，雖然比柯紹恩早出校門，但因為沒趕上前一班車，最後還是跟他同行回家。

「明天開始，我們各自上學。」下公車後，走在回家的路上，我說。不是徵詢他的同意，而是禮貌上的告知。

「好啊。」

他想也沒想地就爽快答應，讓我有些意外。我原本還準備了如果他拒絕我時的說詞，沒派上用場是有點可惜，不過輕鬆解決也不錯。

「那就這樣，再見。」在鬍子咖啡廳前，我擺了擺手。

這時，咖啡廳的門突然被打開，出來的是——

「媽，妳怎麼在這裡？」

「回來啦，我來找老闆聊天啊。」

「言媽媽好。」柯紹恩有禮貌地打招呼，吸引了我媽的注意。

她一回頭，一副見到熟人的樣子，笑得開懷。

很好，我那僅有的百分之零點零一的希望，在這一瞬間化為烏有了。

隔日，我再次因為前一晚聽媽不停提起柯紹恩而睡不好，連黑眼圈都跑出來了。不過，當我遠遠地發現鬍子咖啡廳前不見柯紹恩身影時，心情稍稍回復了一些。

可惜，好心情維持不到幾分鐘，因為鬍子大叔的一句話，又徹底盪到了谷底。

「紹恩已經幫妳把早餐帶去學校嘍！」

「為……」

「大叔先去忙了，妳路上小心。」看起來鬍子大叔真的很忙，我話都還沒說完……

站在原地幾秒後，我對著空無一人的外賣窗口，無力吐出剛剛來不及說完的話：「……為什麼要幫我帶去學校？」

因為腦袋實在太渾沌，我根本無法清楚思考，到學校的路上，我腦中是一片空白。在這樣有體無魂的狀態下，我的本能還是告訴自己，不能跟柯紹恩拿早餐！謹記這一點後，我走進了教室。

班上有一半的同學都已經到了，包括柯紹恩，他正坐在位子上看書。

我走到座位坐下後，也拿出國文課本開始背起課文。今天要考默寫，雖然開學第一天就罰抄十遍了，但我對背科一向很沒轍，就算抄一百遍還是可能會忘記，更何況只抄了十遍，而且還是前天的事，所以早就忘得一乾二淨了。只是正當我努力背著課文時，我的肚子……也餓了。

「好餓……」我趴在課本上，有氣無力地喃喃說道。

早知道剛剛來學校的路上就順便買早餐，現在合作社也還沒開，不知道能不能熬到第一節下課？還是去跟柯紹恩拿早餐算了？不行！現在班上人這麼多，如果我去跟他拿早餐，大家一定會覺得很奇怪。之前體育課發生那樣的事，昨天又被徐韶婷知道我和他一起上學，今天如果還……

咦？怎麼眼前突然從天而降一袋看起來像是裝著早餐的袋子？

呆愣了一下後，我倏地坐起身。

柯紹恩瞥了我一眼，什麼話也沒說，經過我桌前走出教室。

下一秒，我清楚感受到幾十雙眼睛帶著無聲話語，同時射來目光。而最近一道視線的來源，是坐在隔壁至今仍不敢跟我說話的文靜女同學。我看向她，她嚇得倉皇低頭裝忙。

掙扎地盯著桌上那袋早餐，實在好難伸出手，偏偏肚子很不爭氣地咕嚕叫了一聲。一秒後，我決定不要虐待自己，吃飽了，才有力氣做接下來的事。

然後，在眾目睽睽下，我不慌不忙地將早餐吃得一乾二淨。

然後，之後的下課時間，只要柯紹恩經過我桌邊，原本吵雜的教室就會莫名其妙地突然安靜一瞬，等到他離開，才又「哄」地繼續吵鬧。

然後，我不斷接收到徐韶婷持續加深的怨念。

然後，我覺得我應該再跟柯紹恩說清楚，只是一直找不到適當的時機，不是他都待在教室，就是他身旁有人。如果可以，我實在不想等到放學後再跟他說。

終於，在第三節下課時，我看到柯紹恩一個人從前門走出教室，我刻意從後門出去，尾隨他到男廁附近，躲在死角陰影處，守株待兔。

幾分鐘後，柯紹恩出現了。

他經過我前面時，我一把把他抓過來，由於力道太猛，柯紹恩一下子來到我面前，近距離仰看高出我一顆頭的他，頓時有種壓迫感。

「我有話要跟你說。」反射性地退後一步拉開距離後，我說。

「在這裡？」他有些困惑地指了指。

我懶得解釋太多，直接進入正題：「為什麼要幫我帶早餐？」

「阿姨不是要我多關照妳嗎？」

他口中的阿姨是我媽，然後，我媽確實也這麼說了。

「女兒啊，妳在學校已經多待了三年，要多關照紹恩喔！」

「他不需要我關照啦，他在學校比我還吃得開。」

「這樣啊，那紹恩要多關照我們可珈喔！」

這就是昨天完整的對話。

收回思緒，我說：「我媽只是客套，你不用當真。所以，以後不用幫我帶早餐，我可以自己去跟鬍子大叔拿。」

我以為他這次也會馬上答應，但他卻沉默了半晌，然後才認真地問我：「這麼做……讓妳覺得困擾了？」

「嗯，有一點。」

「好，我知道了。還有其他事要說嗎？」

「沒有。」

「那我先走了。」

「喔。」我有些分神地點點頭。

是我看錯了嗎？為什麼他臉上好像閃過受傷、落寞的神情？我只是實話實說，怎麼變得好像是我在欺負他？為什麼？

後來，我曾試圖思索柯紹恩的怪異反應，但第四堂課開始考國文默寫後，我就放棄繼續探究這件事了。

中午，和予潔到輔導室找小華老師一起吃飯，無意中聊到柯紹恩，予潔一個興奮，把這幾天所有跟柯紹恩有關的事，全報告給老師聽。

年輕的小華老師，國中二年級時，曾帶過我們班一年，之後我和予潔就常到輔導室找老師聊天。或許是與我們的年齡沒有相差太多，老師總能站在我們的立場聽我們說話，不像其他老師只會叫我們聽話就好。而且她也是唯一一位，不帶任何偏見看待我的老師，所以，我們總是把老師當作朋友，願意將心裡的話說給她聽。

「那你們很有緣耶，又是同學，又是鄰居。」小華老師下了一個雖然是事實，但我卻不太想承認的結論。

「如果可以的話，我希望我和他只是沒什麼交集的同學，而且還是同班三年，沒說過半句話的那種。」

「為什麼？」老師好奇問道。

「因為這樣會讓我很困擾。」

「很多人都搶著要認識他，妳卻覺得困擾？」予潔一副「妳真不知好歹」的表情。

「就是因為他太受歡迎了，也許別人很樂意，可是我不想成為大家八卦的對象。何況，我們班還有一個徐韶婷，一有什麼風吹草動，她馬上就會來質問我，可是明明都是柯紹恩主動，為什麼卻好像變成是我主動？反正他一靠近我，我就覺得我的災難來了。」

「所以妳在意的是，大家關注的對象不應該是妳，應該是柯紹恩。」

不愧是好朋友，一下子就抓到重點。

「如果是因為我自己的緣故而被誤解，那我無所謂，但如果因為他害我被誤會，我會覺得很冤枉。」

「不過可珈，剛開始好像是我們先靠近他的。」

「啊……好像是這麼一回事。」予潔一語驚醒夢中人。所以說，好奇心會殺死一隻貓！

「學校生活嘛，只要是課業以外的事，總是特別能吸引大家的注意，因為有趣、好玩、好奇，不過通常都維持不久的，過一陣子就會被其他事給取代。再說，他是班上第一個對妳示好的人吧？妳應該開心的。」

「對呀，小華老師說得是。柯紹恩一定也從徐韶婷那裡聽到許多關於妳的傳聞吧，妳看，其他同學都怕妳怕得要死，只有他敢主動跟妳說話，願意跟妳做朋友，這不是很好嗎？而且他在知道妳是他鄰居前，就釋出善意嘍！這證明了他不是那種只看表象交友的人。」

小華老師和予潔的話如當頭棒喝。我想起第一天體育課時，他確實說過他想認識我……

「有人願意跟我做朋友，我當然很開心啊。不過，總覺得他太積極主動了。」

「言可珈，妳很難相處耶！別人要跟妳做朋友，妳還要規定交友的方式和速度嗎？」予潔故意板起臉來。

「所以是我的問題？」

「對，是妳的問題。再說，柯紹恩受歡迎，那也是別人對他的評價，又不是他故意吹捧自己，所以妳把因為他靠近，害妳成為八卦對象這件事算到他頭上，他也很無辜啊！如果我是柯紹恩，聽到妳這麼討厭我的話，我一定會很難過。」

「我也不是討厭他啊……」

「不然是怎樣？」

我想解釋，卻又一時說不出個所以然。

我就說我最不會揣測人心了，這個「人心」也包含了我自己。

「妳就是喜歡憑直覺做事，但有時候用直覺交朋友不一定準確。或許第一眼覺得不對盤，但相處後可能會有相見恨晚的感覺，這種事也是常發生的啊！」

好啦，我承認這是我的缺點，只要一開始被我歸類為磁場不合的事物，就會變成我的拒絕往來戶，絕少有上訴的機會。

「所以，可憐的是柯紹恩吧？他怕妳無聊和妳一起上學，還好心幫妳帶早餐，又不在乎那些傳言和妳做朋友，卻還要被妳嫌棄。如果妳不想交這個朋友，那把機會讓給我好了！」

我看向小華老師，她似是附和予潔地笑了笑。

唔……我好像真的做錯了什麼。雖然我並不覺得真的做了對不起他的事，心裡卻湧上了一點愧疚感，感覺自己真的小心眼了點，尤其在想起柯紹恩那時的表情後……

「怎麼了？」一副欲言又止的樣子。」予潔問。

想了想，我搖了搖頭。早上跟柯紹恩說的那些話，還是不要說出來比較好。

離開輔導室後，予潔要繞到辦公室一趟，我獨自回教室，沿路一直想著柯紹恩的事，原本還不覺得有什麼，越想就越在意。

是不是該去道歉呢？但似乎又還沒到需要道歉的程度，畢竟我感到困擾是事實。可是，如果什麼也沒說，會不會不太好呢？

我左思右想，想到我的腦子都快打結，經過操場時，發現柯紹恩正在跟班上的同學打球。我下意識地停下腳步，在遠處看了一會兒。

場上很熱鬧，場外也很熱鬧，只要有柯紹恩在的地方，就是如此。不得不說，他的人緣真的很好，一開始我還懷疑予潔說的話太誇張，但這幾天看他和班上同學的互動，的確謙虛、不自傲，有需要幫忙的，他也很樂意出手協助，班務也處理得很好，不僅同學信賴他，老師們也都很讚賞，真的就是零缺點。

學校裡，多少有這類風雲人物存在，但甚少有像柯紹恩這樣全方位擄獲人心的。所以我猜，當時他會有受傷的感覺，一定是因為從來沒有遇過會拒絕他示好的人，一時受到打擊，應該過不了多久就能釋懷了。

就像剛剛，他還因為進球得分，開心地跟隊友擊掌，一點都沒有心情受到影響的樣子。再說，他在學校的朋友這麼多，應該也不差我一個……

「柯紹恩受歡迎，那也是別人對他的評價，又不是他故意吹捧自己，所以妳把因為他靠近，害妳成為八卦對象這件事算到他頭上，他也很無辜啊！如果我是柯紹恩，聽到妳這麼討厭我的話，我一定會很難過。」

然而下一秒，就像是予潔在身邊察覺了我的心思，內心突然冒出她說的話，快要被壓下的內疚感又被喚起了。

「那……大不了我放學後，再去鬍子咖啡廳找他，這樣……應該就可以了吧？」像是自我安慰般，我喃喃說道。

找到妥當的解決方式後，我整個心情又輕鬆了起來。

但後來，我發現下午的下課時間，柯紹恩再也沒有經過我的桌前，我自然而然地又聯想起早上的事，可是，又覺得這種想法沒根據，於是最後認定是自己想太多。

第一次為了一件事反反覆覆煩惱著，這種感覺還真是折磨！

好不容易捱到放學，走到公車站時，柯紹恩也在。他發現了我，卻不像昨天那樣跟我打招呼，只是淡淡一瞥。我停下腳步，站定在與他相距四、五個人的位置。

公車來後，我上了車，但他仍留在原地。我隔著車上的玻璃窗戶看著他，隨著車子開動，他逐漸變成一個黑點，然後完全消失，心口突然像有塊石頭壓著，有些悶。

回到家，媽慣例問起今天在學校過得如何，也順便聊到柯紹恩。

「晚上叫紹恩來家裡吃飯好了。」

「為什麼？」我問。媽昨天也才剛見柯紹恩第二次面，就叫得這麼親暱了。

「他不是妳同學嗎？又是鬍子老闆的姪子，一個人北上念書，我們當然要替他的父母多多照顧他啊，讓他感受到家庭的溫暖嘛！」

媽這麼一說，我尷尬了，暗暗倒抽了一口氣。

也好，可以以此為藉口，順便跟他解釋早上的事。於是我把書包一放，跟媽說了聲後，又出門去了。

只是，我還沒想清楚該怎麼跟柯紹恩說，最後決定見機行事，反正見到面，自然就知道該說什麼了。我樂觀地這麼認為，然後到了鬍子咖啡廳。

「嘿，可珈，下課啦。」鬍子大叔剛送走一桌客人，正在收拾桌子，今天的他，是一身西部牛仔裝扮。

「嗯，今天生意好嗎？」

「差不多嘍。」他拿著托盤回到吧檯內，「早上紹恩有把早餐拿給妳嗎？」

「有……」

現在只要多跟我提一次柯紹恩，我就多心虛一次。在學校時，還沒有這麼強烈的罪惡感，但剛剛看見柯紹恩故意沒跟我搭同班車回家時，我就知道糟糕了！

「他還沒回來嗎？」我佯裝隨口詢問。

「還沒耶，我還以為你們會一起回來。」

我呵呵幾聲帶過，好險大叔在忙，沒再多問什麼。

「那我先走了。」

「這麼快就要走啦？不多坐一會兒嗎？紹恩應該等一下就回來了。」

「沒關係，也不是什麼重要的事。」

和大叔道再見，離開咖啡廳後，原本要直接回家，但計算了一下時間，柯紹恩如果有搭到下一班公車的話，也差不多要到了，我計畫先繞到超商買包要當消夜的零食，再過來看看。

心中有了想法後，我轉身往超商的方向走去，果然，在半路遇到柯紹恩。

明明想跟他打招呼，一張嘴卻吐不出半個字。剛剛想好的見機行事、見到面自然就知道該說什麼了，完全沒用。最後，我愣愣地站在原地，等他先發現了我。

「妳要去買東西？」

好險，語氣沒什麼不一樣。

「嗯。你剛剛怎麼沒上車？」我盡量自然地問道。

「妳不是會困擾嗎？」

這時，身旁經過了幾個我們學校的學生，柯紹恩瞄了一眼後：「我先回去了。」

他的笑容也沒什麼不一樣，只是此時，彷彿成了一條透明界線，畫開了我和他。

我應該馬上叫住他，告訴他：「早上那些話是我思慮不周，沒有惡意。」或是跟他說：

「我媽邀請你今晚到我們家一起用餐。」

然而，我什麼也沒說，只是眼睜睜地看著他離開。

我終於知道，當一個人後悔的時候，原來會這麼想痛毆自己一頓！

第三章　惡作劇也不是這麼作的

後來那天，我沒有買零食，柯紹恩也沒來我家吃晚飯。我隨口編了一個沒有遇到他的理由搪塞，媽有些失望，但一下子又沒事地說：「那就明天吧！」

結果，明天，明天的明天，明天的明天的明天……將近快一星期的明天，柯紹恩還是沒來我家吃飯。不是他拒絕我，而是我根本沒問，因為每當我要開口時，他身上有意無意散發出的距離感，總是瞬間就把我推得遠遠的。

我知道他不是在跟我賭氣或抗議，因為他還是會跟我說話，只是不是在學校，而且變成我主動，柯紹恩只是徹底地執行我希望他做到的「保持距離」。

按照原定計畫，我應該要有鬆口氣的感覺，但現在卻只有滿滿的、令人不暢快的鬱悶心情。事情的發展完全不如預期，甚至一百八十度的大反轉。

我知道是自己的決定，才把我和柯紹恩的關係導向了現在這個結果，一切的變化好像也理所當然……只是狀況一旦複雜起來，我就會逐漸失去耐心，開始厭倦這樣不冷不熱的關係。

於是我給了自己兩條路，要麼就完全不再說話，像陌生人一樣；要麼就成為朋友，他想一起上學、想幫我帶早餐什麼的，只要他高興都隨他，不過前提是他還願意……

其實這兩個選擇一列出來後，也不需要多考慮，答案就已呼之欲出。

這日，理化課要分組做實驗，這是一個不錯的機會，雖然必須同時面對徐韶婷以及其他同學的側目，但我還是上前跟柯紹恩表明：我想加入他們的組別。

「對不起喔，我們這組已經滿了。」一旁的徐韶婷立刻跳出來駁回我的請求。

「妳是組長嗎？」我冷冷回了她一句。

「我們這組確實滿了。我去問一下老師，如果老師說可以，那很歡迎。」柯紹恩說著，也轉頭問其他同學的意願，也不知道大家是給柯紹恩面子，還是太害怕我這個「問題學生」，總之其他人也都同意了。

幾分鐘後，他帶來了好消息，我順利地和他同組，徐韶婷就算再怎麼不甘願，也只能接受，但嘴上仍是不饒人的左諷右刺。

「言可珈，不要以為跟我們同組，妳就可以放心什麼事都不用做，我們這裡不歡迎吸血蟲喔！」

「妳放心，就算要吸，我也不會吸妳的血，因為我一點也不想變得跟妳一樣心不美。」認真說完後，我轉身找了個位子坐下。

徐韶婷還想說什麼，但老師已經站在講臺上要開始上課了。

「今天要做的實驗是氣壓與沸點……拔塞子的時候要特別注意安全，小心沸水……」大概花了五分多鐘的時間，老師將實驗步驟及注意事項全部交代一遍後，便讓我們開始做實驗。

實驗的過程，大部分都是柯紹恩主導，一切還滿順利的，只是同組的女生似乎對我有些顧忌，她們之中有一位正是我鄰座的文靜同學（而且人如其名，她就叫江文靜）。只要我一靠近，她們的動作就會明顯一縮，像是被觸碰到的含羞草一樣。

而男生們對關於我的流言不怎麼在意，所以態度都還算友善，但也不到會主動攀談的程度。同組裡，我只跟柯紹恩、徐韶婷說過話。柯紹恩忙著做實驗，沒空理我；徐紹婷則忙著黏著柯紹恩，也沒空理我，而其他的同學……因為我有「識人不能症」，不一定能把他們的臉和名字搭起來，沒辦法搭話，所以當我無所事事地只能待在一旁時，還真覺得自己像徐韶婷說的那隻吸血蟲。

「言、言可珈，可以請妳幫一個忙嗎？」

就在我坐在桌子一角，手托著臉頰發呆時，耳邊傳來一道細小又有點緊張的聲音。我回頭一看，是江文靜。

「塞子突然打不開，妳可以幫忙看一下嗎？」

「喔，好啊。」文靜同學終於敢跟我說話了，而且我終於有事做了。

跟著她繞到桌子的另一端，她指指酒精燈架上裝有少許水的錐形瓶。

我伸手正要拿瓶子時，江文靜又突然出聲：「裡面是沸水，妳……小心點。」

「嗯，我知道。」

雖然只是小小的提醒，卻是我在學校裡難得聽見的貼心話語，這讓我有些飄飄然，更加努力地拔塞子。不過，這個塞子還真緊，我使勁幾次，它還是牢牢卡在瓶口。

眼角餘光瞥見江文靜一臉擔憂的樣子，我微偏頭，給她一個「我可以！」的笑容，說時遲那時快，塞子「啵」地一聲被打開，瓶子也在同一時間脫離了我的掌握，摔在桌上，發出清脆的破碎響聲。下一秒，驚慌失措的叫聲四起。

由於事情發生太快、太突然，我一時還在狀況外，直到感覺手背上熱熱的，看見桌上的一灘水與玻璃碎片，又注意到一旁的柯紹恩，他手臂上竟出現一小片紅腫時，才弄清楚究竟是怎麼一回事。

「先沖水。」說話的同時，我立即上前。

徐韶婷卻突然冒出推了我一把。

為了穩住身子，我一手撐在桌上，卻扎到了碎片，刺痛感一下子竄上。

這時，剛才有點事暫時離開的理化老師回來了，他一看見教室裡混亂的情形，很是生氣，問清楚事發經過後，先看過柯紹恩的狀況，然後讓徐韶婷陪他一起去保健室。回頭，他把我叫過去，當著全班的面訓了我一頓，直到放學鐘響後，才以「明天中午罰掃理化教室」當結語，放我走。

離開理化教室後，我攤開手一看，掌心都是血。

可能是過了一段時間了，已經不怎麼痛，只是凝固後的血漬有些嚇人。原本想可能沒什麼大礙，回家再處理，但發現傷口上沾著小玻璃碎片，想了想，還是決定去保健室。

「報告。」站在門口喊了聲，我走進保健室。

裡面空無一人，沒見到校醫，也沒有柯紹恩的蹤影，只有風呼呼地不斷溜進開得大大的窗戶，吹得白色窗簾忽高忽低地飛啊飛的。

我一邊想著，不知道柯紹恩的燙傷處理得如何，一邊走向洗手檯清洗傷口。確定傷口上沒有碎片後，才開始上藥，手掌被我塗得紅紅紫紫的。最後，要貼上ＯＫ繃……不過，ＯＫ

繃放在哪裡？

我翻了整個醫藥架都沒看到，於是又到另一個放著醫療器材的架子尋找。找著找著，不自覺玩了起來，一下拿起耳溫槍量體溫，一下子又拿起鑷子研究，還發現校醫的聽診器……

「可珈！妳、妳在幹麼？」

正當我戴上聽診器聽著自己的心跳聲時，發現有另一道聲音傳來，回頭一看，予潔正站在門口困惑地看著我。

「妳怎麼來了？」話說完後，我才記起自己還戴著聽診器，連忙拿下來放回原位。

「一放學，妳們班上理化課發生意外的事就傳開了。我跑去找妳，只看到妳的書包，問妳同學又愛理不理的，後來我猜想也許妳也受傷了，就過來看看。妳有沒有怎麼樣？」

「只是不小心割傷而已。」我攤開手掌給予潔看，「不過我找不到OK繃。」

她轉身找了一下，在旁邊的鐵櫃裡發現一盒未開封的OK繃。

「柯紹恩比較嚴重，但是我來的時候，保健室裡都沒人。妳知道他的情況嗎？」予潔幫我貼上OK繃時，我問。

「我也不知道。詳細的情形到底是怎麼回事？」

我簡單地把事發經過說了一遍。

「妳同學那麼怕妳，怎麼會突然找妳幫忙？這不是很奇怪嗎？會不會是惡作劇呢？」

「不會這麼無聊吧。」我說。

「徐韶婷不是也跟妳同組……」

「其實我有懷疑過，不過我要打開塞子的時候，請我幫忙的同學還特別提醒我要小心沸水，如果是惡作劇，幹麼多此一舉？所以，我選擇相信她們，她們應該不是故意的。」

「有所懷疑時，寧願選擇相信對方，是嗎？」

「沒錯。」這是我的理念，「相信對方不是有意的，比相信對方是故意的，心情會好很多吧。」

「我就是喜歡妳這些正面的想法。」予潔將我的書包拿給我。

「我也不是每次都能這樣想，偶爾也會有小惡魔的念頭出現，像是遇到『某人』時，上述所說的就不適用了。」

「嗯，某人……」

予潔知道我指的是誰，我們兩人有默契地笑了。

「明天中午妳不是被罰掃理化教室嗎？我去幫妳。」

「謝嘍，好朋友！」

我們一起走出了保健室。

「有時想想，雖然一個人在學校也可以活得好好地到畢業，不過如果少了妳，我一定會很無聊。」

「哇，言可珈什麼時候學會說這麼感性的話了？」

「哈哈，我本來就會說啊，只是這種話如果常說就沒價值了，所以偶爾說說就好。」

「最好是。話說回來，妳們班同學現在對妳的態度有好些了嗎？」

「沒有，還是一樣。」

「看來要扭轉形象還是有些困難。」

「都被老師點名了，要扭轉可能很難喔。何況，還不只有一位老師。」

「那就只好從月考下手了，考好一點，或許老師同學對妳的印象也會變好一點。」

「那也不一定，妳忘了國三有次英文週考，我難得考八十幾分，結果還被懷疑是作弊，虧我那次還認真地熬了夜……」從此之後，我再也不熬夜念書了。

「唉呀，妳就別擔心我了。還沒認識妳以前，我還不都這樣挺過來了，沒問題的。」

「嗯，我相信。」

每當這個時候，我總是慶幸當初沒有外考，選擇和予潔一起直升。雖然不同班，雖然下課時間，看見其他同學們聚在一起聊天時，會覺得有點小小的寂寞，但至少中午和放學，我們還是能像國中時一樣見面、聊天，這樣也很好。

和予潔在公車站分手後，我獨自上了公車，幾分鐘的車程裡，我不是在發呆，就是突然回過神，想著柯紹恩的狀況不知道怎樣了？

下車後，我直奔鬍子咖啡廳。看見鬍子大叔背對我蹲在門口，好奇地上前一看，他正在餵一隻小黑貓喝水，令人訝異的是，小黑貓正是開學那天被我救的那隻。

「牠怎麼會出現在這裡？」我驚喜的聲音，讓鬍子大叔回過頭。

他打了聲招呼後，問道：「妳認識這隻小傢伙？」

「嗯，我上學第一天遲到就是因為牠。」我也蹲了下來。

小貓不知道是不是認出了我，原本正在喝水，突然朝我「喵」了一聲。

「所以，牠是因為知道妳在這裡才跑來了？」

「有可能喔！」我哈哈笑。

「裡面還有客人，小貓就交給妳，我先進去嘍。」鬍子大叔拍拍我的肩。

我比了個ＯＫ的手勢。在他進咖啡廳後，像上次那樣拿出飼料、倒入紙盒，放到小貓面前。

這次牠沒有遲疑，靠近紙盒，不疾不徐地吃著飼料。

牠應該是貓咪界的氣質小姐吧？正當我麼想，並把下巴靠著放在膝蓋上的手時，眼角餘光瞄見有個人在我身旁的花臺坐下，一瞥，是一雙熟悉的愛迪達球鞋。

我倏地抬頭——果然是柯紹恩。

「你的手沒事吧？」我連忙問他。

「輕微燙傷，但已經沒事了。」

我看向他的手，確實看不太到紅腫的痕跡了。

「那會留疤嗎？」我擔心地又問。

他失笑：「不會。」

「笑什麼？這很重要好不好？而且又是因為我……」

「如果我留疤了，妳打算怎麼負責？」他突然斂起笑，一臉認真。

我愣住了，總不能說以身相許吧……

「妳的手呢？還好嗎？」我還支支吾吾，不知如何回答時，他突然轉了個話題。

我愣了一下，才反應過來：「喔，還好，傷口沒有很深……咦？你怎麼知道我手受傷？」

「離開教室前，我看見妳的手在流血。」

他竟然注意到了！我有些訝異，又有些……不知道該如何形容的情緒，如果用「高興」

這個詞，不知道恰不恰當？

「妳那時應該先跟老師說一聲。」他的聲音拉回我有些分心的思緒。

「還好啦，也沒多嚴重。」

「妳還真奇怪。」

「會嗎？老師那時正在氣頭上，我實在找不到時機點跟他說我受傷了。」

「所以我才說妳奇怪，都受傷了，還管什麼時機點？」

「這麼說好像也是。」我有些認同地笑說。同時心想：會不會就是因為我的想法常常和其他人不同，才讓人有難以理解的感覺？

「不是覺得困擾嗎？」他又丟出一個沒頭沒尾的問題，我不是很明白地看向他。

「為什麼還主動說要跟我同組？」

「啊……」原來是在說這件事，「關於之前跟你說的那些話，我收回。以後不管是要一起上學，還是幫我帶早餐，我都ＯＫ！」

「為什麼突然……」他看了看我，淡問。

「那你為什麼會想跟我做朋友？我可是大家避之唯恐不及的問題學生喔！」

「因為妳很有趣。」

雖然不知道他所謂的有趣是指什麼，不過既然他都這麼說了——

「那我的答案是，朋友之間，沒有什麼困不困擾的問題。」

「所以……我們現在是朋友了？」

我伸出手。

他看了看，沒有動作，我直接抓起他的手，握住。

「嗯，多多指教嘍，朋友。」

這時，小黑貓輕輕地「喵」了一聲，吸引了我們的注意。

「吃飽了嗎？」我放開柯紹恩的手，然後望向紙盒。裡面已經空了。

「就是牠嗎？」柯紹恩問。

彷彿聽得懂柯紹恩的問話，小黑貓頭轉向了他。

我思索了一下後：「你聽見我和鬍子大叔說的話了？」

「觀察幾次後，我發現妳不太會注意身邊的事物，總是很專注地待在自己的世界裡。」

他沒有正面回答我，也沒有露出「抱歉，我不是有意要偷聽你們說話」的歉然表情。不過，如果他聽見了我和大叔剛剛的對話，那表示他跟在我後頭，也就是說剛剛坐公車時……他也在車上?!

「嗯，我是跟著妳一起回來的。」他不諱言地坦白承認。

呃，我完全沒注意到。好吧，他說得沒錯，我的確總是很專注地待在自己的世界裡。

他的視線又落向了小黑貓，片刻後：「那時我問妳『不覺得委屈嗎？』妳說不會。不過，不被老師相信，心情多少會受影響吧？」

「那你相信我說的理由嗎？」我反問。

「我相信。」他沒有遲疑地答道。

「謝謝你，班上至少有一個人相信我，這就足夠了。不過，就算全班都不相信也無所謂，只要我知道自己沒有說謊就好了。」

「真的都無所謂？」

「這也不是第一次被誤解，早就習慣了。」我聳聳肩。

他定定地看著我，彷若在思忖我的話，又像是在審視著什麼，那眼神令人猜不透。

「又覺得我奇怪了？」我說。

「一般人如果真的被冤枉，很難做到無所謂吧？」

「的確，所以我不是一般人啊。」我笑。

他不置可否地也笑了笑後，說：「妳打算怎麼處置這隻小貓？」

我看牠，牠也用那雙透著漂亮蜜糖色的大眼回望我，像是在對我說：帶我回家吧！

「我爸媽對貓狗的毛過敏……我可以寄養在咖啡廳裡嗎？」我靈機一動地說道。

「這可能要問我叔叔了。走吧，進去問問看。」他站起來，朝我伸手。

我本來還不知道他這個動作是什麼意思，怔了征後，才握住他，站起。

果然，因為蹲太久，兩腳都麻了。

雙腳明明踏在地面上，卻一點知覺也沒有的感覺實在很微妙，我因此莫名地笑了出來。

柯紹恩應該不知道我在笑什麼，但他沒有問，也沒有放開手。

「明天要一起上學嗎？我大概七點左右會經過這裡。」雖然這句話不一定要在這個時候說，但想開口的念頭不斷湧上，於是就這麼脫口而出了。

我的朋友不多，在剛剛之前，只有予潔一個人，就因為不容易交到朋友，所以一旦某個人被我貼上「朋友」的標籤，我就會特別珍惜。

「好啊。」他回應了後，我的腳麻也稍稍減退了。

和柯紹恩一起進到咖啡廳後，我向鬍子大叔提起寄養的事，他二話不說地答應了。

「那有什麼問題！剛剛見到那隻小傢伙時，就覺得牠很得我的眼緣。讓牠在店裡，說不定還能幫忙招攬生意。」

我看向窗外，剛好有幾位正要入店的客人在門前停下腳步，逗弄著小黑貓。

「不過，要叫牠什麼呢？可珈有什麼好建議？」

我想了想後：「因為牠的腳看起來像是穿了襪子，不如就叫牠『襪襪』，怎樣？」

「紹恩覺得呢？」

「我都可以。」他說。

「那就決定取這個名字嘍！麻煩可珈等一下把襪襪帶進來。」

「好的！」

就這樣，襪襪成了鬍子咖啡廳的新成員。

隔日，我比往常早了一些到咖啡廳。和襪襪玩了一會兒後，才和柯紹恩一起到學校。

一路上，無可避免地招來許多注目禮，不過我全都無視掉了。既然已經和他成為朋友，就沒在怕這些。

「晚上來我家吃飯吧。」下車時，我突然想到地說，「我媽的主意。」怕他會拒絕，趕緊又搬出我媽來。

他想了想後：「嗯，好啊。」

「可珈！」這時，身後傳來予潔的聲音。

我停下腳步，回頭等她走上前。

「早！不錯喔，最近都沒遲到耶！」

予潔開心地跟我打招呼，沒注意到我朝她使眼色，話說完後，她才發現一旁的柯紹恩。大概是太突然，完全沒有心理準備，她顯得有些詫異和緊張。

「她是我最好的朋友，蕭予潔。開學第一天有見過，不過你可能忘記了。」

「我知道，她是一年十二班的學藝股長。」

我和予潔驚訝地互看一眼。

「我見過一次就有印象了，之前也常在辦公室碰面。」

「好厲害，有過目不忘的能力。」我拍拍手，讚歎，「對了，予潔對泰國文化很有興趣喔，還會說一點點的泰語。」

聽到我這麼說，予潔不好意思地偷偷推了我一下。

倒是柯紹恩似乎覺得有趣，冒出了一句泰語：「ยินดีที่ได้รู้จักครับ」

「ยินดีที่ได้รู้จักค่ะ」雖然有些羞赧，但予潔居然還能跟他對上話。

然後，在我還驚奇著這兩人的對話時，柯紹恩說要繞到辦公室拿東西，先離開了。

「你們一起來上學？妳之前不是還在抱怨嗎？」待柯紹恩走得有些遠後，予潔像是復活般，激動又困惑地扯著我的手問。

「我反省過了，所以昨天回去後，就主動和他成為朋友了。」

「真的嗎？那很好啊！」

「我看是好到妳吧？」我調侃她。

她裝傻地嘿嘿笑著。

「不過，你們剛剛說的泰語是什麼意思？我第一次在鬍子咖啡廳遇到他時，他好像就是跟我說這句。」

「那是『很高興認識你』的意思。」予潔解釋。

「原來如此。怎麼念啊？因……因……」

「我中午再標注音給妳。」

「好啊！欸，說不定妳以後都能用泰語和柯紹恩對話了。」

「哪那麼厲害？幾句基本的生活用語還可以，再深的就不行了。」

「可以啦，多跟他對話，說不定泰語就進步……啊，對不起。」

因為邊走路邊說話，不小心撞到擦身而過的人，我連忙道歉，這時，才看清對方是徐韶婷。通常這個時候，她一定會逮住機會，得理不饒人地諷刺我幾句，然而這次，她竟什麼也沒說，只是瞥了我一眼就匆匆離去。

予潔看了看她的背影，轉向我，表情在問：「她怎麼了？」

我聳聳肩，表示不知道。

後來，我發現徐韶婷很反常，依照慣例，昨天理化課因為我發生意外，她一定不會放過這個可以拿來找碴的藉口，我甚至都猜到了她會說什麼話，可是她今天卻特別安靜。

而且昨天的意外，在放學時明明就傳得沸沸揚揚，今天竟瞬間消聲，像沒發生過一樣。

還有，今天江文靜難得地一直偷瞄我，一副欲言又止的樣子。不過，我沒開口問她，因為就算問了，她大概也會倉皇地說沒事吧……

總之，這一切實在是太奇怪了！

中午，和予潔一起打掃理化教室，她問起我班上的情形。

「這樣也好，我還比較輕鬆，不需要去應付那些有的沒的。」我這麼說。

「嗯。」予潔認同地點點頭後，拿出一張紙條，「我寫好了，早上妳想學的那句泰語。」

我隨即拿過，然後念了起來。或許是第一次學念泰語，念起來好生硬，一點都不像予潔和柯紹恩那樣流暢，念得我都笑出來了。

「我教妳啦……」

就這樣，我和予潔一邊進行泰語教學，一邊打掃，嬉嬉鬧鬧但也不馬虎地將理化教室整理乾淨。打掃結束後，我請老師來檢查。

老師將昨天叨念的話，又拿出來對我複習了一次：「下次要小心點，知道嗎？好了，回教室吧。」

「謝謝老師。」

目送老師離去後，躲在一旁的予潔走過來，故意模仿老師的口吻，重覆他剛剛說的最後那句話來鬧我。我和她又你一言我一句地，說說笑笑走回教室。

就在快接近教室時，我看見柯紹恩正背對我們站在樓梯轉角處。

我告訴予潔：「我們去嚇他。」說著，拉著她偷偷沿著牆邊走上前。

「所以，昨天理化課會發生意外，是徐韶婷指使妳做的？」

幾乎是同時，當我準備跳到柯紹恩身後要出聲嚇他時，他的這句話飄進了我耳裡，我瞬間定格。

與柯紹恩面對的江文靜發現了我，先是一臉錯愕，接著露出愧疚的神情。這時，注意到不對勁的柯紹恩迅速回身。

「是徐韶婷嗎？」我問。

他們沒有回答我，不過表情已經說明一切了。

我沒再追問，直接轉身離開，予潔在身後喊叫的聲音也無法拉住我。原本要進教室，但看見有人在教室外的飲水機前裝水時，我腳步一轉。

「不好意思，紙杯借一下。」

正在裝水的女同學嚇了一跳，我沒時間向她解釋太多，拿了就走。

進教室後，我直直地走向正和其他同學聊得開心的徐韶婷面前。

大家安靜下來，面面相覷。

「跟我出來！」我一把抓住徐韶婷，將她拉離座位。

「妳幹麼？放開我！」她用力掙扎，我更出力地緊緊圈住她的手腕，將她帶出教室。

走廊上、其他鄰近的教室，都有學生探頭觀望，細碎的討論聲不斷傳來，但我的腳步一點也沒放慢，一路將她拖到校舍後。

「言可珈，我警告妳……」

「妳給我閉嘴！」我狠狠打斷她的話，「如果我說我手中這杯裝的是熱水，然後潑到妳身上，妳覺得會怎麼樣？」我高舉拿著紙杯的手。

「妳敢！」她有些害怕地盯著紙杯，腳步往後退了一步。

「為什麼不敢？」說話的同時，我將紙杯口朝向她。

「呀！」她反射性地用雙手擋臉。

一秒後，「這是空的。」我說。

徐韶婷發現身上並沒有被水潑到的感覺，這才連忙放下手，怒氣騰騰地推了我一把。

「妳耍我啊！言可珈！」

「我只是以其人之道，還治其人之身！」我也回敬地將她一推，「不過，我沒妳這麼卑鄙！還好柯紹恩沒事，如果他怎麼樣了，妳怎麼向他父母交代？」

「妳、妳在說什麼？我聽不懂。」徐韶婷的眼神飄移，不敢正視我。

「若要人不知，除非己莫為。妳做了什麼事，自己最清楚！我警告妳，下次如果再耍那種無聊惡作劇，我一定不顧妳的面子，直接在教室公開。還有，請妳親自為妳那愚蠢的行為跟柯紹恩道歉！」語畢，我一轉身，就看見柯紹恩和予潔。

他們不知站在我們身後多久了？

「剛好，人就在這裡，道歉吧。」

徐韶婷咬著下脣，仍安靜地站在原地。我看她似乎有些困窘，也是，她堂堂一個有錢人家的大小姐，現在這麼丟臉，還要當我們的面說出道歉的話，一定很難啟齒，她這輩子，大概連「對不起」三個字都沒說過幾次吧！

「副班長，現在班上的秩序有些亂，麻煩妳先回去幫風紀管一下，好嗎？」柯紹恩適時地出聲，暫時化解了尷尬。

徐韶婷又看了看我，見我沒任何表示，快步離去。

「可珈，妳嚇死我了，我還真怕妳氣過頭，會對徐韶婷做出什麼事……」剩下我們三人時，予潔似是鬆了口氣地說道。

「我是真的很想把熱水潑到她身上！不過，這麼一來，我媽鐵定又要為了我跑一趟學校。一想到這個，我只好忍下來，放她一馬。」說著，我隨性地往草皮一坐，抬頭對柯紹恩說：「班長，我可以翹掉午休嗎？我現在還不想回教室。」

「我能拒絕嗎？」

「不行。」

他一臉「那妳幹麼還問我」的無奈表情，然後也跟著坐了下來。

「如果讓你為難，我讓你登記沒關係。」

「不為難，因為我也在這裡。」他說。

班長這樣帶頭做壞事好像不太好喔——我本來想跟他開玩笑，不過現在實在沒那個心情。

「妳一定很沮喪吧？」予潔跪坐在我旁邊。

「妳不回教室可以嗎？」我問。

「陪妳比較要緊，而且我可以說我出公差去了。」

唉唉，果然是老師眼中的好學生、乖孩子，就算說謊也能當真。

「沒想到真的被我猜中了，虧妳昨天還選擇相信她們，真是有種被人從身後捅了一刀的背叛感。」予潔憤憤地為我抱不平。

「還好啦，反正也不是第一次被捅了。」我說，「雖然感到失望，不過至少江文靜承認了自己的過錯。現在想想，心情也沒那麼糟了。」

「所以妳原諒江文靜了？」柯紹恩問，「她跟妳道歉了嗎？」

「看她的樣子似乎很後悔。她也算無辜，其實比較讓我生氣的是，這件事不僅波及到其他人，而且是很危險的事。徐韶婷怎麼針對我，我都無所謂，但這種惡劣的玩笑我就是無法容忍！希望這次能帶給她一點教訓，讓她以後不要再做這麼無腦的事了！」

「但願如此，雖然我認為她可能很難改變。」予潔笑。

「所以我說希望嘛！」我也跟著笑了，「啊——心情好多了。」

「這麼快？」

「我的脾氣本來就來得快去得快啊，發洩過了就好了。」

「那要不要再到頂樓吼個幾聲？以前我們不都這樣？」予潔提議。

「好是好，但現在是午休時間，這樣一喊，不就全校都知道我們翹課了？」

「對喔！」

「我看時間差不多，好像也該回教室了，謝謝你們陪我。」

「客氣什麼，朋友就是在這種時刻派上用場的。」予潔搭上我的肩。

我輕輕用頭撞了她的頭一下，兩人大笑。

一起回教室時，中途予潔從另一個方向回她班上後，柯紹恩問道：「妳和蕭予潔認識很久了嗎？」

「我們是國中同班同學，但真正認識是在國二的時候。」

「也是她主動向妳示好？」

「嗯……算是吧。」

「算是？」

「這個說來話長，有點複雜……」我正想著該從哪裡說起時，已經到了教室，「下次有機會再跟你說。」

一起踏進教室後，沒有午睡的同學投來了視線，我們若無其事地各自回到座位。

我一入座，就看見桌墊下壓著一張字條，上面是娟秀的筆跡，寫著：「對不起」三個字。

我看向鄰座趴著睡覺的文靜同學半晌，在字條的空白處，畫上一張笑臉，然後輕輕地放回到她的桌墊下。

午休結束後，江文靜起身，看見了我的字條。

我繼續做我的事，沒看她也沒說什麼，就讓她靜靜看完，靜靜將紙條摺好，收進筆袋裡。

後來，在下午某節的課堂上，她發現我的立可帶用光了，默默主動地把她的借我。

雖然我們依舊維持「相敬如冰」的鄰座關係，但我想，她這個動作，不論對她自己，還是對我，都是一個轉變的開始。這也算是這次事件中，意想不到的收穫吧。

晚上柯紹恩來我家吃飯，進門前，我特別提醒他不要提起理化課還有今天在學校發生的事。

「妳沒說嗎？」他問。

「沒有，我不想他們擔心。」

「那妳怎麼跟妳爸媽解釋手受傷？」

「就隨便掰個在學校不小心把杯子打破，然後被割到的理由啊。」

「妳平常都不會跟妳爸媽說學校的事？」

「會啊，不過是有選擇地說。善意的謊言嘛！」說著，我打開家門，突然看見坐在客廳沙發上的爸，嚇了一跳。

「爸，你不是說今天要加班嗎？」

「妳媽跟我說妳今天難得有朋友要來家裡吃飯，而且又是鬍子老闆的姪子，我當然要先把工作放一旁，回來陪你們吃飯啊。」

「言爸爸好。」爸話才一說完，柯紹恩馬上就很有禮貌地打招呼。

「你好你好。果然跟妳媽媽說的一樣，是個小帥哥喔！」

「呵呵。」我乾笑了兩聲後，對柯紹恩耳語，「不好意思，我爸媽就是這樣，你習慣就好。」

「啊，紹恩來了啊！」這時媽從廚房出來。

「言媽媽好。」

「紹恩怎麼今天才過來吃飯？」媽似是抱怨，卻滿臉笑容地說道，「之前可珈說你很忙，你在忙什麼啊？言媽媽等你等很久了耶！」

柯紹恩一聽，視線掃了過來。我笑笑後，裝傻地望向別處。

「因為剛開學，有很多事情在忙。」他倒也沒拆穿，順著我媽的話回答。

「也是，爸媽不在身邊，鬍子老闆又要開店，是比較辛苦一點。以後常來家裡玩，把這裡當自己家，知道嗎？」

「對啊，每天都過來也沒問題喔。」

也不知道是柯紹恩的魅力再次發威，還是因為他是我有生以來，第二位以「朋友」身分現身我家的稀客（第一位是予潔），總之爸媽都顯得相當開心。

吃飯時，兩人像好奇寶寶地輪流問柯紹恩關於泰國的事，大至政治，小至飲食文化，無所不問。而柯紹恩也不厭其煩一一回答說明。後來甚至問到了他的爸媽是如何認識的……

「當時我爸到泰北的村落當義工教中文，那時我媽也剛好在那裡幫忙，兩人就這樣認識了。」

「所以你爸是國文老師？」我問。

「嗯，現在在東部的部落學校教書。」

難怪連文言文翻譯都翻得比我還好。

「那你媽會說中文嗎？」我媽接著又問。

「會，我媽是華裔第三代。」

「你是在台灣出生，還是在泰國出生？」

「在泰國出生，在那裡念幼稚園，直到要上小學才回來台灣。現在只有寒暑假，才會回泰國。」

「你和你媽是說泰語還是中文？」

「其實都會參雜，不過主要是泰語，我爸媽希望我泰語、中文都能說得好。」

「你連英文都說得很好啊……」我忌妒又羨慕地小聲嘀咕了一句，不過大家沒聽見。

就像這樣，在完全沒有冷場的對答下，這頓晚餐吃了應該有兩個小時，中間有一半以上的時間，幾乎都是花在說話上。

就連後來柯紹恩離開後，爸媽的話題都還在他身上打轉。

就因為那晚和爸媽相談甚歡，之後柯紹恩出現在我家餐桌上的次數，一個星期至少有三天。我爸媽當然是非常歡迎，但鬍子大叔卻有些不好意思，每次看見我，總會特別道謝。

「不用不好意思，我媽巴不得柯紹恩天天來我家吃飯。再說，襪襪在這裡也都是你在照顧的。」

最近，我一下課，就會和柯紹恩先到鬍子咖啡廳，和襪襪玩到快吃飯時才回家。

「襪襪很乖，我也沒特別照顧，反而是牠幫我招來許多客人呢！」正在做拉茶的鬍子大叔，瞥了襪襪一眼。

「這麼厲害，那襪襪豈不是招財貓嗎？」說著，我把襪襪的一隻前腳輕輕舉起，學招財貓招手。牠配合地喵喵叫了幾聲，果然很惹人憐愛！

「印度拉茶好嘍。」鬍子大叔將飲料端上桌。

這時我才注意到他今天穿的是那種寬寬鬆鬆的褲子。

「今天是印度風嗎？」我學起印度舞中左右擺動頭部的動作。

「對啊。」他笑笑地走回吧檯，又說：「哪天帶爸爸媽媽來店裡吃飯，我請客。」

「就說不用客氣了，而且我爸媽簡直都快把柯紹恩當自己的兒子看了。」

「這樣啊。」

「很誇張，對不對？」我嘖嘖地搖搖頭，然後突然想到一件事，坐上吧檯前的椅子，「鬍子大叔，我問你喔，柯紹恩有沒有什麼壞習慣？像是不愛乾淨、房間都不整理……這類的。」

「為什麼突然問這個？」

「好奇嘛！」我嘿嘿笑著。他在學校這麼十全十美，說不定私底下有什麼不為人知的缺點……

「沒有耶，他的生活習慣還不錯，我大哥大嫂把他教得很好。」

「是喔……」

「為什麼妳看起來很失望的樣子？」鬍子大叔覺得有趣地探問。

「是有點，本來想抓個把柄來威脅他的，結果居然一個把柄也沒有。」我半開玩笑地說道。

視線觸及柯紹恩放在吧檯的幾張學校通知單和週考成績單，隨手抽了成績單來看。雖然知道他是第一名，但看見他的分數時，還是會讓人忍不住「哇」地一聲。

「他一科英文居然抵我的國史地三科！」

「難怪妳今天會被老師叫去訓話。」剛剛上樓換居家服的柯紹恩，一下樓就放了我一枝冷箭。

「襪襪，去咬他！」我手指向柯紹恩。

襪襪好像聽懂我的話，乖乖地走過去……但卻是撒嬌地在柯紹恩腳邊磨蹭?!

好吧，他連動物都能收買，我也只能認栽了。

「真的有這麼糟嗎？」鬍子大叔不怎麼相信地問我。

「不要問，很可怕的成績。」我苦著一張臉，「如果這次月考還是這麼糟的話，下次家長會，我媽又要聽老師念我了。」我像少了棉花的布偶，全身癱軟，趴在吧檯上。

「言媽媽會處罰妳嗎？」柯紹恩在我旁邊坐下。

「當然不會，只是從我國小開始，每次家長會，別人的媽媽都會聽到老師稱讚自己的孩子，就只有我媽千篇一律聽到老師說我哪裡不好，哪裡不乖。叫她不要參加家長會，她又很愛去，可是我就是不忍心她聽到這些……」

「不如以後叫紹恩幫妳複習功課，算是妳爸媽特別照顧他的回禮。」

鬍子大叔的提議，讓我眼睛一亮。我馬上起身，轉向柯紹恩。

「可以是可以，不過，妳不能有怨言喔。」

怨言？我困惑地停頓了一秒。

柯紹恩用柔和中帶著不容拒絕的視線，看著我的眼睛——

「沒問題！」當我察覺時，話已經先說出來了。

第四章　共患難也不是這麼共的

「所以你們今天放學後，要留校念書？」

中午到輔導室吃飯時，我告訴予潔昨晚鬍子大叔的提議。她聽完，點點頭後這麼說。

「嗯，因為回家後有太多誘惑，我怕我會無法專心。」

「本來我還想說是不是要開始找妳一起念書了，這次有柯紹恩幫妳，那更好了。」

「妳要不要也一起留下來？」

不過，成績一向都在前十名的她，大概不太需要。話問出口後，我又這樣想到。

「不用了，我怕我會不專心。」

予潔這麼一說，我就懂了。兩人哈哈地笑了起來。

「對了，我一直忘記問妳，」待笑聲漸歇，予潔又說，「妳那天把徐韶婷帶出教室後，班上其他同學對這件事有什麼反應嗎？」

「沒有，可能班上同學本來就知道我和徐韶婷不對盤，所以見怪不怪；不過，也可能是因為當事者是我和她，而不敢太八卦。可是那件事後，我覺得我在同學間的那種『惹不得』的恐怖形象，又更根深蒂固了。」

「那這樣算是好，還是不好？」予潔也困擾了。

「嗯……算好吧，至少徐韶婷最近都沒來找我麻煩了，我清靜不少。」

「如果能一直這樣天下無事就好了。」

我也衷心這麼希望。心裡這麼想的同時，我「啊」了一聲，快速地拿出手機。

「怎麼了？」

「妳不是要看襪襪的照片嗎？」我從手機相簿裡挑出照片，拿給予潔看。

她看了看照片後，「真的好可愛喔！」發出這樣的讚美。

「什麼好可愛？」從諮詢室走出來的小華老師搭腔。

「是可珈最近收養的一隻流浪貓。」予潔將手機遞到老師面前，「牠叫襪襪。」

「其實不算是我在養，嚴格說起來，應該是鬍子大叔養的。」我解釋。

「鬍子大叔？」小華老師看了我一眼。

「就是柯紹恩的叔叔，他在我們社區開了一家咖啡廳，因為留著八字鬍，所以我都那樣叫他。」

「真有趣。」小華老師笑笑，然後坐下，打開她的便當。

「對了，下次我要去看襪襪時，順便約老師一起去。」

「好喔，予潔這個主意不錯。」

然後，我又把咖啡廳裡賣異國料理，還有鬍子大叔年輕時到處旅行的事，都說給老師聽。老師聽得津津有味。

「老師，妳最近是不是很忙？這幾次中午來，發現妳都好晚才吃飯。」前一個話題暫告一段落時，予潔關懷地問道。

「嗯，這學期認領的個案輔導已經開始了。因為是一開始，所以會比較忙。」

「原來是這樣。那我們以後還方便過來嗎？」

「可以啊，妳們在這裡，輔導室也顯得熱鬧些啊。」

後來，我們又聊了一會兒，但因為午休時間差不多要到了，我和予潔就先離開。

「剛剛小華老師說到個案輔導，我最近聽到我們班有人說，高三的學長姊，有人會專門挑新生來欺負當成樂趣。」一出輔導室，予潔說。

「這麼過分！知道是哪些學長姊嗎？」

「不知道，聽說不常來學校，或許我們都沒看過。」來到川堂，予潔指向右邊的方向，「我往那邊走嘍。」

「嗯，拜！」

和予潔分開後，我的腦中閃過一件事，似乎是關於高三學長姊的事，但模模糊糊，而且停留的時間太短暫，就算努力回想，也找不到方向，索性就算了。反正沒記起來，就代表不重要，如果是重要的事，自然就會突然想起來。

下午的課，沒有反常地，在問問題、罰罰站、訓訓話中度過。

最後一堂是班導的課，她在下課鐘聲響起後，硬是又花了五分鐘對我們耳提面命一番。

「月考快到了，老師希望你們能比平常再多用一點心在功課上……」

我不時收到她投來的不知道算是警告，還是關愛的眼神。我就知道，這個座位一定是她特地安排的！

「下課。」

我敢肯定老師剛剛的長篇大論聽進耳裡的人一定不多，但此刻這兩個字，絕對百分百全班都聽見了。所以，老師一說完，我身後立刻響起乒乒乓乓的聲音，等我回頭，教室裡已經走了一大半的人了。

「上週的週考考卷有帶嗎？」

班上同學走得差不多後，柯紹恩來到我桌邊，拉了隔壁座位的椅子，在側邊坐下。

我從抽屜裡拿出考卷給他。他接過，不發一語地瀏覽每張考卷。

我不動聲色地觀察他的反應，但他一臉平靜。

「應該還好吧？」於是我猜測可能沒有他想像中那麼糟。

「不好，一點也不好。」結果他很認真地這樣回覆我。

雖然有點小失望，不過我接受，因為是意料中的事。

「妳的數理不差，只是數理和文科成績的落差很大。」他又說。

「我最討厭背文科了。雖說有背有分，可是我覺得死背一點意義也沒有，算數學還比較有趣點。而且國中的時候，老師就只會叫我們錯的罰抄，有次我問老師：『難道一直罰抄就會記起來嗎？』結果就被說什麼我嗆老師，但我根本沒有那個意思，只是想問一個答案而已。從那次後，我更討厭文科了。」

「原來是因為這樣。」柯紹恩輕笑。

「什麼這樣？」我沒聽清楚，孤疑地問。

「沒什麼。」他淡淡帶過，繼續道：「其實文科也不是拿起課本就死背，像史地，妳必須先了解內容，然後融會貫通，自然就能記起來了。」

我懷疑地看著他。如果有他說得這麼簡單，我也不會考這種二、三十分的成績了。

「那我們今天就從歷史開始吧。」忽略我的質疑，他有自信地說道，「每一個朝代，妳可以分別從政治、經濟、教育、藝術、社會來著手，像這樣……」他拿了張空白的直條紙，在上面寫下：政、經、學（藝）、社。

「哇，你左手寫字好快，那你右手也會寫嗎？我也是半個左撇子，不過我只會用右手寫字……」如果左右手都能寫字的話，那罰寫時不就可以很快完成了嗎？

柯紹恩無言地瞥了我一眼。

「我知道，專心。」我陪笑地說道，卻在他收回視線時，偷偷對他做了個鬼臉。然後在他又抬眼之前，趕緊收斂表情。

他看著我，幾秒後才開口：「之後，就這幾項開始統整，如果遇到前面章節提過類似的東西時，就再另外拉出來做比較。試試看。」

我看了看他，然後反指我自己，他直接將筆塞進我手中。

這算哪門子的複習啊？叫我做統整？家裡一堆參考書都已經幫我做了統整，精美又整齊，直接拿來看就好了，為什麼還要浪費時間在這上面？我一邊想，一邊翻開課本，找著他剛剛說的什麼政、經、學、社的。

「妳現在是想抱怨的意思嗎？」

雖然是以問號結尾，卻帶著肯定口吻的話語傳進耳裡，我心一驚。我有表現得這麼明顯嗎？

「沒有！我怎麼可能會有怨言。」我呵呵笑了兩聲。

他也呵呵笑了兩聲：「別忘了妳自己昨天說過的話。」

「可以是可以，不過，妳不能有怨言喔。」

「沒問題！」

現在認真回想起來，他當時說那句話時，是不是笑得有些狡猾啊？我突然有種誤上賊船的感覺，現在後悔來得及嗎？我偷偷看向他。他彷彿讀出了我的內心話，正盯著我。我裝作沒事樣地，趕緊將目光再放回書上，然後認命地執行他交代的事。

他還算有點良心，在我找不到重點時，會出聲告訴我，也會教我用什麼方式記下。雖然覺得麻煩了點，但抓到訣竅後，速度快了許多，看著自己整理的筆記，倒也挺有成就感的。

「完成了，然後呢？」我滿意地將剛出爐的筆記拿到面前端詳了一會兒，才放下問道。

「然後回家背。」柯紹恩起身，「我明天考試。」

「咦？就這樣？」

「營埔、大湖、卑南、麒麟文化的共同特徵是什麼？（A）製作粗繩紋陶（B）開始出現定居小聚落（C）文化呈現孤立發展（D）社會階級分化，貧富差異出現。」

我還沒反應過來，柯紹恩突然拋來一個問題，我下意識接住後，思索了起來。剛剛好像有寫到，而且柯紹恩還特別提醒過……

「D！」

他揹起書包，露出一抹笑：「走吧。」

「我答對了？」我難以置信地大叫。

「自己統整的時候，會有初步記憶產生，也許未必能全部記熟，但一定會有印象。所以妳剛剛在做筆記的過程中，大腦其實已經開始在進行記憶儲存的工作了。」他一邊解釋，一邊幫我把東西收進書包。

「所以你都是這樣念書的？」我將書包斜揹在身上，跟著他一起走出教室。傍晚六點的天色，透著一層靛紫色薄光。

「不一定，有時候上課聽一聽，就順便記起來了，只有遇到比較需要整理的部分，才會簡單統整一下。」

什麼上課聽一聽，就順便記起來了，這不就跟吃記憶麵包一樣簡單嗎？第一名的腦袋和我的腦袋果然就是不一樣。

「之前你說你爸在東部教書，所以你是念那裡的國中？」我又問。

「嗯。」

「那你的朋友不就都在那邊？還是也有北上念書的？」

「都在那邊。」

「平常會聯絡嗎？距離這麼遠，應該會想念他們……」

「剛剛統整的地方，有沒有什麼不懂的？」柯紹恩表情沒變，很自然地換上新的話題。看似不著痕跡，我卻覺得他話語中帶著某種程度的強勢，像是想迴避我的問題。

「……目前是沒有。」雖然很想繼續問他國中的事，但想想後，還是把好奇嚥下了。

出了學校，前往公車站的路上，會經過一條小巷子，平常我不太會去注意，但今天卻莫名地，在經過時隨意瞥了一眼。不看還好，一看居然讓我看見路燈旁的陰影處，有一群穿著我們學校制服，看起來非善類的男生，正圍著一個瘦高的男學生，其中還有人突然推了他一把，害他重重地撞到身後的圍牆。

「最近聽到我們班有人說，高三的學長姊，有人會專門挑新生來欺負當成樂趣。」

予潔的話閃過耳邊，我連忙拉住正往前走去的柯紹恩。

「你看那邊。」我指向暗巷，「有人被欺負了。」

「所以？」

「當然是要去救他啊！」

「就我們兩個人？」

我頓了一下。對方至少有四、五個人，我們的確勝算不大……可是總不能見死不救吧！

「你以前打過架吧？」我問。

他只是看著我，我直接當他默認。

「我們是朋友對吧，朋友是不是應該要共患難？所以如果我去救他，你是不是應該要幫我？你沒說話，就表示認同我了，所以我們走吧！」

我完全不讓他有表達任何意見的機會，一口氣把話說完，然後抓起他的手，衝上前。

那群人一注意到我們走近，紛紛露出警戒的眼神。我朝他們的胸口一瞥——的確是高三的學長，不過，年級槓後面都沒繡上姓名。

「不好意思，我們是他的同學，請問學長們有什麼事嗎？」我說。

所謂伸手不打笑臉人，不管怎樣，先展現誠意，如果他們願意放人，那是最好的，如果他們不吃這一套，那就……只好拚了。這是剛剛走過來時，我迅速在腦中擬好的計畫。

「喔，也是一年級的啊？」其中一位學長有些輕蔑地說道。

「沒有啊，就找妳同學聊聊天，培養感情。還是，學妹妳也想和學長培養培養感情？」比較靠近我的那位學長說著，手正朝我伸來。

在我閃開前，柯紹恩反應比我更快，他將我往後一拉，然後往前跨了半步。

「喲，護花使者喔！」

「嘖！看了真礙眼！混血兒喔？」學長突然湊近柯紹恩看了看，然後指著他大笑了起來，「真的是混種的耶！」

「學長，這並不好笑！」

學長冷冷地看了我一眼：「怎樣？我就是要笑，不然妳咬我啊！」然後一副無賴樣地朝我走來，還一直重覆著：「咬我啊！咬我啊！」

身後的其他人不知道在高興什麼，鬼吼鬼叫地亂起鬨。

以為我不敢嗎？我一火大，就抓起他的手，死命一咬。在場的人都沒料到我的突來之舉，瞬間無聲了幾秒。

「幹！」被我咬的學長大吼了一聲，用力地推開我。

我向後踉蹌了幾步。

「妳還真的咬！」

「是你叫我咬的。」我知道現在回話太不知死活，但我忍不住。

學長被我激到了，手掌迅速揚起落下……但被柯紹恩擋住了，他牢牢抓住學長的手腕。

學長瞠大眼睛瞪著柯紹恩，然後冷哼了一聲：「真的很礙眼！」說著，另一手也掄起拳頭，朝柯紹恩的左臉揮去。我來不及看清楚柯紹恩是否被打中，其他的學長一下子蜂擁而上，形成一團混戰。

「你們先走！」混亂中，一道聲音躍出。

我接收到後，連忙帶著傻愣在一旁的男同學跑走。出了暗巷，在路燈的照射下，我才看清楚男同學鼻梁上的眼鏡歪了一邊，眼鏡下方的臉頰還有個瘀青。

「你還好吧？還有沒有哪裡受傷？」我擔心地問道。

「我……我沒事。」說話的時候，他咳了幾聲。

「你確定？如果內傷的話就麻煩了。」

他搖頭：「妳同學……」

對喔，差點把柯紹恩忘了，我應該趕回去幫他。

「可是你……」但我也不放心眼前的男同學。

他繼續搖頭：「我沒事，謝謝你們。」

看他堅持沒事的樣子，應該沒什麼大礙吧。

「好吧，那你自己小心點，如果有覺得哪裡不舒服，一定要去醫院喔。」

他點點頭，我又看了他一眼才離開。

回到巷子附近，我幸運地在路邊發現一塊長木板，剛好可以拿來當武器。撿起木板後，我直衝現場，但因為燈光昏暗，搞不太清楚現在狀況如何，不過柯紹恩還沒倒下，他一個人面對三個學長，俐落地閃躲，然後還擊，精采得讓我一時忘了我是來幫忙的，甚至還忘情地叫出聲，完全沒注意到另外兩位學長正悄悄往我這裡走來……

「言可珈！」

柯紹恩突然大吼，我回過神來才看見危險逼近，連忙舉起木板一揮。學長見我手中有武器，也不敢輕舉妄動。

這時，遠處有個人影朝我們跑來，還一邊大喊：「你們在幹麼？」

「喂，教官來了，閃了！」不知道是哪位學長這麼說，讓其他人都停下動作，然後下一瞬，他們有默契地往反方向跑走。

原來他們也會怕教官啊！心裡正竊喜時，我手中的木板突然被柯紹恩抽走丟到一旁，同時一隻手被他抓起，然後我被迫跟著跑了起來。

咦？等等！這是什麼狀況？我們又沒做錯事，為什麼也要跟著跑？不管怎麼想，都沒有需要躲避教官的理由啊！

大概跑了有兩條街遠後，我們到便利商店買水，順便坐在店前的長椅上休息時，柯紹恩這麼告訴我：「當事者都不在了，教官未必會聽我們解釋。」

「你是柯紹恩耶！教官一定會相信你的。」他的名字，就像是名牌包的標誌，有一定的公信力。

「謝謝妳對我的人格這麼信任。」他笑，「但妳覺得教官會相信妳嗎？」

「當然是不會相信，不過有你在啊。」我有恃無恐地答道。

「妳都不怕教官問我的時候，我沒站在妳那邊，幫妳說話？」

「你不會的。」

「為什麼這麼肯定？」

「因為我們是朋友。」

「朋友之間也是有可能發生背叛的事。」

「如果真是那樣，我也認了。」

「然後下次再繼續相信別人？」

「嗯。這個人是這個人，那個人是那個人，兩個不一樣，沒道理我曾經相信這個人，但因為被他背叛了，而不相信另外那個人，對那個人來說，並不公平。」

「但妳不怕又再一次被背叛？」

我大笑：「最好有這麼倒楣！不對啊，你幹麼一直在這個話題上打轉？難不成你剛剛真的有想要丟下我、不幫我的打算？」

「如果我說有呢？」

「不可能！」我不花一秒地否決他，「如果你有，就不會在第一時間拉著我逃跑了。」

「妳很容易相信人？」他說，既是問句也像是肯定句。

「不相信人，難道要一天到晚懷疑別人嗎？」我反問。

「妳不覺得，有時表面上看到的，不一定就是妳所認為的。就像妳覺得我不可能丟下妳不管，但說不定我是演的，只為了博取妳的信任。」

「博取我信任？然後呢？和徐韶婷一樣捅我一刀嗎？我們又無冤無仇。」

「江文靜也跟妳無冤無仇。」

是沒錯啦……

「所以你現在是要我多懷疑你嗎？」

「妳要也可以。」他淡淡說著，然後轉開瓶蓋，就著瓶口喝水。

我狐疑地盯著他：「你今天真的怪怪的，從剛剛開始就一直在意『相信不相信』這件事，該不會你也曾被某人捅過一刀吧？」我開玩笑地亂猜，沒想到柯紹恩喝水的動作卻頓了一下，「不會……真的被我說中了吧？」

他沒答話，若無其事地將水喝完後，放下瓶子，用手背抹去殘留在嘴角的幾滴水珠。

見他無異的神情，我呵笑了幾聲：「想想也不太可能，你又不是我。」

他依舊沒有回應，撇撇嘴後，轉而問起：「那位同學還好嗎？」

「嗯？」因為突然跳到別的話題上，我一時沒反應過來，一會兒後才明白他指的是什麼，「喔，他啊！他說還好，不過我覺得不太好，他的臉頰有被揍的痕跡。」

「知道名字或是哪班的嗎？」

「啊！我忘了問。」

柯紹恩瞄了我一眼。

「還不是因為我當時也掛心你，一時沒想這麼多……」

「我什麼都沒說喔。」

他刻意說的這句話，聽起來根本就是暗指我找藉口。因為的確是我疏忽了，所以我沒法反駁。

「話說回來，我不是叫你們先走，妳幹麼又跑回來？」他又說。

「當然是因為擔心你啊，而且我也做不出拋下你一個人，自己一走了之這種事。」

「可是妳好像也沒幫上什麼忙。」

「是沒錯……」我不好意思地笑笑後，想起他剛剛俐落的身手，「不過，你當時似乎也不太需要我，一個人就能搞定那些學長了，看不出來你這麼會打架耶！你以前該不會常常打架吧？如果真是這樣，這個內幕也太驚人了。」

「讓妳失望了，這是我第一次打架，拜妳所賜。」最後一句話他是故意針對我補上去的。

「我們是去救人耶！所以算是做好事。」

他不置可否地撇撇嘴。

「你之前應該有學過空手道之類的吧？看你閃躲、出拳的動作，都很有架式，不太像亂無章法地隨便打。」

「嗯，以前有學過一陣子拳擊。」

「興趣嗎？」

「算是吧。」

所以除了這個原因外，還有其他的原因……

「太晚了，該回去了。」

柯紹恩這麼一說，我回過神，趕緊跟著他一起起身。就在這時，我落下的視線，赫然瞥見他右手下臂後方，接近手肘的位置，有一道大約五公分長，像被刀劃開的傷口。

「你受傷了耶！你怎麼都沒說！」

原本正要邁步的他，聽見我的聲音後，頓了一下。

「這是什麼時候劃到的？」我將他的手抬起，仔細觀察傷口。雖然皮開肉綻的狀況有些嚇人，但已經沒有再流血了。

「我也不確定，大概是叫妳的時候，分心就被劃到了。」

「你不覺得痛嗎？」剛跑了一段路，又坐在這裡一會兒，這麼長時間，居然都沒發現。

「在剛剛之前，我真的沒有感覺到任何疼痛，不過現在……感覺到了。」像是為了增加說的話的可信度，他蹙了一下眉頭。

「那還是趕快回家擦藥吧。」

「等一下經過藥局時我買個藥，在外面處理完再回去。」

「為什麼……喔，你怕鬍子大叔擔心。」

他點頭。

還好現在已經換季，比較涼，外出都會多加件薄外套或穿長袖，正好可以遮住傷口。

於是我們搭上回家的公車，在下車處附近的藥局買了所需的藥品，再到旁邊的小公園，幫忙柯紹恩上藥。

「我發現，你身上的兩道傷都是因為我。」

先是燙傷，後是刀傷，而且時間還相差不遠，害我有些愧疚。

「妳之前也受傷啦。」他看向我的手掌，「而且妳不是說朋友要共患難嗎？」

我不知道他是在安慰我，還是糗我？不過，就當是前者吧。

「其實剛剛應該先回學校搬救兵，比起我們，教官老師比較有威嚇作用。」他又說。現在想想，好像是這樣沒錯。

「那你怎麼不早講？」

「妳有讓我說話的機會嗎？」

「沒有。」好，我反省。

「有件事情我很好奇，妳當時怎麼會去咬學長？一般人應該不會真的照做吧。」

「那是因為他拿你當笑話，我很生氣，而且他不道歉，繼續挑釁，我就忍不住了。」

「所以是因為我？」

「對啊。」

「ขอบคุณครับ」

「什麼意思？」

結果他只是笑笑，然後往回家的路上走去。

「到底什麼意思啊？幹麼每次都搞神祕講泰語，然後又不跟我說？」

儘管我一路煩他煩到咖啡廳，他依舊不為所動地一句話也沒解釋。

沒關係，好險我還有印象，明天就去問予潔！

隔日一早的朝會，教官就針對昨天的事，拉拉雜雜地訓話將近十分鐘。結束後，班上同學都在討論，瀰漫著一股人人自危的緊張氣氛，不過，我和柯紹恩都三緘其口，沒有和其他人提起，除了予潔。

「你們為什麼不去跟教官說？」

某節的體育課，予潔他們班因為調課，剛好變成和我們班同一堂上體育課。加上是月考前一週，兩班的體育老師都讓我們自由活動，看是要到圖書館念書，還是在球場打球都可以，只是下課前十分鐘要回來集合點名。原本我帶了歷史課本和筆記，準備要複習，但一看到予潔，索性就和她待在球場旁的樹下聊天，然後就聊起昨晚的事。

「我也這樣問柯紹恩。他的意思是，希望能先找到那位被欺負的同學，因為昨天教官並沒有抓到任何一位學長，我們也無法提供學長的名字，就算找到學長了，也無法證明他們欺負新生，除非當事者出面指認。另外，他還考慮到，如果是由我們出面，即使事情解決了，也只是治標不治本，學長們還是可能會繼續找那位同學的麻煩，但如果教官清楚知道是哪位同學，會對那位同學比較關心，學長之後應該比較不敢再亂來。」

「這麼說也有道理，可是妳不是忘了問名字和班級嗎？」

「這就是問題所在，不過，柯紹恩說他每節下課都會到各班晃晃，找找看。」

「這不是海底撈針嗎？」

「但也沒其他的辦法了，還好他認人很厲害。」

「話不是這麼說的吧。」予潔失笑。

「他自己不是說，只要他見過一次，就有印象了。」我也跟著笑，「而且妳知道嗎？他超過分的，不僅過目不忘，連過聽也能不忘，說什麼上課聽一聽，就記起來了。妳說，這種人是不是會讓人忌妒到牙癢癢？」

「我就說他很厲害啊！所以昨天他幫妳複習後，有什麼收穫？」

予潔一問，我連忙獻寶似地將統整好的筆記拿給她看，還把柯紹恩說過的什麼初步記憶、融會貫通這些話，一併說給她聽。

「快點，妳考我幾題！」我把筆記和課本丟給她，「柯紹恩說今天要考試。」

於是，予潔認真地一連問了好幾道問題，雖然有些需要花時間回想，不過我都答對了。

「真的有差耶！」予潔鼓掌說道。

我驕傲地哈哈笑了幾聲。

昨晚回家做完功課後，我就把筆記拿出來複習，還大聲背誦（那是昨晚分手前，柯紹恩提醒的方法），讓爸媽都嚇了一跳，還以為我怎麼了？然後知道我破天荒地在背歷史後，媽居然誇張地準備一堆消夜給我，害我吃得太撐，差點睡不著。

「會不會妳學了第一名的念書方式後，下次也考個第一名？」

「這倒是不太可能。」自己的實力，自己很清楚，「不過，這次考試比較有信心了，也稍微覺得歷史沒這麼討厭了。」

「嗯，一個科目要考好，首要就是不討厭它，然後產生興趣，自然就會有求知欲。反之，連課本都還沒翻開，光是看到封面就想逃避，更不用說要去念它了。」

「沒錯沒錯，我以前就是像妳說的那樣。」真的就是越看越討厭，最後乾脆丟在一旁。

後來，我又請予潔繼續問我問題，柯紹恩剛好來撿球，就順便跟予潔打招呼，結果他才剛離開，予潔班上的女同學紛紛跑來打探，但她一率以「只是在辦公室見過幾次，不是很熟」的回答打發她們。

「如果被知道妳認識他，妳大概每天都會收到送不完的情書了，這時候就覺得，大家都不敢接近我也是個優點。」我自嘲的同時，注意到予潔已經盯著一處看有一會兒了，「怎麼了？」

「剛剛徐韶婷在看我們這裡，大概是因為上次你們班理化課的意外，現在看到她，都會懷疑她是不是又有什麼詭計了。」

「我是沒什麼感覺，反正防不勝防，而且老是抱著懷疑的態度去看她，然後把自己弄得緊張兮兮，那也太累了。」

「嗯。」予潔同意地點點頭後，「不過防人之心不可無。」

「我知道。不說這個不討喜的話題了，我突然想到我有一句泰語要問妳！」

「好啊，妳問。」

一換話題，原本有些沉悶的氣氛隨即愉悅了起來。

「不過我忘了怎麼說……」早知道昨晚應該先把它記下，就是自以為一定會記得，結果早上一睡醒，什麼都忘了。

「蛤？那要怎麼問？」

「我記得不是很長的音節，好像是三個音節？妳把妳知道的泰語都念一遍，也許我就有印象了。」

予潔聽見我提出的要求，露出哭笑不得的表情：「還好我知道的三個音節的泰語並不多。」

「麻煩嘍！」我雙手合十。

一開始，予潔念的幾個詞都很相像，我也不太確定，直到念到第五個詞時，我才感覺似乎就是它了！

「好像是這個，妳再念一次。」我說。

「ขอบคุณค่ะ」她這次刻意念得比較慢。

我想了想後：「沒錯沒錯！第一個字是發『·ㄎㄡ』的音，我有印象。這什麼意思？」

「謝謝。」

所以，柯紹恩是因為我為了他咬了學長，在跟我說「謝謝」？既然要道謝，幹麼好好的中文不說，硬要說我聽不懂的話，還故意不解釋？是因為不好意思嗎？啊——原來他也有不好意思的時候！一想到這裡，就覺得好像抓到他把柄般，開心了起來。

「我要學這個詞。」我興致勃勃地要予潔像上次那樣把注音標給我看。

「好啊。」予潔拿過紙筆，然後邊寫邊說道：「上次忘了跟妳說，男女生說話時字尾的差別。最後這個音沒有意義，代表的是禮貌，放在每句話的最後面，女生發『咖』音，男生發『咖拉』的音……」

我一邊「嗯」、「嗯」地回應予潔，一邊已經為了可以找機會鬧柯紹恩而興奮不已了。

放學後，我和柯紹恩一樣留校複習，正式開始前，我先問了他今天找人的狀況。

「有去幾個班級看過，但沒看到。昨天發生了那種事，他也許會先請假幾天。」他說。

「因為不敢來上課？」

「有可能。還有，妳不是說他臉上有挨打的痕跡嗎？所以也可能是想等痕跡淡去。不過，這只是猜測，我還是會持續去各班晃晃，也會順便跟其他班的班長打聽一下。」

我聽完，不語地直盯著他。

「怎麼了？有話就說。」

「沒什麼，只是覺得我們班長果然很可靠！」

「突然的稱讚通常代表有鬼……該不會想趁機pass掉今天的考試吧？」

「哪有！我是真的有感而發。再說，我今天可是準備充足呢！」我信心滿滿地說道。

「是嗎？」他一副不怎麼相信的樣子。

「真、的。」我還加重了語氣，「考吧！」

然後，接下來，我才真正明白他口中說的「不能有怨言」是什麼意思了。

昨天做統整什麼的，都只是小case，今天他所問的每一道題目，比予潔問的還刁鑽好幾倍，完全打擊到我的信心！

「等等，這個昨天我有寫到嗎？」我忍不住發問。

「當然有，但是考試時，不可能照妳的筆記這樣一條一條地出題，描述題目的字句也不可能相同，所以我才說要融會貫通，不然很容易被選項中模稜兩可的答案騙去。」

好吧，他說得也有道理，我只好再繼續努力做到「融會貫通」，但就在我以為難度不會再加深時，他居然還規定答題的速度！

「這會不會太刺激了一點？又不是搶答遊戲！」我說。

「就是要這麼刺激。」他勾起嘴角。

我再度覺得現在的他，像極了狡詐的狐狸！

「我會問十題，妳只能錯三題。如果在標準內，我請妳喝飲料，如果不到標準，妳請我。」

「好！」我接下戰帖。

而柯紹恩也沒在客氣，陸續問了十道和剛才一樣難的題目，而且幾乎沒讓我有停頓思考的時間，回答完十道問題，就像是跑了十圈操場一樣累。最後，我錯了五題。

「我把妳錯的部分標示出來了，妳回家再複習一下。」他把課本拿給我看。

我無力地點點頭。

「怎樣？之後還要我幫妳複習嗎？」他笑。

「當然。」以為這樣我就被打敗了嗎？不管如何，這次文科一定要拿到會讓所有人跌破眼鏡的分數！只是在此之前，我可能要叫媽多幫我燉些補品來補補腦了。

「好，那今天先到這裡，後面的統整妳先做，我再幫妳看。」他開始收拾。

「換完藥再走吧，我有帶藥水和紗布來。」說著，我將東西拿出來。

「妳還特地帶來？」

「反正也沒占很多空間，而且你自己換藥也不方便。」

我示意他捲起袖子，幫他把紗布拿下來，在棉花棒上沾了藥水後，塗抹在傷口上。

「……我可以認為妳現在是在報復我剛剛太嚴苛嗎？」柯紹恩偏頭看我，他的臉上有一絲痛苦。

「沒有啊，這本來就會痛，你就忍耐一下吧。」我認真地說道，然後在他回頭後，偷偷地抿嘴笑，但下手也比剛才輕了許多。

結束換藥後，我和他一起離開學校。我問柯紹恩想喝什麼？

「鬍子咖啡廳的泰式奶茶。」他說。

「ＯＫ！」我回答後，這時才想到地對他說：「我知道意思嘍。」

柯紹恩瞥了我一眼。

「昨天你說的那句泰語是『謝謝』的意思。」

他沒有露出驚訝的神情，反而好像早預料到我會知道一樣，害我一時有些小失望。

「你怎麼不問我怎麼知道的？」

「因為一定是蕭予潔告訴妳的。」

也是，這並不難猜。不過沒關係，反正也不是重點……

「那既然要道謝，就說我聽得懂的，幹麼故意說泰語？你是不是不好意思呀？」我伸出食指指向他。

「不是，只是看妳聽不懂的困惑表情很有趣。」

「少來！你一定是害羞，對吧？對吧對吧對吧……」我戳他手臂，還不忘繼續糗他。

突然，柯紹恩停下腳步。我差點撞上他，還來不及開口問怎麼了，他就又莫名其妙地拉著我轉身走。

「公車站不是這個方向……」說話的同時，身後傳來一陣騷動，好奇地想回頭，但身體瞬間像被一道強大的力量向前拉去，然後，我又被迫跟著跑起來了！

為什麼連續兩天都必須像這樣在大馬路上狂奔？昨天是在躲教官，但今天是怎樣……

「到底發生什麼事了？」我一邊閃躲路人，一邊在他身後大聲問道。

他沒有回答我，只是一個勁兒地往前跑。好像有人在追我們？我想確認，但他跑得又快又急，我根本沒辦法回頭，就這麼一路跟著柯紹恩跑進了巷子，然後躲到路旁一個已經收攤的流動攤位後。

柯紹恩知道我一定會詢問，所以他先示意我不要說話，然後指向巷口。我抬眼一看，一群剛抵達巷口的人正在東張西望，想必是在找我們。他們穿著便服，其中一位是個有一頭酒紅色捲髮的女生。

她的長相，我當然不記得是否見過，但那誇張的髮色，倒讓我想起開學第一天被我叫起來讓座的學姊……我想起昨天和予潔談話時，腦中閃過的關於學長姊的事是什麼了。

記得當時學姊起身後，還一副不爽地問我知道她是誰嗎？那是欺壓的語氣，所以我才會把那位學姊和予潔口中欺負人的學長姊聯想在一起。

那群人慢慢地往我們藏身的地方走來，然後在不遠處停了下來。我是不怎麼怕，反正還有柯紹恩，而且現在天色還早，他們應該也不敢怎樣，就在這時，我看見柯紹恩拿出手機，開啟相機功能，朝他們照了幾張。雖然困惑想問，但我知道此時的狀況需要噤聲。

他們大概以為我們已經跑遠了，所以沒有徘徊很久，交談了幾句後，反身走出巷子。我們沒有立即現身，又待了幾分鐘後，才趕緊離開。

「他們到底是誰？為什麼要追我們？」上了公車，確定我們很安全後，我才問。

「妳是問認真的嗎？」

「當然……」回答後，我才意識到柯紹恩為什麼這麼問，於是就把「識人不能症」的事告訴他。

「居然有這種事。」柯紹恩很失禮地笑了。

「所以他們到底是誰？」我不想理會他的反應，直接跳回我的問題上。

「昨晚的那些學長。」

「難怪！」

「所以妳對那位學姊也沒印象嘍？」他頓了一下後，「不過，那位學姊好像認識妳。因為一開始是學姊先看到妳，然後才把那群學長叫來的。」

照柯紹恩這麼說，那個學姊應該和我在公車上遇到的是同一人了。

「如果沒猜錯的話，開學第一天，我曾在公車上請一個學姊讓座，她當時不是很高興……不過這樣就記仇，也太小心眼了吧！」

「妳確定只有請她讓座而已嗎？」

奇怪，為什麼柯紹恩說得一副他好像在場一樣？

「妳常常會做一些自己沒意識到，但其實會讓人誤會的事。」

還很了解我的樣子？但是這一次，他說得沒錯，但我決定再次忽略，跳到下一題。

「你剛剛為什麼要照相？」我問。

「這樣就知道是哪些學長了。」

我恍然大悟，沒想到這麼緊急的情況下，他還能考慮到這些。如果是我，應該就是莫名其妙被追，然後莫名其妙逃走……就像國中那時……

「為什麼是這種反應？」他玩味地看著我。

我原本還不知道他指的是什麼，後來才發現自己正不自覺地在傻笑。

「我想到我以前也有這種類似的經驗。」我說。

這時，公車到站了，我們便先下車。

「你上次不是問我怎麼和予潔變成朋友的嗎？當時也是像今天這樣被學長追，不過，那次不是因為我和別人有什麼過節，只是一場誤會。」

還記得某次放學，我被一群看起來像是不良少年的他校學生攔下來，問我認不認識某人，結果幾天後，就傳說我認識什麼幫派，後來那群學生來我們學校找三年級某班學長的麻煩，又不知道是誰說我跟他們是一夥的，搞得我那陣子忙著躲三年級學長的追殺。

「有一次，我不幸在學校被學長堵到，逃跑的時候經過女廁，突然被一個人猛然拉進廁所，讓我免於被抓到，那個救了我的人就是予潔。後來，也是她出面幫我跟教官說這件事，我才終於不用每天躲躲藏藏。當時我在班上的處境就跟現在差不多，但予潔是第一個相信我、幫助我，和我做朋友的人。」

「所以妳特別珍惜？」

「沒錯！當時我也問過她：『難道妳不怕嗎？我可是大家避之唯恐不及的問題學生喔。』但她說：『我們同班一年多了，我不覺得妳很可怕啊。』她當時的回答讓我知道，她是願意真心了解我的人，於是當下，我們就成為朋友了。」

「但妳為什麼都不解釋清楚，任由那些傳言跟著妳到高中？」

「不利我的傳言可不只一項，也不只在國中和高中發生而已，從小到大每個求學階段，多少都會存在不實的謠言，如果每次都要一件一件地澄清，那也太累了。而且，不是都說謠言止於智者嗎？相信謠言的人，無論我怎麼解釋，還是會心存懷疑；至於相信我的人，就根本不需要我解釋了。就像予潔。」

「清者自清，濁者自濁，是嗎？」

「大概就是這個意思嘍。」我笑，然後推開鬍子咖啡廳的木門。

襪襪優雅地迎面而來，耳邊也傳來了鬍子大叔的招呼聲，我和柯紹恩有默契地將方才的話題關在了門外。

後來，那杯要請柯紹恩的泰式奶茶，在鬍子大叔的指導，我的特調下完成。

結果，得到的評語是：太甜了！

「會嗎？我都是按照比例調的耶。」只是剛剛確實有「不小心」失手，多倒了半杯煉乳……這件事，我當然是不可能告訴他的！

「言可珈。」

「有！」

「明天再交一份國文每課作者的整理。」

「咦？可是歷史也要……」

「別忘了妳說過的。」

他嘴邊的笑意，瞬間吞噬掉我要抱怨的話……

這傢伙，分明就是公報私仇嘛！

第五章　人生也不是這麼浪費的

越跟柯紹恩相處後，越發現他不同的一面，而那些，是他不曾在其他同學面前展露的……

「我想說泰國人很會吃辣，所以就在涼拌木瓜絲裡多放了兩根辣椒，結果他不感謝我，居然還加重我的作業量！有沒有這麼小人啊？」

「可是妳前天不也故意把他的作業本藏起來，害他隔天交不出作業？」

「他沒交作業，老師也不會怎樣。再說，我只是不小心把他的作業帶回家……」

「然後又不小心忘了帶來學校？」

「呵呵，妳真了解我。」

這幾天中午，和予潔在輔導室碰面時，像這樣報告每天的「戰況」已成了例行公事。

「總之啊，柯紹恩絕不是你們所看見的那麼完美，完美的人怎麼可能會一天到晚公報私仇？說不定他還記恨之前偷偷跟蹤他的事，所以當初才答應幫我複習功課，想藉機折磨我，根本就是表裡不一嘛！」我又說。

「他不是那種人。」予潔不知從哪兒得來的判斷，肯定地說道，「而且，那也不算公報私仇吧？他加重妳的作業量，對妳也有好處啊。」

「妳居然跟我爸媽說一樣的話！」我搖搖頭，嘆了口氣，「你們果然都被收買了。」

「我們是站在客觀的立場來看，而且比起來……的確是妳比較有錯！」
「我也沒做什麼……」
「沒有嗎？」予潔似有所指地尾音上揚，「之前的先不說，就說妳今天早上做的那件事，妳說妳把他國文課本裡的筆記便利貼全部撕起來，改貼什麼來著？」
「喔，我是怕他看國文覺得無聊，所以就畫了些四格漫畫貼在上面。那是貼心！」
「虧妳還能說得這麼義正詞嚴。」予潔失笑。
「我說的是實話。」
「既然如此，那就不要再讓他幫妳複習，他就沒機會『公報私仇』啦。」
「我也這麼想，不過為了我的成績，只好忍了。」
「妳沒有忍吧？反而還反擊得厲害，我看妳根本是樂在其中！」
果然什麼事都逃不過予潔的法眼！我承認每天做這些事很有趣，不過，我看柯紹恩虐待我也虐待得很愉快啊！所以，真要說起來，我做那些也只是剛好扯平而已。
「報告。」
突然，一道怯生的聲音傳來，我和予潔不約而同地回頭。
「我、我找陳怡華老師。」門口站著一位瘦瘦高高，戴著眼鏡的男同學。
「小華老師出去了，等一下就回來，你要不要進來等？」說著，予潔指了指對面的空位，「你可以坐那邊。」
「謝謝。」他依舊用不大的音量回道。
總覺得這個聲音有些耳熟……雖然我不太會認人，但對聲音還算敏感，每次聽音辨人，幾乎沒什麼失誤。我繼續盯著他，努力回想。

他大概感覺到我的視線，有些不自在地抬眼，在我們兩人對上視線時，他用幾乎聽不見的音量，驚訝地「啊」了一聲。同時，我也想起他是誰了！

「等我一下，我打個電話。」說話的當下，我已經拿出手機撥給柯紹恩。電話一接通，我只說了：「人找到了！在輔導室。」

「他是？」掛電話後，予潔偷偷在桌下拉我的裙子，悄聲詢問。

「被學長欺負的那位同學。」我也低聲回應她。

「上次謝謝你們。」他突然坐直了身子。

「應該的。」我不自覺地也跟著他正襟危坐了起來，「後來教官出現，是你叫來的嗎？」

「嗯，是我打電話的。你們……最後有安全離開嗎？」

「我和我同學都沒事，你不用擔心。」

「那就好。」他露出放心似的表情，但笑容不明顯，淺淺的而已。

我也注意到他臉上的瘀青已經消失了，眼鏡也修好了。

「我和我同學一直在找你。」我說。

「我？為什麼？」他好像有些緊張。

「我們不是要對你怎麼樣，」我連忙擺手，「只是想請你出面指認那些學長，讓他們得到應有的教訓。」

「我沒關係……」他的雙眼悄悄斂下，似乎在害怕什麼。

「這不是有沒有關係的問題。我們想，受害的人應該不單只有你一個，一定還有其他人被欺負，你這樣做也算在幫助其他的受害同學。」

「可是……」

就在這個時候，柯紹恩來了。

眼鏡男同學一見到他，連忙站起來：「上次謝謝了。」他說。

「應該的。」柯紹恩回。

我忍不住噗哧一聲，因為我的反應和現在的氣氛一點也不搭，大家有些錯愕地看向我。

「你們的對話，和剛剛我和他的對話一模一樣……」我想解釋，不過一觸及柯紹恩並不覺得好笑，一臉面無表情的樣子後，「對不起。你們繼續。」我默默退到一旁。

予潔走過來安慰似地拍拍我的背。

「請問你認識那些學長嗎？」柯紹恩又轉向眼鏡男同學問道。

「不認識。」

「那你還記得學長的樣子嗎？」柯紹恩拿出手機，點出照片後，遞給他看。

眼鏡男同學沒說話，只是看了看照片，又看了看柯紹恩。

「咦？今天輔導室怎麼這麼熱鬧？」

正關心眼鏡男同學的答案時，小華老師回來了。老師的視線掃過在場的每個人，最後停在眼鏡男同學身上。

「凱均你來了啊？等很久了嗎？」

老師上前，但眼鏡男同學卻突然欠了欠身：「老師，我、我突然想到還有事情，明天再過來。」接著，匆忙地準備走出輔導室。

柯紹恩見狀，連忙拉住他。

「發生什麼事了嗎？」一頭霧水的老師，在幾秒後察覺了異狀。

最後，由柯紹恩代表，向老師交代了事情的來龍去脈。

「所以你前幾天沒來學校，是因為這件事？」老師了解狀況後，轉問眼鏡男同學。

他沉默了片刻：「能不能不要跟我家裡的人說這件事？還有教官那裡能不能也不要說？」

「當然是不行啊。」老師語重心長地說道，「事情發生了就要面對，逃避是不能解決任何問題的，什麼都不說，就是在姑息養奸，你希望有更多的同學被欺負嗎？」

他緩緩搖頭。

「老師明白你不想讓父母知道，是怕他們擔心；不想讓教官知道，是怕那群學長會再來找你麻煩。父母那邊，老師會斟酌告知；教官那邊，我們會陪你去，你只需要告訴教官是哪些人，其他的事由老師出面，這樣好嗎？」

眼鏡男同學低眼，思忖了一會兒，才點頭同意老師的做法。

於是，老師隨即帶眼鏡男同學和柯紹恩一起去找教官。原本我也想跟在後頭一起去，但柯紹恩的一句「妳先回教室」直接將我排除在外，我只好乖乖和予潔一起走了。

「言可珈，我好像找到妳的剋星了。」回教室的路上，予潔竊笑。

「什麼剋星？」

「柯紹恩，妳的剋星。」

「他？我怎麼可能會怕他？」

「那妳剛剛為什麼這麼聽話？照妳的個性，妳想做的事，是沒有人能阻止得了的。」

「那是因為我不想讓他有公報私仇的機會。」

「是這樣啊。」

「蕭予潔，妳的回答很敷衍喔！」

「會嗎？」她還給我裝傻。

這種事要說到她相信是很費時的，所以我放棄浪費我的脣舌繼續解釋。

「好啦，說正事。」予潔斂起笑，語氣也正經了一些，「我本來以為還要花一些時間才找得到那位同學，沒想到今天這麼巧就在輔導室遇到。」

「而且小華老師也認識他。」

「我猜，他會不會正好是小華老師輔導的對象之一？」

「那妳覺得是哪方面的輔導？」

予潔想了想後：「排擠？霸凌？看他剛剛說不希望讓家人和教官知道的樣子，很可能不是第一次被欺負了。」

我一股氣衝上來：「為什麼就是有不成熟的人喜歡將自己的快樂，建築在別人的痛苦上？這些人實在太惡劣了！」

「正是因為他們不成熟，不明白事情的嚴重性，自以為有趣，才會做出這些事來。不過妳先別激動，這只是我的猜測，不一定是如此，或許他來找小華老師是別的原因。」

我們來到了川堂，話題就暫時停住，各自回教室。

回班上後，我一下想著予潔的話，一下又想著事情不知處理得怎樣了，有些坐立不安。

柯紹恩回來時，已經是午休結束後了，他一進教室，對上我詢問的視線，輕輕點了個頭，應該是「沒問題了」的意思，礙於馬上就要上課，所以我只能按捺住上前問他的衝動。

好不容易熬過下午第一節國文課，我正想去找柯紹恩，他就自己走過來了。他用眼神示意，我隨即跟著他離開教室。

「怎樣？教官怎麼說？」一到人較少的走廊盡頭後，我迫不及待地想知道狀況。

「在說這件事前，妳要不要先解釋妳做了什麼？」

我盯著他好整以暇等待答案的模樣，只想著他是不是故意吊我胃口，接著，就見他拿起一本國文課本……我連忙變出一張笑臉來。

「你怎麼帶著國文課本出來？」

當然，柯紹恩是不吃裝傻這一套的。

「不覺得我畫得很好嗎？也很好笑啊。」

他還是保持沉默。我知道我再繼續掰下去，他下一句就會是筆記怎樣又怎樣，不然就是考試怎樣又怎樣，只好識時務者為俊傑——

「你寫的筆記便利貼在我這兒，我沒丟掉，等一下還你。」

聽我這麼說後，他才滿意地放過我，還用課本敲了我的頭一下。我以為他會很用力，結果只是輕輕地一拍。

「妳喔，每天想這些有的沒有，不累嗎？」

「不會啊。」我咕噥。

「妳說什麼？」

「沒有。」我連忙搖頭，然後要他快點告訴我結果。

他看看我後：「照片全給教官看了，鄭同學也指認了……」

「鄭同學？」

「就是那位同學，他是一年五班的，叫鄭凱均。」柯紹恩先為我解釋後，又繼續道：「那群學長之前就有不良紀錄，教官也有聽聞他們最近向新生勒索，只是要抓他們時，都被他們逃走。而那些被勒索的新生也怕告知教官後，又會惹來麻煩，所以教官也正傷腦筋，剛好我們就出現了。反正接下來的事，教官和老師會處理。」

「所以，沒我們的事了？」

「嗯，應該是這樣。」

「怎麼好像比想像中的還容易解決？」

「不然妳以為多複雜？」他笑。

「那……那個鄭同學……」

我說話的同時，上課鐘聲響起，柯紹恩將我轉過身，往前推去。

「妳先擔心自己吧，我今天要考妳的地理，準備好了嗎？」

真是哪壺不開提哪壺！我心想著，哀怨地睨了他一眼。

之後，果真如柯紹恩說的：沒我們的事了。另外，我也從小華老師口中大概了解了事情的後續處理。由於那群學長原本就有勒索前科，所以那天通報了警方和他們的家長。至於鄭同學，老師不方便透漏太多，只說了也有通知他的家長來了解狀況。

其實，那群學長有什麼處分，我不是很關心，我比較在意的是鄭同學。有幾次下課時間，我想晃去他們班找他，但柯紹恩交代的功課越來越多，加上還有其他科要複習，在家念書的時間都不夠用了，所以連下課時間也無法浪費，不然被柯紹恩抓到我沒複習的把柄，不知又要怎麼折磨我了！

像上回國文筆記便利貼的帳，柯紹恩竟要我把便利貼上的重點一字不漏背下來當作償還。那一晚，我差點沒扯光我的頭髮。

總之，關於鄭同學，不管予潔的猜測是否正確，我想應該相去不遠。

記得國中時，班上也有一、兩位常受到排擠的同學，他們沉默怕事，鄭同學現在的樣子就和他們有些相似。我最看不慣仗勢欺人的人，不管是以言語還是行為欺負別人，我都很厭惡。所以我才會跟徐韶婷槓上……

說到徐韶婷，她最近安靜得讓人有些不習慣，雖然她又像以前一樣開始找柯紹恩說話，與他親近，不過，以往看見我和柯紹恩在一起時，總是會來找我碴的行為卻再也沒有了。就像剛剛，我準備去外掃區打掃，在門口遇見她，我以為她會無聊地說些調侃我的話，還特意看了她一眼，結果她居然視而不見直接與我擦身而過。想想，以前就算再怎麼不對盤，頂多是耍耍嘴皮，從來沒有像上次那樣激烈過，她大概真的被我嚇到了。

有怕就好！我邊想邊拿著掃把往外掃區走去。

這時，前方不遠處，有位戴著眼鏡的男同學正拖著兩大袋垃圾從我眼前走過。我定住，打量他一會兒後，雖然不是很確定，但還是走上前。

「你是鄭凱均同學嗎？」

聽見我的問話，正埋頭走路的他，似乎有些嚇到。抬頭看見是我後，臉上的緊繃神情才明顯地放鬆下來。也是因為他的反應，讓我確認我沒認錯人。

「我是一年八班的言可珈，上次忘了自我介紹。」我說。

他點頭：「我知道。」

「啊，柯紹恩跟你說了。」

「不是，妳……很有名。」

「我嗎？」我愣了一下後，明白了他的意思，「是惡名昭彰吧。」我不以為意地笑道。

「我知道妳不是。」

「不是什麼？」

「妳不是壞學生。」

他的回答讓我驚訝，為什麼才跟我見過幾次面的人，能這麼肯定說我不是壞學生？

「因為妳那天救我。」他又說。

「所以你不相信那些傳聞？說不定我真的有混混朋友喔。」

「我相信我所看見的。」雖然他的聲音依舊不大，但語氣卻是堅定的。

我看了看他，心情突然很好：「我幫你！」說著，伸手抓起垃圾袋的一端。

「沒、沒關係，我自己可以。」

「兩個人不是比較輕鬆嗎？唔，這也太重了吧！」我嘀咕著，逕自往前走去。

「這袋裝的是資源回收。」因為我而不得不邁開步伐的鄭凱均，趕上我時說道。

「為什麼只有你一個人？沒有人幫你嗎？」我問，結果他沒說話，我立即感受到不對勁的氛圍，連忙若無其事地又說：「不過現在有我幫你啦！」

「嗯……謝謝。」

我想直接問他和同學相處的狀況，但又怕會傷害他，而且他也不一定會照實告訴我，但看到他這樣，我又覺得好難受，他看起來明明就是個很好的人……一定就是這樣，才會人善被人欺。想起之前在輔導室，他聽見我和柯紹恩都沒事時，當時的笑容很真誠，卻不敢表現得太明顯，他是不是被欺負得很嚴重，才會變得這麼壓抑？

一起將垃圾丟進大垃圾桶時，我偷偷覷向他那張看似平靜卻又隨時帶著戒備的臉。

「欸，你知道泰語的『謝謝』怎麼說嗎？」丟完垃圾，到一旁的洗手檯洗手時，我問。

「我教你喔，泰語的謝謝是ขอบคุณครับ，你念念看！khorb-khun-krab……」

他對於我突然提出的要求感到有些難為情，但在我的鼓勵下，他小心翼翼試著念道：

「khorb-khun- krab。」

「念得很標準耶！」我拍手，然後又把予潔告訴我的，男生和女生尾音有差別的事說給他聽，「所以我剛剛教你念的就是男生的發音，我們女生要念khorb-khun-kha。」

他聽得仔細，似乎也覺得很有趣。

「你要不要再念一次？這次大聲一點，向別人道謝時，不是應該要大聲地表達謝意嗎？」

於是，他又念了一次，雖然有大聲一點，但和一般人的音量相比，還是微弱了些。

「不對不對，要像我這樣……」我清了清喉嚨後，「ขอบคุณค่ะ」突然朝前方大吼了一聲，附近打掃的同學紛紛看了過來。我自己笑出了聲，鄭凱均沒料到我會這麼大聲，有些愕然，然後在聽到我說「換你」的時候，遲遲不敢開口。

「反正你念什麼，他們又聽不懂，而且你是男生耶，怎麼可以比我還扭捏？」我正色道。

他看了看我，在我視線的壓迫下，這才鼓足了勇氣：「ขอบคุณครับ」

這一聲和我相比，氣勢還是弱了一點，不過這大概已經是他的最大音量了。不巧，來巡視打掃狀況的隔壁班老師偏偏就在這個時候出現，聽見我們在大叫，他一瞪——

「言可珈，你們在幹麼？打掃完了嗎？」

我連忙拉著鄭凱均跑到我們班的外掃區。一停下來，我頭一偏，看見鄭凱均在笑，是放鬆開來地笑。一會兒後，他發現我的視線，才有些不好意思地斂起嘴角。

「我下次再教你一句『很高興認識你』的泰語。」我用力拍拍他的背，他因為我的動作，原本有些駝的背，挺直了起來，「抬頭挺胸，不是挺好的嗎？」

他看著我，似是在消化我的話，但我沒再多說什麼，只是笑了笑。

然後，發現我們班的外掃區域都已經沒人時，我慘叫了一聲。

「怎麼了？」鄭凱均緊張地問道。

「沒事沒事，只是我得趕快回去了，先走嘍！」我轉身，向前跑了幾步後，又突然想到地回頭：「如果有什麼事需要幫忙，可以來找我！」

他愣了一下後，點頭。我揮揮手，再度旋身，這次一口氣跑向教學大樓。

最終，還是免不了被衛生股長登記沒有確實打掃，然後又被班導請到辦公室看夕陽，不過這次因為幫了鄭凱均，所以即使挨罵，心情也絲毫沒有受到影響，反而還覺得老師的訓話怎麼這麼快就結束了。

因為柯紹恩放學後要去開班務會議，所以離開辦公室後，我就先回家了。

回到家時，差不多是五點，想起這一陣子因為準備月考，每天留校複習功課，都沒時間到公園餵那群流浪貓，一時興起，又趁著倒垃圾的時候，順便繞到公園。

天色暗得快，公園的路燈早已一盞盞亮起，走進公園時，會有種好像走進了一顆透著暈黃光線大圓球的感覺。

我將貓飼料分批裝在盒中，分別在幾個定點放好後，找了張在路燈下的長椅坐著，覺得有些冷意，又拉起外套的帽子戴上，雙手塞進了兩側的口袋中。這時，貓咪一隻隻出現了，看見牠們警戒地盯著我，我沒好氣地盯著牠們。

「才幾天沒見，就不記得我啦！」伸直的腳故意一蹬，牠們好像隨時要衝上來的模樣又讓我笑了。我朝牠們做了個鬼臉。

「明天就要月考了，不回家念書，在這裡做什麼？คุณแมว（音：坤喵）。」

耳邊聽見柯紹恩聲音的同時，我的頭上感覺到一股手掌壓下的重量，然後就看見還穿著制服、揹著書包的他長腿一跨，從椅子後方躍到前面來，在我旁邊坐下。

「現在才回來？」看看時間，也要六點了。

「嗯，經過這裡，遠遠就看到一隻小貓。」他意有所指地瞥了一眼我的外套帽子。

「哈哈，這個啊。」我伸手摸了摸帽子上的貓耳朵，「我第一次穿去店裡時，鬍子大叔還以為這是兔子耳朵。話說回來，你剛剛又說了什麼泰語？我有聽到喔，而且你好像之前也有說過……先說喔，不要再叫我去問予潔了，每次都吊我胃口，害我忍不住一直想一直想，晚上都睡不好！」

因為有前例，我先把話挑明，如果他不解釋，今天說什麼都要死纏爛打地把答案逼問出來。心裡有這番打算後，沒想到他竟意外地好心解釋起來。

「คุณ（音：坤），是舉凡小姐、先生、女士、男孩、女孩這些稱謂的總稱。แมว（音：喵），是……」

「貓咪嗎？聽起來很像貓咪的叫聲。」

「是貓沒錯，所以合起來是『小貓少女』。」

這個稱呼聽起來還不錯，不過……為什麼要這樣叫我？

「因為妳很像牠們。」柯紹恩指向前方正在吃飼料的貓咪們。

「我嗎？」

「不熟的人靠近時，妳會變得防備；遇到挑釁時，妳會不甘示弱地發動攻擊，偶爾還會做出讓人哭笑不得的事……不覺得很像嗎？」

「是還滿像的，但最後一點我不承認喔。」

「嗯，裝傻這一點也很像。」他笑。

他根本是藉機調侃我嘛！我朝他手臂送上一拳，以示不滿，結果他「嘶」地倒抽一口氣，還露出很痛的神情。

我愣了一下。我應該沒有很大力啊？再說，他也沒這麼脆弱吧……啊，我忘了他的右手受傷了！

「對不起……」在急著道歉後的下一秒，我又突然想到他受傷的位置不在那裡。再抬眼，果然就看見他騙人得逞的得意笑容。

真的是很表裡不一！像這樣捉弄別人，然後露出孩子氣表情的柯紹恩，也是在學校不曾見過的。不過，和在學校裡那個舉止成熟的他比起來，此刻的他還比較率真一點。

「為什麼你在學校不像這樣？雖然你和大家都很好，但總有種距離感。」

開學那天在走廊上罰站，聽見他的聲音，覺得沒什麼熱忱，現在想來，大概就是因為他習慣用禮貌的言語和他人保持一定距離的緣故。

「會嗎？」他卻只是笑笑反問，跟我要了些貓飼料後，就跑去餵貓了。

怎麼瞬間有種他在逃避我的問題的感覺……

「妳今天又做了什麼事被老師罵了？」柯紹恩沒有回頭，卻突然和我說話，打斷了我的思緒，「我開會的教室正好在辦公室對面，看見妳從裡面出來。」

雖然是事實，但聽到他理所當然的語氣，又有些不甘心。

「為什麼我從辦公室出來就一定是被罵？」

「難道是被稱讚了？」他起身回到我旁邊，帶著笑意。

「對啦，被罵了。」但又不能坦蕩地否定，只好承認，「不過這次的原因不一樣喔。」

然後，我將遇到鄭凱均的事告訴柯紹恩。

「妳很在意鄭凱均的事？」聽完後，他這麼問。

「嗯，因為我明白那種被排擠的心情。還沒和予潔成為朋友前，在學校裡，沒有人會來找我說話，我常常沉默一整天。因為大家以為我有混混朋友，會怕我，所以我被排擠的程度頂多就是沒人理我，不過，其他也被排擠的同學，有的受到肢體霸凌，心理創傷一定更深……唉，像你這麼受歡迎的人，大概無法感同身受。」

他淺淺一笑：「所以妳想怎麼做？」

「當然是開導他啊！怎麼說我在被排擠界中，應該比他還有經驗……幹麼這樣看我？不相信我嗎？」

他又盯著我半晌後：「沒有，我相信妳。」

還要再開口時，肚子忽然突兀地「咕嚕」一聲。我和柯紹恩安靜了一秒後，同時笑了。

「回家吃飯吧，คุณแมว（音：坤喵）。」說著，他的手又放到了我頭上。

嗯？這傢伙也太順手了吧！剛剛沒抗議不代表我默許喔！

「我覺得有件事要跟你說清楚！」一起將地上的紙盒收拾好後，回家的路上，我對他說，「『小貓少女』這個稱呼還滿可愛的，所以我可以接受你這樣叫我，可是，我最討厭別人摸我的頭了，所以你以後不要……」才剛說而已，柯紹恩馬上又故意摸我的頭，我瞪向他，他還不縮手，我火大，腳一踢，他敏捷地閃開……然後，就是一場追逐了。

晚上，託他的福，我比平常多吃了半碗飯。

接下來兩天，我暫時將鄭凱均的事放到一旁，專心準備月考。

終於撐到月考結束後，整個人才大大地放鬆下來。雖然之前受柯紹恩荼毒，月考的那兩天破例熬了夜，不過換來文科久違的及格，也算是值得了。為此，爸媽還特地和鬍子大叔說好，要在咖啡廳舉辦慶祝會，除了慰勞用功念書的我，也謝謝幫我複習的柯紹恩。

中午在輔導室和予潔見面時，我也順便約予潔。

「好啊，反正剛考完很輕鬆，而且我一直想去看襪襪。」她說。

「那老師妳要來嗎？」我轉向正在整理資料的小華老師。

「這種慶祝活動，老師在場妳們反而會玩不開。」

「哪會啊……啊！該不會老師今晚要約會吧？」我曖昧地說道。

「我每天跟你們這些小鬼混在一起，哪有時間約會？」老師淺笑。

「老師沒有男朋友嗎？怎麼可能？」

「對啊，應該有，只是不想跟我們說吧……」

「我去忙嘍。」老師裝沒聽見，呵呵地拿著卷宗起身離開。

「老師太奸詐了吧，居然就這樣逃了！」我故意在老師身後這麼說。

她舉起卷宗在空中揮了揮，走進了資料室。

「對了！我本來要問鄭凱均的事，結果又忘了。」資料室的門一關上，我才突然想到。

「現在進去問？」

「算了，裡面還有其他老師，下次再問好了。」

「妳這幾天有遇到他嗎？」

「沒有，下課都忙著訂正考卷，一直沒時間繞去他們班，下星期應該比較有時間。」

「到時候情況如何再跟我說，看看有沒需要幫忙的。」

「嗯。」

看時間差不多了，我們離開輔導室。來到川堂後，我和予潔分開，獨自上樓，才剛踏上幾階，剛好有兩個女生迎面下樓。

我自然地走向內側，讓出多一些空間給她們，但其中一個中長髮女生和我對到眼時，反應有些奇怪。她愣了一下，隨後開始打量起我，我還感覺到她似乎瞥了我衣服上的年級槓和姓名一眼，甚至在錯身之後，我的眼角餘光還偷瞄到她仍在看我。雖然覺得奇怪，但我也想不起是否曾見過她，所以在進教室後，我就將這件事拋到腦後了。

下午的課還算順利度過。放學後，我見柯紹恩被幾個同學圍住問問題，便先到走廊等他，但沒有等很久，他們就出來了。離開前，同學們和柯紹恩道再見，我注意到他們有意無意飄來的視線，可是我裝做沒看見。

平常，我和柯紹恩不太會特地去找對方，除非有事，不過，我們一起上下課，還有複習功課的事，大家都知道。如果有人故作閒聊地去問柯紹恩，他也會承認，只是不會刻意解釋。柯紹恩雖然跟每個人都很好，但就如我之前發現的，他會保持距離，即使面對非常主動的徐韶婷也是，所以，他沒有「特別」跟誰比較好，除了我以外，很自然地，我被忌妒了，不過他們也不能對我怎樣，只能藉由視線來表達內心的不平衡。

現在仔細想想，各科小老師和其他幹部時常針對我，該不會也是因為我和他走太近吧？我看向身旁的柯紹恩。

柯紹恩發現我在看他，偏頭望來，等我開口。但我只是盯著他片刻，就移開目光。

「幹麼欲言又止的？」他說。

「沒有啊。」雖然剛剛有點想表達我的不滿，不過當初是我自己選擇要和他當朋友的，怨不得別人，所以……就算了。

柯紹恩似乎不相信，視線仍落在我臉上。我不理他，繼續往前走出大樓，結果他居然又摸我的頭，還弄亂了我的頭髮！

「柯紹恩，你真的很故意！就跟你說我最討厭……」我一回身，抓起書包就要往他身上打去時……

「言可珈。」他抓住我揚起的手，突然正經地叫了我的名字。

「幹麼？」我沒好氣地回應他。

「那是鄭凱均吧？」他用眼神示意我看向一旁的綜合大樓頂樓。

當我抬頭一望，並且用我二‧〇的視力判斷後，的確是鄭凱均。

我和柯紹恩對視一秒後，有默契地一起衝進綜合大樓。一口氣跑上頂樓，柯紹恩一推開鐵門，我就大叫鄭凱均的名字。

原本趴靠在頂樓圍牆上的他，聽見我這麼一喊，隨即轉過頭來。我連忙上前將他拉離圍牆邊，氣喘噓噓地將一串話「啪」地丟了出去。

「我跟你說，人生雖苦，但在這個世界上，還是有許多東西值得你留戀，也許現在沒有，但是未來，未來一定會有讓你想去珍惜、想體驗的事物。如果你現在就草草結束自己的生命，不要說你的家人，光是已經活了十幾年的自己都交代不過去，難道你活到現在，就是為了死嗎？」

「等、等一下……你們好像誤會了。」

突然被打斷的我，硬生生地將後頭還沒說出的話緊急踩了煞車。

「我只是站在這裡看學校……」

我看了看鄭凱均，又和柯紹恩互看了一眼。

「所以，沒有要自殺？」柯紹恩問。

「沒有。」

我呼出一口大氣，緊繃的神經鬆懈下來。

「對不起……」大概是覺得害我們誤會了，鄭凱均顯得有些不好意思。

「這有什麼好對不起的！」我說，「不好意思的應該是我們吧，什麼也沒問，一衝上來就對你說那些話，你嚇到了吧？」

他輕輕搖頭。

「我看我們先下去，晚點警衛來鎖門就麻煩了。」

「嗯，柯紹恩說得對，先下去再說。」我附和道。

我們三人離開頂樓後，鄭凱均問起為什麼我們知道他在那裡。

「只是湊巧看見。不過，你放學怎麼不回家？」我問。

「你剛剛說你在看學校，為什麼想看學校？」聽柯紹恩接著一問，我也跟著好奇起來。

「沒什麼，就……無聊看看。」

學校有什麼好看的？我可以相信他沒有要自殺，不過他說的理由，卻讓人不得不懷疑。

看柯紹恩的樣子，似乎想法和我一樣，不過他沒繼續問下去，我也就暫時不發問。

沉默了一段路，到了公車站時，鄭凱均突然又開口：「為什麼你們會以為我要自殺？」

沒有為什麼，就只是當下的直覺——但我不能這麼回答吧？

「是不是你們覺得……我像是會自殺的人？」

鄭凱均的第二個提問，更讓我語塞，我朝柯紹恩投去求救的眼神。

「那麼你有嗎？剛剛在頂樓由上往下看的瞬間，你有閃過一絲想死的念頭嗎？」

赫！我是要柯紹恩回答鄭凱均的話，他竟丟回一個更犀利的問題。結果，鄭凱均如我意料地沒有說話，也躲避了柯紹恩緊緊鎖住他的視線。

見狀，我趕緊假裝朝前方望一望：「公車怎麼這麼慢？尖峰時間塞車嗎？」一邊喃喃自語，邊轉向他們兩人，「今天好像比較慢喔？鄭凱均，你坐幾號公……」

「有。」

「……車。」拖了兩秒才說出的單字，因為一道無預警的聲音插入，最後只剩氣音。

這時，一輛公車緩慢靠站，我卻沒有移開定在鄭凱均身上的視線，心想，剛剛他說的「有」，是我幻聽，還是他真的這麼說了？

「在頂樓時，我確實有閃過那樣的念頭。」

他的聲音，即使小到彷彿是說給螞蟻聽，卻還是清清楚楚、一字不漏地全進了我耳裡。

所以，他真的有自殺的念頭！

人群在我身旁來來去去，甚至有人撞到我，可是我就像被定住了般，一動也不動……

「同學！你們有要上車嗎？」

直到公車司機扯著喉嚨朝我們喊叫，我才回過神看向公車，發現正是我和柯紹恩要坐的那一班。我回頭，反射地要抓住鄭凱均時，柯紹恩也同時將他推向前。

最後三個人一起上了公車。

「這班公車……不能到我家。」大家面面相覷了一會兒，鄭凱均率先開口。

「我知道。」我脫口而出後，才驚覺自己說了什麼廢話，只能任憑尷尬繼續蔓延。

「晚上，在我叔叔開的咖啡廳，有舉辦一場慶祝我們考完試的慶祝會。」

就在這時，柯紹恩出聲解決了目前的窘況。

我才連忙搭腔：「所以就想說，順便邀請你一起來。」

大概是太過突然，鄭凱均看看我們兩人，有些錯愕。

「是真的！我們沒有騙你。上次你在輔導室見過的另一位女同學晚上也會來。」我見他仍沒有反應，緊接著又問：「你晚上沒事吧？」

「是沒有什麼事……」

「那就好，慶祝會就是要人多才好玩嘛！」說著，我推了推柯紹恩。

他收到暗示後，接下話：「如果你怕家人擔心的話，我可以請我叔叔幫你打電話。」

「這倒不用。」

「所以晚上……你ＯＫ？」雖然又是句多餘的問話，但我還是問了。

人都已經在車上的鄭凱均，也不知是迫於無奈，還是真的可以，總之，他點頭了。

頓時，我有種鬆了一口氣的感覺。只是，他先前說他有自殺念頭的話，再度回到腦中……剛剛之所以會把他帶上車，就是因為他的那番話，雖然不知道帶他上車後，能夠做些什麼，但我當下的第一個想法就是不能拋下他一個人。

柯紹恩應該也是相同的想法，所以才做出和我相同的反應吧！

到咖啡廳時，鬍子大叔正在準備晚上慶祝會的餐點。我先回家了一趟，放下書包、換穿便服後，帶了媽做好的蛋糕甜點，回到咖啡廳。

這時，鄭凱均正坐在咖啡廳外的花臺，逗弄襪襪，和牠玩。

「牠叫襪襪。」我上前。

鄭凱均聞聲，抬頭。

「因為很像穿著襪子。」我又說。

他低眼看了一下襪襪，襪襪剛好伸出前腳，碰碰鄭凱均垂下的手指。

「牠好像很喜歡你。」

「喜……喜歡？」他遲疑了一下後，有點像在自言自語地說道。

我只是就襪襪的反應，隨口說出我的感覺，但看鄭凱均的反應，似乎因此聯想到其他事。

不過，如果他不想主動開口聊他的心事，我還是什麼都別問比較好。所以，我只是笑笑地回了他一個理所當然的答案：「就是因為喜歡，才會接近啊。」然後揚揚手中的東西，「可以一起進來幫我準備嗎？」

「嗯。」他起身，順便幫我開了門。

「襪襪，進來嘍。」我回頭叫了一聲。

襪襪「喵」地回應我，然後和我們一起進到咖啡廳。

快六點時，予潔也來了。在慶祝會開始前，我趁只有我和她兩人時，大致跟她說了放學後的事，接著，健談的予潔就開始主動找鄭凱均說話。由於予潔本身是那種很容易和大家打成一片的人，即使鄭凱均剛開始因為不太熟悉，而有些疏離，但予潔依舊可以找到許多話題和他閒聊。慶祝會開始時，可以感覺到鄭凱均已經對她放下防備了。

在這場慶祝會上，鄭凱均算是臨時被我們抓來的客人，雖然他多半只是安靜地看著我們互動，不過我、予潔和柯紹恩都盡量不著痕跡地照顧到他，漸漸地，他顯得比剛到咖啡廳時自在，臉上的笑容也明顯變得輕鬆多了。

慶祝會大概進行了兩個小時左右，鄭凱均手機響了，他說是家裡來電，便先到外頭接電話，而我們一夥人繼續鬧柯紹恩唱泰語歌曲。

說實在話，雖然聽不懂在唱什麼，不過他的歌聲還滿好聽的，只是每當我發現他的一項優點時，我總是忍不住又想挖他的缺點，偏偏他就是這麼完美。

柯紹恩唱完一曲後，大家喊著安可，其中喊最大聲的就是予潔。

「妳完全是把柯紹恩當偶像在看了！」我故意揶揄。

「哈哈，我是啊！」她居然一點也不害臊地承認。

我乾笑了兩聲，然後發現外頭的鄭凱均已經掛斷手機，但似乎還沒有要進來的打算。

「我出去看一下。」跟予潔說了聲後，我起身向外走去。

打開咖啡廳的門時，門上的銅鈴「鈴鈴」響了兩聲，引起鄭凱均注意。在門關上的剎那，襪襪趁我不注意，從縫隙溜了出來。

「看來襪襪真的很喜歡你耶！」我在他身旁的空位坐下，「你跟家人說好了？沒有被罵吧？」

「沒有。」

「那就好。」我瞥了一眼襪襪，「你要不要抱抱牠？」

他看看我，有些小心翼翼地問：「可以嗎？」

我點頭，然後拎起襪襪放到他雙膝上。襪襪乖巧地臥著，其中一隻腳掌剛好放在鄭凱均的右手心上。

「牠是一隻流浪貓，我剛遇見牠時，牠瘦小得像好幾天都沒進食，現在肉都長出來了。」我摸摸襪襪溫軟的身體，牠舒服地輕叫了幾聲，「聽說老一輩的人覺得這種白腳底的貓或狗代表厄運，所以一出生後，就會被丟棄。可是，我們都很喜歡牠啊，所以鬍子大叔就把牠養在店裡。你喜歡襪襪嗎？」

他動了動右手，像是在跟襪襪握手般，然後發出一道「嗯」的喉嚨音。

「哇，我們襪襪真幸福，有這麼多人喜歡。」我對著襪襪說道後，又抬眼，「我有時候會想，襪襪就跟我們人一樣，也許在某一群人眼中，牠是不受歡迎的，但這不代表所有人都不喜歡牠，至少在這裡，大家都相當喜歡牠。就像我在學校……你也知道我的處境，可是我還是有愛我的家人，也有願意相信我的朋友，對我來說，這樣就夠了。畢竟，要讓所有人都接受我太困難了，而且，人生也沒必要浪費在路人甲乙丙身上。」

「路人甲乙丙？」

「就是那些和我沒關係的人啊。」

「那同學……同學也算路人甲乙丙嗎？」

「這就要看是怎樣的同學嘍！如果是不願意相信我的、一天到晚只想著抓我把柄的、只想找我碴，並以此為樂的……像這類不是真心待我的同學，我不想要他們喜歡我，也不想要花時間去取悅他們。」

「妳真的可以做到完全不在意嗎？」

「剛開始發現有人不喜歡我時，當然會想找出原因。是我做人太差，還是我真的就是很惹人厭？可是，我發現還是有其他人喜歡我，這就表示，我並不是那麼糟糕的人，我只是和那些討厭我的人合不來而已，既然合不來，我幹麼在意這種強求不來的事？我媽跟我說過，或許在某一段時間裡，會遇到一群不了解、甚至討厭我的人，但這不影響我的人生，因為往後一定會遇到了解並喜歡我的人。」

「那如果……一直都遇不到怎麼辦？」

「你覺得自己很差勁嗎？差勁到沒有任何一個人願意和你做朋友嗎？」我笑，「如果你真的這麼差勁的話，我們也不會邀請你來這裡，襪襪大概也會離你離得遠遠的了。」

我原本沒打算跟他說這些，只是剛好有感而發，就順勢說了出來，我不知道他能聽進多少，但我一直都是抱著這樣的信念，來面對那些對我不友善的人，因為——

「太過在意，最後辛苦的是自己。而且，會讓自己錯過更多、更值得在意的事物。」

鄭凱均沒再搭話，視線又落在襪襪的身上，這時……

「兩位！」柯紹恩的聲音突然從後方傳來，我和鄭凱均不約而同地回頭，看見柯紹恩從咖啡廳的外賣窗口探頭出來，「要切蛋糕嘍，快進來吧。」

「走吧！」我拍拍鄭凱均的肩膀，然後起身。

襪襪跳下鄭凱均的膝蓋，領著他跟著我進了咖啡廳。

吃完蛋糕，慶祝會也進入尾聲，大家一邊繼續吃喝玩鬧，一邊慢慢開始幫忙收拾。整理得差不多後，予潔和鄭凱均和大家道了再見，然後由我和柯紹恩陪他們一起到公車站。

「好險今天有遇到鄭凱均，還把他抓來，他應該也玩得很開心吧？」送予潔和鄭凱均各自上車後，回家的路上，我對柯紹恩說。

「應該是吧。」

「不過，真沒想到，你那時會做出和我相同的反應。」

「那時？」

「就是把鄭凱均抓上車啊。」

柯紹恩笑了笑：「我也沒想到。」

他的回答讓我愣了一下。沒想到的意思是，原本沒打算這麼做，但最後卻做了，還是沒預料到自己也會有先做了再說的行為？

「不過，的確是好險把他抓來了。」他繼續說道，「妳對他的開導……果然很有經驗。」

我倏地瞪向他：「你又偷聽了！」

「我沒有『偷』聽，只是不好意思打斷你們的談話。」

「有差別嗎？」

收到我的埋怨，柯紹恩一點也沒不好意思，揚起的嘴角始終沒有落下。

「話說回來，『人生沒必要浪費在路人甲乙丙身上』這句話，是不是有點太自我了？」

「會嗎？但我是真的這麼覺得。我們又不是為了別人而活，為什麼要因為對方的一句話，或是一個行為而被影響？只要做好自己，問心無愧，別人怎麼看待我，那是他的事，我無權去扭轉他對我的看法，但相對地，他也沒有權力來影響我的生活。」

「所以，我一開始也被妳歸類在『路人甲乙丙』中？」

「咦？我可沒這麼說喔。」

柯紹恩看了看我後，臉一沉：「真傷心。」

「你不要自己對號入座，好嗎？」我是有點心虛沒錯，不過「不想與之交集」和「路人甲乙丙」還是有差別的。

「唉……」他又是一聲嘆息，這下完全把我之前拒絕他接近，然後傷害到他的罪惡感，再次喚起……

「我就說我沒有……」正想解釋同時，目光一瞥，卻發現他嘴邊勾起了笑意，「柯、紹、恩！」

他的笑意更深了。

「要我很有趣嗎？」

「嗯，很有趣。」居然還回答得這麼理所當然！

「幼稚！」

「妳也很幼稚啊。」

「哪有！」

「開學第一天下午的那堂體育課，妳不是還偷偷朝徐韶婷丟小石礫？」

我一驚，沒料到他竟然看到了那一幕。

「這樣還不幼稚嗎？」伴隨的，又是那抹得逞的笑。

「唉呀，怎麼這麼累啊？」我突然揚高聲音，還假裝伸了個懶腰。

耳邊傳來柯紹恩低沉的笑聲，我伸直的手作勢要襲擊他，他也配合地假裝閃了一下。就這麼一來一往玩了一會兒，我才注意到他的笑容斂下了，神情也有一些些不一樣，若有所思的樣子。

「怎麼了？在想什麼？」

「沒什麼。」他像是要掩飾什麼，隨即又揚起嘴角。

我狐疑地盯著他。

「就跟妳說沒事，妳不相信啊？」

「嗯，不相信。」

「妳不相信我也沒辦法嘍。」他聳聳肩，然後轉開話題，「不過，妳為什麼不喜歡別人摸妳的頭？」

「不喜歡就不喜歡，哪來的理由……還來?!你別跑！」

結果這晚，又是以一路追逐收尾。

怎麼認識柯紹恩後，好像總是跟「跑」脫離不了關係呢？

第六章　相信也不是這麼困難的

放了兩天假，週一的上課日總是讓人鬱鬱寡歡，然而早自習時，班導宣布將換座位後，原本死氣沉沉的氣氛瞬間活躍了起來，大家萎靡的精神全都為之一振。

當柯紹恩帶著做好的紙籤走上講臺後，只見每個人摩拳擦掌、蓄勢待發地暗忖著一定要抽到好位子！而所謂的好位子，不外乎就是最後一排的角落，不過，就算抽到的位子不在那兒，周圍若都是好朋友，也勉強稱得上是好位子。但這些對我來說都沒差，因為不管坐在哪裡，老師的雷達都會跟著我到那裡……

8-8

攤開紙籤，上面這麼寫著。好吧，雖然知道沒差，但我承認這一刻，我還是忍不住在心裡歡呼了一聲，當我把自己的名字寫上紙籤，貼在黑板上的座位表時，同時享受著眾人的羨慕眼光。

「7-8是誰？」突然，一道刻意壓低的女聲傳來。

我正在書寫的手慢了下來，一雙眼偷偷瞄了過去，但一群人圍著說話，看不清楚是誰這麼好運，抽到我隔壁的位子。

那道女聲繼續響起：「你很倒楣耶！坐在言可珈隔壁，不就表示你天天都要被老師盯了！」

「對耶，那我不就什麼事都不能做了！」

接話的是一個男生，有幾次我被叫到教堂後面罰站時，都會看見他偷偷在桌子底下看漫畫。

真是不好意思啊，同學，這幾個星期，要委屈你認真上課了。

待大家都抽好籤後，整班開始大移動，我也帶著為數不多的細軟，來到教室角落的最後一個位子。新鄰居與我相差沒幾秒的時間，也跟著走來準備就座，我下意識地瞥了一眼⋯⋯

「你怎麼會在這裡?!」

我瞪著不該出現在我旁邊的柯紹恩，詫異問道。

他不慌不忙地亮出紙籤，上面寫著：7－8。不對啊，剛剛明明是另外一位同學抽到的，怎麼會變成他？

「你偷換籤！」只有這個可能了。

「我是看同學很苦惱的樣子，所以幫他解決煩惱。」又是個理所當然，讓人無法反駁的理由。

我乾笑兩聲：「你人還真好。」

「謝謝。」他毫不客氣地收下我的「讚美」。

「言可珈。」這時，前方的班導突然叫了我的名字。

我反射地舉起手，心想：該不會跟柯紹恩說幾句話，又要被念了？

「妳怎麼坐這麼後面？」

因為我籤運好！我默默在心裡回道。

「隔壁是紹恩啊，那好。」班導的語氣，在一秒鐘內，從質疑轉為放心。

難道隔壁如果不是柯紹恩，又要把我調回講桌前嗎？

「紹恩，言可珈就麻煩你多盯著點。」

果然就是那個意思！把「不放心」的人，交代給「放心」的人，那老師就「安心」了。

大小眼也太明顯了吧！不過，與其和不熟的同學坐在一起，不如隔壁坐的是柯紹恩，至少，當我需要求救的時候，柯紹恩一定比其他人來得有用。

但是我又聽說，最危險的地方，就是最安全的地方；反之，最安全的地方，就是最危險的地方嘍？

「發什麼呆？老師要開始上課了，妳課本還不快拿出來。」柯紹恩敲了敲我的桌面。

我回過神，這才趕緊拿出國文課本。

一上課，我原本還很認真，但大概過了二十分鐘後，專注力逐漸分散，覺得有些無趣，我看了看窗外，又看了看教室內，想找尋有趣的事物，最後，目光停在正握筆寫字的柯紹恩的左手上。

每次看他寫字，都覺得好神奇，就像是在看著鏡子中的自己寫字一樣。而且，他的課本裡不只有中文，偶爾也會出現泰文。我看過他寫泰文，像畫圖一樣，書寫的速度比寫中文還快。我曾試著模仿他寫泰文，原以為應該很簡單，實際操作後，才發現要寫得漂亮也不是這麼容易。

發怔地盯著他的課本和不斷書寫的手一會兒後，正要收回視線，突然注意到他的筆記最下方，一串文字的開頭竟寫著「言小貓」三個字。好奇心瞬間開啟，我繼續看下去……

專心上課。雖然我知道我長得很賞心悅目……

我愣了一秒，耳邊聽見柯紹恩低笑後，隨即抓起因為太無聊剛被我切成一小塊一小塊的橡皮擦塊丟向他。他連看我一眼都沒有，輕鬆閃過。我不甘地又抓起一塊，正要丟出去時——

「言可珈，妳在幹麼？」班導的厲聲，讓我定格了。

「去後面罰站！」

最安全的地方，就是最危險的地方……我現在驗證了。

中午，我把這件事告訴予潔，她足足笑了有一分多鐘。

「有這麼好笑嗎？」我斜眼，冷冷地問道。

「嗯，很好笑。」說著，予潔又克制不住地大笑起來，這次還誇張地捧著腹。

「妳到底是誰的好朋友？可憐的是我耶！」

「可是妳真的不認真上課啊，他不過是好意提醒妳。」

「那幹麼還加一句『我知道我長得很賞心悅目』？他分明是自戀狂！」

「這樣算自戀嗎？他確實長得很賞心悅目啊。」

這倒也是……咦？不對！就算是，也不會有人這樣自誇的。不過，如果我繼續反駁下去，已經完全倒戈的予潔一定還有話能辯解，想想後，還是決定放棄，默默繼續吃我的便當。

這時，剛下課的小華老師，從外面回到輔導室。她看見我們，有些驚訝。

「平常遠遠就聽見妳們在輔導室裡說話的聲音，今天卻很安靜，我還以為妳們今天沒過來呢！」她說。

「因為可珈在生悶氣。」予潔很順口地解釋。

「我才沒有。」我馬上接口，雖然真的沒有在生什麼悶氣，但話一說出口，我自己都覺得有越描越黑的感覺。

「怎麼了？為什麼在生悶氣？」果然，小華老師也覺得我在生氣了。

然後，在予潔的解說下，老師看似很愉快地聽完了前因後果。

「老師，妳不覺得柯紹恩很故意嗎？」我問。

「是很故意。」

終於有人站在我這邊了！正感到欣慰時，老師的下一句話，再度打擊了我。

「不過我想，他不是故意要害妳被罰站的。」

「那他是存什麼心？」我又問。

但小華老師像是想起了什麼，逕自笑了：「國中的時候，我們班上也有一位很頑皮的男孩子，每次下課，我一個人安靜地坐在位子上時，他總是會有意無意地來鬧我，但我們兩個人一點也不熟。那時，我一直以為他只是喜歡欺負我，但長大後，再回想那段時間，才發現他其實是在幫我。」

「為什麼？」

「我國中時，是慢熱型的人。在團體中，我不太會主動和別人搭話，就算對方先找我說話，我也沒辦法立刻熱絡地展開話題……」

「沒想到老師以前這麼內向，看不出來耶！」現在的小華老師，能輕易和學生打成一片，實在很難想像她也曾像文靜同學那樣。

小華老師只是笑了笑：「總之，因為當時那樣的個性，讓我不容易交到朋友，和班上同學間慢慢有了些隔閡，那個男孩子剛好跟我相反，他和班上每個人，不管男生、女生都是很好的朋友。只是那時，我特別不喜歡他，因為他常在下課時來找我說話，打擾我念書。還有一次，老師在挑選代表班上參加作文比賽的同學時，他提名我，而且還順利通過，結果一直到畢業前，所有的作文比賽都變成由我負責。當時，我真的覺得他是故意陷害我，想害我出糗，不過，畢業後回想起來，正是因為他的這些行為，才讓我逐漸融入班級，還因此當了好幾任的國文小老師。不論是參與競賽或擔任幹部的經歷，都讓我在高中大學時，開始勇於表達自己的意見，也比較能主動和別人交際了。」

「所以老師個性改變，是因為那個男生？」予潔問。

「多少有關係。」

「那他應該可以算是老師的貴人了。」

「嗯，所以我一直很想跟他說聲『謝謝』，只是後來始終沒機會見面。」

「為什麼沒機會見面？」我問。

「我高中搬過家，國中畢冊大概是在那次的搬運過程中弄丟了，大學時，曾辦了一次同學會，不過那次他沒來，說是出國了，其他同學也沒有他的聯絡方式，所以從畢業後到現在，我都沒再見過他。」

「原來現實中真的有這種想見面，卻始終見不到的情節發生。」予潔有感而發。

「不過老師，妳的同學是幫助了妳，但柯紹恩只會給我帶來麻煩，就算畢業後回想起來，我也不會覺得那是在幫我。」

「我告訴妳這些，只是想跟妳說，每個人表達善意的方式不同，也許妳認為柯紹恩是故意惹妳生氣、害妳被罰站，但對他來說，害妳被罰站並不是他的本意，他原先只是想逗逗妳，沒料到最後的結果是這樣。」

「那他為什麼要逗我？逗我當樂趣嗎？我又不是他的玩具！」

「老師剛剛不是說了嗎？那是他表達善意的表現。」予潔接口。

「就像老師的國中同學，他和我互動時的行為可能都讓我覺得討厭，可是後來才知道，他其實沒有惡意。」老師補充說道。

「好複雜喔，為什麼就不能坦誠一點呢？」

「這也是人與人相處時的樂趣之一啊。」老師笑笑地拍拍我。

樂趣是嗎？正試圖說服自己接受老師的說法時，沒來由地，我忽而想起鄭凱均的事，「啊」地叫了一聲後，趕忙問道：「老師，我要問妳鄭凱均的事！」

「凱均？他怎麼了嗎？」

我將上週五遇到鄭凱均，還有邀請他參加慶祝會的事告訴老師。

「他當時還說他有自殺的想法，他不會真的去自殺吧？」我有些擔心。

老師沒有正面回答我，只是笑了笑：「謝謝妳告訴我這些，我會再跟凱均聊一聊。」

既然老師都這麼說了，表示有些事情不方便讓我們知道，我只好點點頭，沒再多問。

「謝謝你們喔，還約他一起參加慶祝會，凱均沒什麼朋友，你們能這樣關心他，我也放心了一些。」老師又道。

「他人很好啊，我們都很樂意和他做朋友。」我說。

「那就麻煩你們繼續多關心他嘍！」

「沒問題！包在我們身上！」

像是命運安排好的，中午才答應老師會多關懷鄭凱均，下午某節下課，我到走廊裝水時，就瞥見樓下出現一個熟悉的身影，鄭凱均正獨自一人走出我們這棟大樓。

「鄭凱均！」我立刻趴到走廊圍欄上，探出身朝樓下大喊。

進進出出的學生紛紛抬頭張望，其中當然也包括鄭凱均。

「上面，二樓！」我又喊，鄭凱均這才仰起頭，發現了我。我朝他揮揮手。

「你要去哪裡？」

他揚起手中的課本，我一瞧，是音樂課本。

「明天中午，我們一起吃飯！」我又說。

他一愣。經過他身旁的人像是聽到了八卦般，偷偷放慢了步伐，投來視線。

我趕緊又搬出與會名單：「還有予潔和柯紹恩。」

他終於有了反應，點點頭。剛剛還充滿好奇的閒雜人等，一下子沒了興趣，快步離去。

「明天中午見！」我說。

又看了我一眼後，他再度舉步往綜合大樓走去。我頓時感到心情不錯。

「真是物以類聚，什麼人交什麼朋友。」

這時，耳邊飄來這麼一句揶揄的話語。我偏頭看向距離我一步遠的徐韶婷，她靠著圍欄，若無其事地眺望前方。

「妳剛剛說什麼？」

「妳在跟我說話嗎？」她還在裝！一副錯愕樣地反問我。

「那句話是什麼意思？」我懶得跟她廢話，又問了一次。

「我自言自語不行嗎？」她有些輕蔑地笑了一聲，「妳該不會是對號入座了吧？」

「我是對號入座了沒錯……」我也笑，「但妳好像忘了，柯紹恩也是我的朋友，所以妳覺得我們是屬於哪一類的呢？」

語畢，我睨了一眼徐韶婷又氣又惱的神情，頭也不回地進了教室。

我才在想，怎麼徐韶婷最近都沒來找我碴，難不成真的學乖了？結果，徐韶婷果然還是徐韶婷，一點也沒變！在經過短暫休兵後，她和我吵架的功力依舊沒什麼進步，而我，當然也沒退步！

「心情很好？」

我一坐下，柯紹恩捎來一眼，然後問道。

「還好。」我連忙斂下嘴角，雖說早上他害我罰站的事我已經釋懷了，但我不想讓他覺得我太好欺負。

「妳約了鄭凱均明天一起吃飯？」

「嗯，不行嗎？」

「當然可以，不過，我剛剛好像也聽到了我的名字。」

唔，我確實是先斬後奏，但是——

「鄭凱均也是你的朋友喔，小華老師說要多關心他，所以你不能拒絕！」

如果只有我和予潔兩個女生，鄭凱均一定會很不自在，所以不管怎樣，一定要把柯紹恩拉去。

他盯著我半晌，笑得讓我頭皮發麻。

「幹麼笑得這麼詭異？」我的防備系統自動升起。

「妳嘴邊有飯粒。」

飯粒？我下意識地摸向嘴角，但隨即想到，現在都下午幾點了，如果我的臉上一直黏著飯粒，總會有人跟我說吧？至少中午時，予潔一定會提醒我。倏地，我看向柯紹恩……果然！這傢伙又在耍我！

我隨手抓起一塊橡皮擦塊丟向他，他一把接住，我立刻又送上一塊，然後準備連續攻擊……

「呃……」一道欲言又止的聲音突然傳來，讓我們停下了動作，我和柯紹恩下意識地回頭，只見不知何時出現的女同學，正看著我們，一臉尷尬。

「有什麼事嗎？」柯紹恩很快地恢復成平常沉穩的樣子，若無其事問道。

我也趕緊將手放下，然後裝做什麼事也沒發生，隨手從抽屜裡抽出一本書，翻看起來。

女同學頓了一下後，才拿出一張空白的座位表：「班長，老師說座位表要重謄一張，比較整齊。」

「好，我知道了，謝謝。」

柯紹恩接過表格，但女同學還站在原地。

「還有什麼事嗎？」柯紹恩又問。

我抬頭瞄了一眼，視線剛好和她對到，結果她一副驚慌失措地趕緊收回目光，搖搖頭後快步離開。接著，我就聽見她和其他同學對話……

「言可珈看起來好凶喔，而且她剛剛在欺負班長耶！」

「早上她也是對班長做了什麼不該做的事，才被罰站的吧？」

「班長好可憐喔……」

「就是因為班長人太好，所以才敢和她做朋友，也才能容忍她吧。」

聽到這裡，我實在聽不下去了！明明是我被欺負，為什麼在她們的眼中，居然變成我欺負柯紹恩？再怎麼盲目，也不至於盲目到這種地步吧！而且，那不過是橡皮擦塊，打在身上根本不痛不癢，有必要這麼心疼嗎？

柯紹恩當然也聽到了她們的對話，但是他連一點要幫我辯解的動作也沒有，只是自顧自地重謄座位表，嘴角微微勾起。

「以後上課不准跟我說話，就連寫的也不行！」我側身低聲警告。

「好啊，如果妳希望的話。」他沒有停下謄寫的動作，也沒有抬頭看我。

「我求之不得。」

「嗯，那我如妳所願。」

聽他這麼說後，我滿意地坐正身子，但不到一秒的時間，我立即感到不對勁，回想過往他爽快答應我的要求後，結果似乎都不怎麼好……不過，凡事總有例外吧？念頭又一轉，樂觀地安慰自己後，我不再糾結在這件事上了。

隔日上課，在柯紹恩力行我的「不准打擾」政策下，上午的課全都安然度過了，事實證明，凡事的確有例外的時候。

中午鐘聲一響，全班像是終獲自由的鳥兒，「轟」一聲，一下就不見了大半人影。我心情愉悅地帶著便當，和柯紹恩準備到鄭凱均的班上找他。正要走出後門時，平常和柯紹恩一起打球，交情還不錯的男同學恰好迎面走來。

「去哪兒？正要找你一起吃飯耶。」他說。

「今天不好意思，先跟言可珈約了。」

他聽柯紹恩這麼說後，看了我一眼。總覺得他那一眼還真是……意味深長。

「先走了。」柯紹恩拍拍他，然後與他錯身走出教室。

我跟在後頭，隱約仍能感覺到他好奇的視線，我不知道他究竟想了什麼，不過我也沒興趣知道就是了。

出了教室，沒走幾步，予潔也來了，三人一起到一年五班後，我看見坐在教室中間落單的鄭凱均，正要開口喊他，柯紹恩已經先我一步請坐在窗邊的同學傳達。那位同學還愣了一下，直到柯紹恩又說了一次「麻煩找鄭凱均」後，他才反應過來，幫我們叫人。

這也難怪，小華老師說鄭凱均沒什麼朋友，平常見他總是一個人，現在一下子出現三個人要找他，其中一位還是名氣很大的柯紹恩，難怪剛剛那位同學會懷疑。

鄭凱均朝我們打了個招呼，仍是一貫的羞赧，但比起之前，他與我們的距離已經拉近了許多。

「大家想去哪裡吃飯呢？」予潔詢問大家的意見。

「頂樓！」腦中突然閃過這個地點，但當我脫口而出，視線同時和柯紹恩對上時，他暗示的眼神喚起了上星期五的回憶。我一驚，知道自己失言了，連忙又道：「還是……」

「好啊。」沒想到鄭凱均說話了。

我看了看柯紹恩，他接下話：「那走吧。」

前往頂樓的途中，我悄聲問身旁的柯紹恩：「沒問題吧？」

他給了我一句無聲的「妳說呢？」，我只好露出懺悔的表情。

「不會有事啦。」他淺笑，小聲地說。

我點點頭，原先的不安，因為柯紹恩的話淡去不少，雖然平時我們打打鬧鬧，沒個正經，但不可否認，在某方面，柯紹恩還是非常能夠信任的。

今天天氣涼爽，天空一片蔚藍、萬里無雲，很適合在頂樓邊聊天、邊吃飯，感覺很愜意。席間，氣氛就像那晚的慶祝會般熱絡，我偷偷觀察鄭凱均，確定他沒什麼異狀，才放心下來。

結束短暫的用餐時間，予潔和柯紹恩剛好都要到辦公室找老師，於是回教室的路上，只有我和鄭凱均同行。剛剛大家在一起時，思緒很容易被跳來跳去的話題牽著走，但現在只有我和鄭凱均兩個，讓我想起昨天小華老師說會和他談談……不知道談過了沒？

覷向他時，他大概感覺到我的視線，也投來了目光，但我不能直接問出口，只好先裝沒事地笑笑，接著腦子迅速轉了一圈，腦海裡浮現襪襪的身影。

「如果你還想來看襪襪，不用客氣，跟我說一聲！」我說。

「嗯，好。」

「對了，前陣子7-11不是有集點換贈品的活動嗎？你不覺得那隻貓，很像我們家襪襪嗎？」

他想了想：「妳是說『靴下貓』嗎？」

「應該是吧，我之前沒特別注意，是養了襪襪後，才想起有看過那個廣告。」

「我、我有換到那個贈品，妳要嗎？」

「咦？真的嗎？這怎麼好意思……」

「沒關係，我有兩個一樣的。」這時，我們來到了一年五班，「我進去拿給妳，等我一下。」他說著，進了教室。

鄭凱均再出來時，手中多了一個貓咪圖樣的小夾子。

「啊，謝謝。」我接過。

他搖頭：「該說謝謝的，是我。」

我愣了一下。

他沒繼續解釋，只是笑了笑：「那我先進教室了。」
「嗯。」我揮揮手。
轉過身，我想著他剛剛說的話，大概是因為今天約了他一起用餐，所以才道謝吧！我邊猜想，邊看了看手中的小夾子。
回到班上後，沒一會兒，柯紹恩回來了，我迫不及待地跟他分享。
「這個很像襪襪吧！是鄭凱均送我的喔。」
「很開心？」他問。
「當然！我本來只是隨口聊起，沒想到他居然有換到，而且還二話不說地送我，你不覺得像這樣意外獲得的小禮物，更讓人感到開心嗎？」
柯紹恩一雙充滿笑意的眼，盯著我半晌後才吐出：「嗯。」
「你現在有心理不平衡的感覺嗎？因為他只送我，沒有送你。」雖然覺得柯紹恩不是會斤斤計較的人，但看他眼神這麼奇怪，還是忍不住問了。
他失笑：「沒有，我沒有心理不平衡。」
「真的？」
「我只是突然覺得『知足常樂』這句話用在妳身上，很適合。」
「這算稱讚嗎？」
「嗯……算吧。」
「是就是，幹麼還要想一下？真沒誠意！」我嘀咕。
他沒回話，遞來了一張摺起來的考卷。

「這什麼？」我打開考卷，發現是我的國文小考考卷。

「妳還沒訂正吧！放學前不是要交嗎？」

「對喔！」我這才想起。不過，我的考卷為什麼在他那裡？

「不盯著妳，妳會記得訂正嗎？噢，還有，英文閱讀測驗妳是不是還沒寫？第三節下課，一起交上來吧。」柯紹恩說話時伴隨的笑容，分明就像在威脅我，如果沒如期交給他，我就死定了！

老師！我可以換位子嗎？

當然，老師不可能聽見我的哀號，就算聽見了，也不可能這麼好心把柯紹恩調走。

經過將近一個星期的觀察，老師在課業上確實不怎麼盯我了，因為她真的很放心地把我交給柯紹恩「管」。

以前柯紹恩只幫我課後輔導，現在連課前預習、繳交作業、訂正考卷這種小事，也全都由他負責。甚至是女同學擔任的小老師、幹部要找我收東西時，也都請柯紹恩代勞。真不知道大家是不想（或是害怕）和我接觸，還是想趁機和柯紹恩說話？

就像現在，明明都放學了，柯紹恩的桌邊還圍著一群女同學，人手一本理化或數學課本，有的人還拿著考卷。說她們有問題要問不是假，但動不動就盯著柯紹恩傻笑的行為也是真，我留下來，原本是因為柯紹恩要我整理筆記，然後複習明天的小考範圍，被這麼一打擾，我也只能自立自強了。

筆記整理得差不多時，有幾位同學先離開，但仍有兩、三位同學還在。在座位上發了一會兒呆後，覺得有些口渴，我帶著零錢到樓下，在販賣機買了瓶豆奶。

邊喝飲料，邊晃回到班上，但我沒有進教室，只是靠著走廊的圍欄，一下望著樓下，一下眺望遠方，最後又轉向了教室，結果湊巧將柯紹恩正在咳嗽的這一幕看進眼裡。

今早一起來上學時，我就注意到了，一問之下，他說是被鬍子大叔傳染了感冒，所以今天一整天，柯紹恩都沒什麼精神。現在，他又為了那群女同學，不能早點回家休息，真是……

不過，這就是同學們眼中的「柯紹恩」，只要有需要幫忙，在他能力範圍內，他一定會伸出援手。坐在他隔壁後，我才知道他的業務有多忙，每節下課都有不同的人跑來他桌邊，問他這怎麼解決、那怎麼辦，吵得我實在很想把他們通通轟回去，希望他們好好用自己的腦袋想一下，不要什麼都依賴別人！也虧柯紹恩脾氣這麼好，如果是我，一定每天都大抓狂。

話說回來，她們到底什麼時候才要放人啊，怎麼一點也不懂得體恤病人？

一口氣喝完飲料，正想進去解圍，我腳步頓了一下，因為我突然想到最後一堂課的時候，柯紹恩沒有叫醒正在打瞌睡的我，害我因為睡太熟，不小心撞上桌面，結果又被老師罰站。現在摸摸額頭，都還有點疼呢！不如不管他，自己先回家？這樣的惡念頭閃過，但抬眼看見一臉疲憊的柯紹恩，又覺得於心不忍。

最後，我還是踏進了教室，經過回收桶時，順手將壓扁的鋁箔包丟進去。我走進那群女生中間，不管她們臉上的錯愕和不滿，直接動手幫柯紹恩將桌上的東西收進書包，說道：「不好意思，柯紹恩家裡有事，必須回家了。教室就麻煩妳們鎖一下了，謝謝！」

語畢的同時，我將書包丟給柯紹恩，揹起了自己的書包，然後帶走主角，一氣呵成。

出了教室後，始終默默看著這一切的柯紹恩不發一語。我看向他，他卻好整以暇地等我自己解釋。

最後，是我按捺不住，先開口了：「你不是感冒了嗎？明明都看得出你人不舒服，她們還不讓你早點回家休息，所以我就撒了一點小謊。」

「其實也沒這麼不舒服，而且也快結束了。」

「幹麼逞強？就算沒這麼不舒服，也是生病中的狀態啊！」

「但妳突然把我帶走，不怕她們對妳誤會更深？」

「我是會怕這種事的人嗎？」我反問。

他笑笑：「所以，不生氣了嗎？」

「什麼？」

他指指自己的額頭。

「喔，當然還在生氣，不過這是兩碼子事。既然你自己提起了，我倒想問問，為什麼不叫醒我？害我這麼丟臉。」

「因為妳警告過我上課不准跟妳說話，連寫的，也不准。」

他正色地搬出我的命令，我一時語塞。

「所以我還要謝謝你謹守諾言嘍？」我沒好氣地回他。

「妳想道謝的話，我也是可以大方收下。」

這傢伙……

「算了，看在你是病人的份上，這次就不跟你計較。」

他笑了笑，手也覆上了我的頭，我臉色一變。現在是在給我得寸進尺嗎？

「謝謝，謝謝妳剛剛幫我。」

正想罵人，聽到他這麼一說，我哪氣得起來，只好放他一馬。

「回去多喝水、多休息。如果真的很不舒服，還是去看個醫生吧。」我說。

「嗯。」

「那……」我視線往上一飄，「請問你的手還要放在我頭上多久？」

雖說我可以暫時不計較，但人的忍耐是有限度的。

「好像習慣了。」他輕笑，收回手。

「那我奉勸你，最好改掉這個習慣。」

「如果改不掉怎麼辦？」

「所以說，一開始是誰准你養成這個習慣的？」

他只是笑著，沒再答話。

不知道是不是生病的緣故，總覺得他今天和我鬥嘴的戰鬥力下降不少，感覺有些無趣吶！

回家後，我將柯紹恩還有鬍子大叔感冒的事告訴媽，媽關心地問了兩人的狀況，又說剛好手邊有份可以止咳化痰的食譜，讓我明早上學時順便拿給大叔。

稍晚，約七點多，我剛洗頭洗澡完，回房間從衣櫥裡拿出乾毛巾擦頭髮時，聽見媽好像在房外跟誰說話。走近門邊，從門縫望去，發現是柯紹恩來了。

「可珈的筆記夾在我的課本裡，被我帶回家了，明天要考試，我怕她會用到，所以拿來給她。」

正疑惑他怎麼突然來了，就聽見柯紹恩這麼解釋。

「我聽可珈說，你和老闆都感冒啦，還好吧？」

「還好，謝謝言媽媽關心。」

「自己要好好照顧身體，不然你爸媽也會擔心喔。」

「嗯。」

「可珈在房間，你直接進去找她吧！言媽媽碗還沒洗完，先去忙了。」

「好。」

媽進了廚房後，柯紹恩也往我的房間走來。我原本想直接走出去，但突然又想嚇嚇他，兩個念頭轉換的須臾，柯紹恩已經來到門口，在他推開門的同時，我措手不及轉身想找藏身之處，卻一頭撞上剛被我打開的衣櫥門。由於衝撞的力道實在太大，導致我一瞬間頭冒金星，一陣暈眩，直接蹲下。

「……言小貓，妳在幹麼？」

我一手按著額頭，感覺沒這麼暈後，指了指衣櫥，想解釋又不知從何說起，最後乾脆一句「撞到了」帶過。

「沒事吧？」

「痛死我了……」我氣若游絲地說，然後起身走到床邊坐下。

「我看。」柯紹恩轉過書桌前的椅子，坐在我面前。

「是不是腫了？」我放下手。

他將我的瀏海撥到一旁，看了一會兒後：「嗯，有點紅腫。」

「好像跟今天撞到桌子的地方是同一個位置。」我可憐的額頭……

「有藥膏嗎？」柯紹恩問。

我從抽屜裡拿給他：「輕一點喔。」他開始幫我擦藥前，我先警告他。

「知道。」他失笑。

「好痛！不是要你輕一點嗎？」

「很輕了，小姐，忍耐一下吧。」

我皺著眉頭，一低眼，視線剛好落在桌上的筆記本上。

「我的筆記本怎麼會夾在你的課本裡？」

「應該問妳吧，今天是妳幫我收書包的。」

我想了想：「啊，那時候我正在抄你課本上的重點，大概是抄完後，我順手闔上，結果就忘了。」

「那不是好險我有發現，不然看妳怎麼準備考試？」

我嘿嘿地笑了笑：「對了，我剛好有一題數學解不出來，你再幫我看看。」

「好了。」他將我的瀏海撥回原位後，收回手，「哪一題有問題？」

「這題，我一直卡在第三個步驟。」我拉過攤開的數學習題本，指著第四題。

柯紹恩看了一下，拿起桌上的筆圈出算式中的某個數字：「這裡算錯了，所以數字代入後會算不出來。」

「是嗎？」我湊近課本，心算了一下，「真的錯了耶，難怪一直算不出來，謝啦！」

「還有什麼要問的？反正我都來了，而且今天放學也沒幫妳複習到。」

「我看看喔……」我翻了翻習題本，也不知哪兒來的想法，突然很想問問他。思忖了一下後，抬頭：「你老實說，每天這樣幫我複習功課、幫老師盯著我，不覺得厭煩嗎？」

「妳在打什麼主意？」他直盯著我，嘴邊有著淡淡笑意。

「我沒有在打什麼主意，只是很認真地想知道而已。」幹麼說得一副好像我有什麼陰謀一樣……我承認某些時候，我是有些鬼主意，但這次絕對只是單純地想知道。

「嗯，那我也老實告訴妳，我不覺得厭煩。」

「為什麼？」我下意識地反問。

「為什麼啊……」

也不知道他是真的在想，還是假裝思索，幾秒後，他才給我答案：「大概是因為對象是妳。」

「我？」

「我不是說過妳很有趣嗎？」

總覺得他的答案像是在糊弄我，不過我沒再追問，因為我想問的還有另一件事。

「那你每天幫同學解答、處理事情，也不覺得厭煩嘍？」我又問。

「妳到底想說什麼？」

「我只是覺得你太有耐心了，而且也……太完美了。」

「對一個同時擁有班長、模範生、優等生這些頭銜的人來說，這樣的形象不覺得很符合嗎？」

柯紹恩雖然這麼說，但我知道他不是為了符合所謂的形象，而強迫自己去做那些事。事實上，他根本是遊刃有餘。所以，正確說法應該是，因為他的行為創造出了完美形象，於是他才得到了那些閃亮頭銜。

「但你不累嗎？像今天，明明應該早點回家休息，但是你沒有。幫助同學固然是好事，可是我覺得有時會造成他們對你過分的予取予求。」

「我可以將妳剛剛的話，解讀成妳在擔心我嗎？」

「我是在擔心你沒錯啊！所以，如果哪天你突然覺得幫我複習功課、幫老師盯我，是件麻煩的苦差事時，你可以直言不諱地告訴我。」

「嗯，告訴妳，然後呢？妳要怎麼做？」

「這我還沒想到。」我誠實回答。

「那就不用想了。我說了，我不覺得厭煩，還是……妳覺得煩了？」

這我沒想過，不過我確定沒有討厭的感覺，雖然他跟惡魔沒兩樣，但……不討厭。

所以，我搖頭了。

「言可珈，如果……」

我等著柯紹恩繼續說下去，但他卻停住了。

「如果什麼？」

他欲言又止，最後只是拿起我掛在肩上的毛巾披到我的頭上：「頭髮趕快吹乾吧，小心感冒了。」

「少岔開話題，你剛剛要說什麼？」

「沒什麼問題的話，我先回去了。」他直接略過我的問題。

「到底什麼啦？你越不說我越好奇！」

「我在妳的筆記本裡發現了一些東西……妳明天再好好跟我解釋吧。」他不理會我的追問，丟下話後，走出了房間。

「小氣鬼，每次有話都不說清楚……」我一邊不滿地咕噥，一邊困惑地拿起筆記本。

一張夾在其中的紙滑落……喔喔，被發現了！

我想，這就是所謂的現世報吧。

在我拿止咳化痰的食譜給鬍子大叔後的幾天，柯紹恩感冒好了，卻換我感冒。

「這跟現世報有什麼關係？」

「因為我無聊用左手練習寫字的紙被他看見了。」

「那張紙有什麼玄機？」

「上面全部都是罵柯紹恩的話……」

中午，在去找鄭凱均前，予潔先來我們班會合，在等候跟導師說話的柯紹恩時，我們有了以上的對話。

然後予潔沉默了。

「我反省了。」我說。

「妳反省了什麼？」予潔接著問。

「下次要把紙藏好，絕對不能隨便夾在筆記本或課本裡。」

「這算哪門子反省？」柯紹恩的聲音從身後傳來，我的後腦杓被敲了一下。

「噢！」我低叫了一聲，偏過頭，「我都還沒怪你把感冒傳染給我呢！」

「可珈，妳剛剛不是說這是『現世報』嗎？」予潔的聲音幽幽傳來。

「蕭予潔，居然連妳也欺負我！妳這個重色輕友的人！」

「我沒有，我只是把妳剛剛的話重覆一遍而已。」

她一臉無辜，那樣子真是像極了柯紹恩。

「我開始懷疑我是不是誤交損友了。」我搖頭嘆氣。

「好啦，我開玩笑的，我怎麼可能欺負妳？」予潔邊搭上我的肩，邊帶著我往前走去。

她的口吻真是一點也不誠懇。我乾笑了幾聲，趁其不備朝她的腰側攻擊。

怕癢的予潔一縮，要我別靠近她，想當然，我怎麼可能乖乖聽話，結果兩人一路追鬧到一年五班，直到身後的柯紹恩提醒，才發現差點就超過了。

「咦？他這幾天不是都會在教室外等我們嗎？今天怎麼不見人影？」我東張西望。

「他在教室裡。」予潔說完，鄭凱均也剛好往我們的方向望來。

我們朝他揮手，但他看起來有些怪怪的，沒有跟我們打招呼，也沒有馬上離開座位，好像遲疑了一下後，才下定決心地走出教室。

「對不起，我今天……」他頓了一下後，一口氣說道：「以後都不和你們一起吃飯了。」

鄭凱均突然送上像是宣言的話語，讓我們三人都愣了一下。

「為什麼？」先反應過來的柯紹恩出聲問。

「總之就是……謝謝你們。」語畢，他轉身就要進教室。

當下，我第一個反應就是抓住他，鄭凱均沒料到我的動作，偏過頭的表情有些愕然，我想我應該說些什麼，但一時之間，腦中卻一片空白。

「我們聊一聊。」柯紹恩說。

「對，我們聊一聊。」我趕緊接上。

「一樣去頂樓吧！」予潔做了結尾。

三人像是接力似地，一人一句把話說完後，也沒問鄭凱均的意見，就把人帶上頂樓了。

「到底是怎麼回事？為什麼突然說以後都不一起吃飯了？」一坐下，我劈頭丟出疑問。

自從上回四人一起吃中餐後，已連續好幾天都一起吃飯了，鄭凱均越來越能加入我們的話題，偶爾也能勇於表達意見，笑容也越來越多，這不就表示，他也很喜歡和大家聚在一起的感覺嗎？為什麼今天卻突然說出這種話？直覺告訴我，那不是他的真心話。

鄭凱均依序看了看我們三人，然後才緩緩開口：「那天，你們見義勇為救了我，我已經很感激了，也知道你們之前約我一起參加慶祝會，還有這一個星期每天約我一起吃飯，都是因為擔心我會做出什麼傻事，但我向你們保證，我絕對不會做出你們擔心的那種事，真的！所以，謝謝，真的謝謝！請你們不用再費心在我身上了，你們為我做的這些，已經太足夠了……」

「鄭凱均，或許你覺得我們做這些，是出於憐憫同情，但我們不是，我們是因為——」柯紹恩停頓了一下後，「因為你是我們的朋友。」語氣認真地說道。

「沒錯，我們的確很擔心你，也想幫助你，但就像柯紹恩說的，是因為我們已經認定你是我們的朋友，什麼麻煩、費心，我們才不會覺得呢！」

「你們真的把我當朋友？」聽我這麼強調後，鄭凱均似是確認般地再問。

「嗯。」我點點頭。

「但是……為什麼？」

「這需要原因嗎？就像那晚我說的，你覺得自己很差勁，差勁到沒人願意跟你做朋友嗎？」

「對，我覺得自己很差勁。」

沒料到鄭凱均答得這麼直接乾脆，我反而一時語塞。

「我不知道該如何融入團體，也不會主動找話題和人聊天，唯唯諾諾的態度看了就討厭。就算被欺負，就算覺得受到不合理的對待，也不敢反擊，遇到事情只會逃避，不敢面對。就算、就算你們還願意和我交朋友，但一段時間後，你們一定會受不了我，然後感到後悔。我……能遇到你們，真的很開心，也很喜歡你們，所以我不希望你們到時候後悔。」

「你為什麼認定我們一定會後悔？」予潔笑，「在慶祝會上，我說了一堆笑話，你不都很捧場地笑了？這星期一起吃中飯，你不也開始主動加入話題？還有，之前在輔導室遇到，你對可珈和柯紹恩的擔心，是發自內心的吧？這些表現一點都不差勁啊，還是……你不相信我們？覺得我們不是真心的？」

鄭凱均連忙否認：「不是！不是這樣的！只是、只是……」

「只是雖然很渴望，卻仍舊感到害怕，對嗎？」

鄭凱均停下擺手的動作，看向了說出這句話的柯紹恩。半晌後，輕輕「嗯」了一聲。

「不懂。」交朋友合則來，不合則散，對我來說，沒有這麼多需要思索的問題，既然渴望，為什麼要害怕？害怕什麼呢？

「明明相信你們是真心的，也想毫無顧慮地接受，但心底卻有一道聲音：如果又重蹈覆轍了，怎麼辦？承受得了嗎？會不會後悔當初不應該成為朋友？所以，乾脆在一切都還沒開始前，先逃開吧，這樣就能避免受傷了——你是這麼想的吧？但是真的能逃開嗎？如果一開始就打定主意的話，當時可珈約你中午一起用餐，你就不會答應了。你答應了就表示在你的潛意識裡，其實已經把我們當朋友了。」

柯紹恩的這一番話，讓鄭凱均從驚訝、想否認，到最後默認了。

「你願意告訴我們，究竟發生了什麼事嗎？」

我想，鄭凱均今天怪異的反應還是得溯回源頭，如果過去的心結打不開的話，他就會一直不敢輕易接受別人的好意，這並不是件好事。當然我也知道，要把自己黑暗的一面大剌剌攤開在大家面前，是多麼困難，多麼需要勇氣，所以我們願意給他時間，也會耐心等候。

不知道過了多久，久到我以為鄭凱均今天不會說出來時，耳邊傳來了他的聲音。

「大概是個性懦弱的關係，我在班上沒什麼存在感，又因為我很不會拒絕別人，所以，同學常常會把事情丟給我一個人做，其實我也不是很介意，但長久下來，他們就會把一切視為理所當然，如果我拒絕，或是沒做好，同學就會諷刺我，有時也像開玩笑似地打我、鬧我。

我也有過朋友，但是每當他們一發現這樣的狀況後，都會因為害怕被波及，而開始和我保持距離，到最後，又只剩下我一個人。上了高中後，我有想過要改變，但是開學時，我因為腸胃炎請了幾天假，來學校時，班上同學都已經彼此熟絡了，甚至有了小團體，於是我又退縮了。雖然現在班上同學不會很明顯地排擠我，小華老師也跟我聊過很多，但有時候，那種孤單一個人的感覺，還是很強烈。

那天，我因為心情莫名地特別低落，又看到同學們都開心地聚在一起討論放學後要去哪兒玩？頓時覺得好鬱悶，所以才上頂樓的。那時，我是真的在看學校，我在看學校這麼大，想找到一個自己的歸屬卻這麼難。於是，我想著，如果我現在死了，大概也不會有人發現，學校裡也不會有為我傷心的同學吧？」

「怎麼會沒有？你現在就屬於我們這個團體，這裡，就是你的位置啊！還有，如果你死了，我們一定會發現，也一定會傷心！所以你千萬、千萬不准再有什麼死不死的念頭！」我鄭重而嚴肅地告訴他。

「嗯，我也不是真的想自殺，只是一瞬間有閃過這個想法，而且……慶祝會那天，妳告訴我那些話後，我就沒再這麼想了。那晚，我感受到你們的善意和真心，當時真的覺得自己終於交到真正的朋友了。可是當我跟你們相處，發現自己原來這麼渴望朋友後，我就像剛剛紹恩同學說的，害怕了。說到底，我就是一個懦弱的膽小鬼。」

「很多人都是懦弱的膽小鬼，只是每個人遮掩的方式不同罷了。」柯紹恩徐徐說道。

「學校裡會有些人上一秒跟你說說笑笑，但下一秒卻在背後說你壞話、捅你一刀；也有人怕被牽連排擠，輕易捨棄了你，又或是為了利益而跟你交朋友，但是，不可否認，那種無條件信任你、把你放在第一位認真對待、不在乎旁人眼光……這樣的人還是存在的。」柯紹恩注視著鄭凱均，他那堅定、不容置喙的眼神又出現了。

「如果你覺得遇到了，那麼試著再去相信對方一次吧。」

鄭凱均似是思忖，目光再次落向我們三人身上，片刻後，輕輕點頭了。

晚上，到鬍子咖啡廳找襪襪玩時，我和鬍子大叔聊起了鄭凱均的事。

「學生時期對於人際關係，似乎都會特別敏感，但即使出了社會，同樣也會遇到這類的問題，大人的世界又比學校複雜更多，這也是我不喜歡當上班族的原因之一。」鬍子大叔邊擦拭吧檯邊說道。

「所以才來開咖啡廳？」

「對啊，自己開店，自己當老闆，既不用對上司負責，也不用特別經營同事間的人際關係，這樣隨性過生活比較適合我。」

「原來如此。那大叔為什麼這麼喜歡到處旅行啊？」

「因為我喜歡『體驗』。體驗不同的生活，體驗不同的人情，雖然這些在台灣也可以經歷到，但我想看看自己的生長環境以外的世界。那個世界的人們，也和我一樣嗎？他們的食衣住行和我們有什麼差別？這些我都很好奇。真正離開這裡後，才發現世界真的很大，也因此更認識了自己。

我覺得在一個地方待久了，會很容易以為『這就是自己』。自以為了解自己，但其實很多時候的『我』，只是別人眼中的『我』、別人期待的『我』。然而，當你到了生活環境、人文習慣都不是自己所熟悉的國家時，在融入當地生活的過程中，會發現許多自己從不知道的那一面，我覺得不斷挖掘不同的自己，也是很有趣的一件事。畢竟，如果連自己都不了解時，又怎麼能說我很了解別人呢？像可珈妳啊，就是因為了解自己，所以對於學校同學的誤解，才能不在意，大叔在妳這個年紀時，可是連自己都還不太了解呢！」

突然被大叔稱讚，還真有點害羞。學生時期的大叔是個怎樣的人？

「唔……高中時有乖一點，我國中時，應該是老師眼中的『皮小孩』，不過我雖然很皮，但成績也還在中上，也很會帶動班上氣氛，人緣還不錯，所以皮歸皮，老師多半也是睜一隻眼，閉一隻眼。」

「那是怎麼個『皮』法？」一說到這個，我就特別有興趣。

「像是惡作劇，捉弄老師或是同學這類的。這是不良示範，妳可別學啊！國中時期嘛，看見被欺負的女生氣呼呼的樣子就特別開心！現在回想起來，當時或許也是想引人注意。」

「引人注意？」

「那時我遇到心儀的女孩子時，總是特別不知所措，也不知道該如何和對方相處，所以就會想辦法讓對方注意到我，然後只要多說上一句話，就會開心一整天。」

「也太純情了吧。」我呵呵笑。

「大叔又不是一生下來就這樣了，我也是經歷過你們這個年紀呢！」

「所以你那時候有喜歡的女生？」

「有喔。」

那麼一瞬間，我看見了大叔臉上有著小男孩羞澀的模樣。

「她是班上比較安靜內向的女生，會注意到她，是因為每次下課都看見她一個人靜靜地坐在位子上，很不起眼的樣子，不過老師交派她的工作，她都會很認真地完成。後來我發現，她和班上女生似乎相處得不太好，於是我就開始主動找她聊天，原本只是想幫她，但相處久了後……」

「就發現喜歡上了？」

大叔靦腆地笑了笑。

「結果呢？」

「當然是沒有結果啦！那時候根本不敢告白，而且對她來說，我大概只是個喜歡捉弄她的男生，她討厭我都來不及了。畢業後，就沒再見過面了。」

這時，咖啡廳門上的鈴鐺響起，大叔招呼客人去了。

剛剛大叔提到的國中往事，突然覺得和小華老師的故事好像，如果當時兩人是同班同學的話，那不就剛好一個是男主角，一個是女主角嗎？那也太有緣、太神奇了吧！

「想什麼想到傻笑？」柯紹恩的聲音從身後傳來。

我身子一轉，見他坐上高腳椅。剛剛來的時候，大叔說他先上去洗澡了，果然髮尾有些溼溼的。

「剛剛跟大叔說了鄭凱均的事，然後就聊起他國中的往事。大叔真不愧是你叔叔！」

「什麼意思？」

「一樣都愛捉弄人啊……」這麼一說，我突然想到大叔是因為喜歡那女孩，所以才想引起她注意，但柯紹恩……不可能！

小華老師之前和我說的什麼表達善意，我也覺得根本不是那麼一回事。

「耍我很有趣嗎？」

「嗯，很有趣。」

看吧，他自己都這麼說了，所以他純粹只是以整我為樂而已……

「又在想什麼了？表情還真多變。」柯紹恩輕輕點了點我的額頭。

「沒什麼。」如果告訴他我剛剛在想什麼，一定會變成自己挖坑自己跳，到時候又要被他耍了。

「真的嗎？」他一手托著下巴，像是早就看穿我般說道。

「啊，我想起來了。我要問你，今天中午時，為什麼只聽鄭凱均說了那些話，你就能這麼了解他的想法？」知道他一定不會放過我，我趕快送上我想問的問題。

「分析一下就知道了。」他說。

「這麼短的時間，你也能分析得這麼透澈，又不是有讀心術，難不成你有類似的經驗？」

「如果我說……有呢？」他睇著我。

「不可能！」我想也沒想地說道。

「既然我說有妳也不會相信，幹麼還懷疑我是否有類似經驗？」

也是。

我乾笑了兩聲：「你跟他說很多人都是懦弱的膽小鬼，這也包括你嗎？」

「嗯。」

「你又騙我了齁！」

「嗯，騙妳的。」

「我就知道！」

剛才一來一往的對話好像毫無意義，因為柯紹恩一直糊弄我，但我卻莫名覺得好玩。

「說真的，你最後那段話說得真棒。」這次是認真說的，「如果讓我遇到這樣好的人，就算曾經受過傷，我也會再相信一次，和他成為朋友。」

柯紹恩看著我笑了。

我不解：「你不會嗎？」

「我會。」他微收起嘴角的笑，「而且我已經相信了。」

蛤？他什麼時候認識了新朋友，我怎麼不知道。

「你遇到了誰啊？」

「嗯……就是有這樣的一個人嘍。」

「又在搞神祕……咦？等等！你這麼說的意思，難道你真的遇過類似的遭遇？」

遇到鄭凱均被學長欺負的那次，柯紹恩也很奇怪，一直在「相信或不相信別人」這件事上打轉，莫非他從前真的被朋友傷害背叛過？

我揪著柯紹恩，他也沒迴避，只是注視我的目光中好像多了些情緒，感覺像是……猶豫、糾結？

「你怪怪的……怎麼了嗎？」他突如其來的緘默，讓我有些害怕。

片刻後，他問：「妳最討厭什麼事？」

我愣了愣，一時進不了狀況。

「我是說，妳最痛恨、最無法原諒的事，是什麼？」

「我嗎？欺騙吧。」雖然不明白他為什麼突然問我這個，但我還是回答了。

柯紹恩露出了「果然如此」的表情。

我微蹙眉頭，深深覺得他不對勁。仔細回想起來，好像從慶祝會那晚開始，柯紹恩就時常這樣，好像隱瞞了什麼說不出口的事情。

「你是不是遇到什麼困難？跟我說，我一定會幫你！」

「沒有，我沒遇到什麼困難。」他撇開了視線，隨即又恢復原本的模樣，「我去幫我叔叔。」

我盯著他離去的身影，心想：真是太奇怪了！

第七章 緋聞女主角也不是這麼好當的

之後幾天，我總會不自覺地偷偷觀察柯紹恩，卻沒再發現他有什麼異樣。

而且，不知道是不是那天待在頂樓吹風太久，加上寒流來襲，一向感冒很快就好的我，這次卻深受生病之苦，已經過了四、五天，我還是昏昏沉沉的。於是，柯紹恩奉了我媽的命，再度「關照」起我，也就是說，他幾乎沒離開過我的視線。

我實在想不出來他之前遇到什麼事……會不會是我想太多了？

「圍巾呢？」柯紹恩的一句問話，喚回我的思緒。

「這裡。」我從書包裡掏出來。

「既然帶了，幹麼不圍著？」

「我不喜歡脖子圍著東西，不舒服。」我很勉強地圍上圍巾。

「不舒服也得圍著，難道妳想一直咳下去嗎？就是因為吸進冷空氣，所以才容易咳嗽。」

他動手將我圍了厚厚的好幾圈，又把圍巾拉高到遮住下巴的位置，只要我微微低頭，鼻尖幾乎快碰到圍巾，吸進的氣也因此變得溫熱。

「剛剛吃完飯後，妳還沒吃藥吧？」他又問。

「嗯。」

「吶，溫水幫妳倒好了。」他將水杯和感冒藥放到我桌上。

居然連這些都準備好了。

「你可以不要這麼體貼嗎？」我沒好氣地瞥了他一眼。

「不行。」他表現出為難的樣子。真故意。

「你不覺得這一顆顆的藥很難吞嗎？」

「就是因為妳都不按時吃藥，所以才一直好不了。」他直接將水杯和藥放到我手中。

在他的視線威逼下，我只好乖乖把藥吞下。

上課時，我因為吃了藥的關係，常不自知地昏睡過去。前幾天，柯紹恩為了防止我再發生額頭撞桌子的慘事，總是不厭其煩隨時呼喚我。而今天，他居然乾脆跟老師說忘了帶課本，直接把桌子併過來，就近管理。

「你騙老師。」他的課本明明就放在抽屜裡。

「這樣比較方便。」

方便？

雖然一時不懂那是什麼意思，但很快，我明白了。他所謂的「方便」，就是在我開始打瞌睡時，直接拉住我的後衣領。不得不說，這確實比叫我還有效，而且……方便，但好幾次我都因為氣管被衣服勒住，難受地咳起嗽來。

「你一定要這麼粗魯嗎？」我悄聲埋怨。

「不這樣妳醒得來嗎？」

「……」

想到之前他叫我，我會清醒個幾秒鐘，但很快又開始陷入渾沌狀態，現在這樣是可以維持長一點的清醒時間沒錯，只是我怕感冒還沒好，就先被勒死了。

就這麼反覆地在他要求圍圍巾、吃藥、看顧的折磨下，我將觀察柯紹恩的事忘得一乾二淨，一心只想著感冒趕快好……

在我快被勒死之際，老天爺終於看我可憐，讓我康復了！

重獲健康的這日，我整個精神大好，再度恢復蹦蹦跳跳的模樣，和先前病懨懨的樣子，大相逕庭得連予潔都喊太誇張了！

「這次的病毒太厲害了。」我只能把一切歸咎於這個原因。

「妳應該要好好謝謝柯紹恩。」予潔說。

「我幹麼要謝他？」

「妳生病時，他簡直像妳的保母一樣。要不是他盯著妳吃藥，提醒妳保暖，妳大概還要病很久。」

「那是因為我媽有交代，他不得不領命。」

「他也可以答應了，但沒做啊，反正言媽媽也不知道。可是，他並沒有喔，還很認真執行，這實在沒幾個人能做到。」

「難道妳不會嗎？」

「我會，但是可能無法做到『滴水不漏』。」予潔一臉意有所指樣。

想想，也真的只能用「滴水不漏」來形容了。認同予潔的話後，我也不由得苦笑。以前因為座位遠，我和柯紹恩下課很少互找對方，中午也有各自一起吃飯的朋友，但現在，除了座位在隔壁，中午也多半一起吃飯了，可以說只要我踏出家門，柯紹恩幾乎都在身邊。算一算，我們在一起的時間，每天至少有……十個小時！若再加上我偶爾到鬍子咖啡廳找大叔和襪襪，或是他來我家吃飯，我和他相處的時間，一天超過十小時都有可能。

即使是和予潔相處，也只有在學校的七、八個小時，但柯紹恩卻破紀錄了，更神奇的是，我居然覺得這是正常的！

「……好可怕！」我喃喃嘀咕。

「什麼好可怕？」

「習慣成自然，這件事很可怕。」

「怎麼說？」

「沒什麼，只是突然有感而發。」我擺擺手，又問：「妳怎麼會過來我們班這邊？」予潔的教室與我們班教室有段距離，所以平時下課時，她很少會特地過來找我。

「我幫老師拿補充講義給一年七班。」她說，然後像是想到什麼，「對了，我今天在走廊的公布欄看見『節約能源海報比賽』，我有點想參加。」

「那就參加啊！妳畫畫這麼厲害，國中時不是也參加了好幾次，還獲得不錯的成績，去試試啦！」

「妳也覺得我可以試試看喔？不過國三停了一年沒畫，可能有些生疏了。」予潔有些擔心。

「蕭予潔，妳可以的！」我拍拍她的肩，給她信心喊話。

「嗯！我可以的！」予潔用力地點頭。

「呵，這是在演哪齣友情戲碼？」突然，一道帶著冷哼的聲音傳來。

我和予潔同時回頭，看見徐韶婷瞥了我們一眼後，從身旁走過。她那副目中無人的樣子，讓我又想上前念她個幾句，但予潔拉住我。

「不用理她，跟她吵只會降低我們的層級，反正我們和她的層級本來就是不一樣的。」予潔學起徐韶婷以前說這句話時的口吻。

我被她逗笑了：「妳這句話比我更狠。」

「她不是最愛把這句話掛在嘴邊嗎？」

「沒錯沒錯……咦？鄭凱均耶！」遠遠地，我看到鄭凱均正低著頭從樓梯轉角上來。

「嘿！」當他迎面走來，快靠近我們時，我一個跨步擋在他面前。

他似是嚇了一跳，怔了一下後才抬起頭。

「低著頭走路不怕撞到嗎？」我笑。

他看見是我和予潔，也露出了笑容。

「這什麼？」看見他手中幾張打字打得密密麻麻的紙，我好奇問道。

「一些關於轉學的資料。」

轉學？好好的為什麼要轉學？難不成……

我原以為鄭凱均是受不了目前的班級才轉學的，結果是因為他爸爸工作的關係，必須舉家搬遷到中部，所以他也得跟著轉學過去。

只要不是因為人際關係的問題，那就好了。只是才剛認識不久，他就要離開了，多少讓人感到不捨。

放學後，和柯紹恩留下來複習功課，我隨口聊起鄭凱均時，他問。

「考完期中考後，就會到新學校報到。不知道他到新學校後，能不能適應？希望不要再有那些不愉快的事發生了。」

「預計何時轉走？」

「這就要看妳的那些『開導』，有沒有效了。」

「那我是不是該再找個時間跟他說說？」

他笑：「妳那晚告訴他的那些已經很足夠，算是很幫助他了，剩下的必須靠他自己，如果自己不願意改變，說再多也是枉然。不過，那時他願意面對自己的缺點，已經是改變的開始，所以我相信，只要他有把妳的話都聽進去，然後照著妳這個『範例』走，不管在什麼環境下，他應該都能適應了。」

覺得柯紹恩說得有理，我認同地點點頭，但是這話中間，怎麼有個詞……好像怪怪的？

「請問你說的『範例』，是褒還貶啊？」我問。

「是稱讚。」

「喔！難得你還會稱讚我。」我應該沒有表現出太開心的感覺吧。

「妳的個性應該就是妳最大的優點。不過，也是唯一的優點……」

「就知道你不會這麼好心！」一塊橡皮擦塊朝他飛去。

柯紹恩低笑了幾聲後，斂起嘴角的神情，有著些許的認真：「聽我把話說完。雖然那是妳唯一的優點，卻是最重要，而且對某些人來說，是非常需要的優點。所以，妳只需要擁有這一個，就勝過其他人十幾個優點了。」

「那我有勝過你嗎？」

柯紹恩不只十幾個優點，他是零缺點。贏別人，不如贏柯紹恩，那才叫厲害！但我也知道那是不可能的，所以只是隨口問問。

「有。」結果，他竟給了我這個出乎意料的答案。

「怎麼可能？又想騙我了？」一定就像平常那樣，下一句會是：開玩笑的、騙妳的……

「我沒有騙妳，我是說真的。」他看著我。

我試圖判斷這句話的真實性，下一秒，他那道緊緊注視我的視線，讓我相信了他。

「可是……為什麼？」我不懂，樣樣都好的柯紹恩，為什麼會說他輸給只有一個優點的我？

「因為……」柯紹恩故意拉長了尾音，然後，「下次再告訴妳，免得妳驕傲了。」

我「嘖」了一聲。虧我還滿心期待，他卻突然不說！

「我才不會驕傲好不好？」呃……可能還是會，但只有一點點，一點點而已。

柯紹恩裝作沒聽見，說了聲「閒聊時間結束」，然後將參考書推到我面前：「這兩面，二十分鐘寫完。」

「欸？這樣時間怎麼夠？總共五十題耶！我一分鐘就要寫兩題，還要……」

「計時開始！」

「啊！等一下啦！我鉛筆都還沒拿出來！」我邊碎念，邊急忙拿出筆來。好險最近被柯紹恩訓練到隨時都能進入思考狀態，不然像這樣什麼都還沒就緒的情況下，一看到題目，腦子鐵定是一片空白。

不過，瞬間專注在規定時間內寫完所有題目的後果就是——腦細胞死去了一大半。

「我去廁所，順便透透氣。」我站起身。

正在幫我對答案的柯紹恩瞥了我一眼，點頭。

出了教室，我伸了個大大的懶腰，然後慢慢往廁所的方向晃去。途中經過幾間教室，雖然已經放學了，但有些班級裡仍有學生還待在教室，有的討論功課、有的聊天。經過位於廁所隔壁的那班時，我也隨意地瞄了一眼，卻剛好和一個盤腿坐在桌上，穿著運動服的女生對到眼。大約是兩秒後，我收回視線，然後進了廁所。

上完廁所、洗完手，一轉身，門口站了一個穿著運動服的女生，我從她的衣著，認出了是剛剛和我對到眼的人。

她投來打量我的視線，但我沒多在意，準備繞過她離開，她卻突然開口了。

「妳就是言可珈？」

她說話的口吻並不友善，所以我沒回答，只是看著她。

「看起來也還好嘛！」

那像是喃喃自語的話語，聽起來實在不怎麼悅耳，我忍不住回問：「請問有什麼事嗎？」

「沒有，只是常常聽到妳的名字，想確認一下而已。」她丟下這句話後，轉身回教室。

我一頭霧水，只感到莫名其妙！

我知道我很有名，也知道聽過我名字但不認得我本人的也很多，這卻是第一次遇到當面確認的。真不知道該說她太無厘頭，還是太大膽，居然敢直接問我？而且，那句「看起來也還好嘛」是什麼意思？雖然我不敢自稱是美女，但也不至於太糟糕吧……

「柯紹恩，你覺得我長得怎樣？」一回到教室，我劈頭就問。

他一愣：「幹麼突然問這個？」

「你回答我就是了！」說著，我將臉湊到他的面前，「以你們男生的眼光來看，你覺得怎樣？」

結果他盯著我半晌後，一句評論也沒說，匆匆移開了目光。

「真、真的不怎麼樣嗎？」當下有種被打擊到的挫敗感。

不過再想想後，覺得也沒必要為了這種很主觀的事影響了心情。本來嘛，一個人的意見不代表所有人的意見，再說，容貌是爸媽給的，所以……

嗯？剛剛好像聽見了柯紹恩的說話聲。

「你說什麼？」我回過神，問道。

「น่ารัก，我說娜拉，很可愛的意思。」柯紹恩的視線依然落在參考書上，那話語似是不經意地從他口中流洩而出。因為太不著痕跡，我一時會意不過來，一會兒後，才知道他是在回答我。

我不由自主地笑了。

剛剛才告訴自己不要受影響了，但……突然覺得心情好好啊！至於那位冒失女同學，就當作沒遇到過吧！

遇到那位冒失女同學後，我注意到了一件奇怪的事。

近日在學校，不管我走到哪兒，都會有不認識的同學對我投來異樣的目光，有的會稍微遮掩一下，有的則是光明正大盯著我，甚至偶爾還會搭配我聽不清楚的碎言碎語。

我平時不太會特別注意周遭的事物，所以一開始沒什麼的感覺，但是當這樣奇怪的狀況持續發生了好幾天，我再怎麼後知後覺，也察覺到異狀了。

這天中午，只有我和予潔一起吃飯，吃完回教室時，因為我又感覺到陌生的目光，於是順口提起這件事，結果予潔說她也感覺到了。

「原本還以為是我太敏感，如果連妳都覺得不對勁，那應該就真的有問題了。」她頓了一下，「現在回想起來，這兩天我們班的人常會有意無意地跟我聊起妳……」

「我？那聊了什麼？」

「就問我跟妳是不是好朋友，怎麼認識的，妳是不是真的是問題學生……這類的。我知道妳不喜歡不熟的人聊妳的事，所以我都輕描淡寫地帶過。那妳班上的同學呢？妳最近有發現什麼奇怪的狀況嗎？」

我想了想：「不知道耶，我在我們班的風評就那樣，就算他們聚在一起說我什麼，我也不會感到奇怪。」

予潔聽著，陷入沉思。

「記得國中最嚴重的那個謠傳，是大家誤會我聯合外校的人毆打校內學長……難道我又做了什麼自己沒感覺卻會讓人誤解的事嗎？」

我跟著陷入了思索，但不一會兒，我就放棄回想了：「算了，不管了！反正再糟應該也不會比國中那次還糟吧！」

「妳真的一點線索也沒有？」

「沒有。」我搖頭。

「就這樣放著不管，好嗎？」

「那……如果再遇到鬼鬼祟祟的人，我把他抓來拷問一下，應該就有答案了吧？」

「都什麼時候了，妳還能說笑。」予潔沒轍地苦笑。

「我說真的啊，與其自己在這裡瞎猜，不如直接問，這樣不是快多了嗎？」

「也是，那我回班上後，也試著看能不能探問出什麼？」

「嗯。」

說著，我想起予潔之前說想參加海報比賽的事，於是將話題轉了過去。

「我已經報名了，也開始在構圖了。」她說。

「動作滿快的嘛！還順利嗎？」

「還滿順利的，過幾天等我把草稿畫好，再拿來給妳看。」

「好！」

這時，一位經過我們身旁的數學女老師突然叫住我們。

「同學，不好意思，可以幫老師把這箱教具放回教具室嗎？」

「喔，好。」

「麻煩了，謝謝妳們。」

於是，原本要分道揚鑣的我和予潔，又一起去執行公差。

教具室裡，劃分了各科教具的收放區域，數學區位於教具室的最裡面，我看見一堆大型教具，玩心瞬間又起。

「言可珈，妳小孩子啊！連這個也可以玩得這麼開心。」予潔放好教具，受不了地看著我的行為。

「這很妙耶！妳不覺得嗎？」我放下手中的大圓規，又拿起旁邊的三角板。

「不要玩了啦……」

就在予潔試圖阻止我再玩下去時，門口似乎有人邊說話邊走進來了。因為我們所處的位置剛好是視線死角，所以進來的人不會馬上發現我們，但從我們的方向望去，可以清楚看見兩個女生。她們不知道在說什麼，一言一語，感覺好激動。

「真的假的！」

「真的啊，大家都在傳，妳不知道嗎？」

「可是……言可珈耶！」

原本我和予潔要走出去了，但一聽到這句話後，兩人有默契地又縮回了腳步。

「對啊，就是一年八班那個聽說問題很多的言可珈。」

她們繼續對話，腳步也持續往裡走。予潔見狀，拉著我躲到一旁的落地窗簾後頭。

「聽說她國中時就有很多不好的傳言，感覺還滿可怕的。」

「不是感覺，是真的不能惹。我不是有個和言可珈同班的社團朋友嗎？她跟我說，她上課第一天遲到還嗆老師，而且她還曾當著全班的面，把副班長帶出教室。」

「幹麼帶出教室？」

「不知道，只知道後來那個副班長回班上後，臉色超難看的。」

「該不會被打了吧？」

「可能喔，不是說她交過混混朋友嗎？而且我朋友還跟我說，她曾經目睹言可珈欺負柯紹恩，重、點、是，柯紹恩都沒還手。」

「野蠻女友喔？沒想到柯紹恩喜歡這類型的！真的好討厭喔！怎麼會喜歡言可珈呢？柯紹恩耶！我們的王子耶！」

「我也很怨嘆啊，不過在柯紹恩未證實前，我不想相信……」

「沒錯沒錯……」

後來的對話，隨著她們離開教具室，也跟著消失了。

從窗簾後頭出來後，我和予潔面面相覷。

「柯紹恩……喜歡我？」我問予潔，也問我自己。

「根據剛剛她們的對話，應該是。」

「所以我最近走到哪兒都被指指點點，是因為這個原因？」

「……應該是。」

這到底又是什麼奇怪的流言?!

原以為不會比國中那次更糟，但此刻卻覺得糟透了！我寧願被追殺，也不想成為什麼緋聞女主角！我明明什麼事也沒做，為什麼流言就是很愛找上我？該不會大家把柯紹恩欺負我為樂，解讀成是喜歡我吧？不過剛剛她們又說是我欺負柯紹恩，所以……不對！現在不是想原因的時候，流言本來就是毫無根據，現在最重要的，應該是先去找當事人問清楚！

我匆匆和予潔在教具室道別，然後趕緊回教室找人。

快接近我們班時，遠遠地就看見柯紹恩正在走廊上，正被幾位同學圍著說話，其中，也有徐韶婷的身影。我立即上前，但在距離他們只剩兩、三步遠的距離時，停了下來。因為我聽見他們問了柯紹恩我想確認問題。

「聽說你喜歡言可珈，真的還假的？」

柯紹恩沒有立即回答，他的沉默將大家的好奇心吊得高高的，每個人都屏氣凝神盯著他，等待他的答案。包括我。

就在這時，本來聚焦柯紹恩的大家，卻因為其中一個人突然發現我，所有人的注意力瞬間轉移到我身上。

「喔，女主角出現了！」唯恐天下不亂的某個男同學，吹了聲口哨。

「是男子漢的話，如果真的喜歡，現在就告白吧！兄弟我給你靠！」

「你少在那裡亂起鬨，柯紹恩又沒說喜歡她。」徐韶婷冷冷地堵了一句，也順便送了我一個白眼。

我暗暗吐了口氣後，無言地瞪向柯紹恩。眼神中說著：現在到底是什麼狀況？身為當事者的你，現在不是不說話就沒事了，你倒是解決一下啊！快、點！

接收到我的怒火後，柯紹恩果然很識相地有了下一步。

「各位親愛的同學，我知道你們很關心我……們，不過午休已經開始了，請大家趕快進教室吧。」柯紹恩帶著笑意說完這一段話後，無視同學的錯愕與失望，直接抓起我的手腕，進了教室。

那天，柯紹恩沒承認也沒否認，還在眾目睽睽下將我帶離現場的表現，不僅沒有阻止大家的悠悠之口，反而讓流言甚囂塵上，每個人都很有成為八點檔連續劇編劇的潛力，一個比一個還會編故事，甚至每天有不同的發展進度。

從一開始的柯紹恩喜歡我，變成認為柯紹恩的眼光沒這麼差，所以一定是我倒追他，最近更莫名其妙地演變成我腳踏柯紹恩、鄭凱均兩條船，原因只是有人曾見過我單獨和鄭凱均在一起，他還送過我小貓夾子……然而，不管是哪個版本，都讓我很無力。

「你當時幹麼不說清楚？」事後，我曾這麼問柯紹恩。

「妳不是說謠言止於智者嗎？相信謠言的人，無論我怎麼解釋，還是會心存懷疑；至於相信我的人，那就更不需要我解釋了。」

結果他把我說過的話，送還給我。

的確也是，那時不管他怎麼回答，流言的發展最後一定也會變成現在這個版本。原因無他，只因為他是柯紹恩，我是言可珈，因為他處在天堂，我處在地獄，因為，我們在他們的眼中，本來就不該是在同一個層級上的。

所以，被找麻煩的永遠是我，不會是柯紹恩。不過同年級的人，多半不敢明目張膽地直接找我，只敢暗中議論。會找上門的或是在半路堵我的，幾乎都是學姊。這時我才知道，柯紹恩真是聲名遠播，只能說我平常對這些都太不關心了。

關於我的「特殊身分」，學姊也有所耳聞，但頂多就是問問話，說幾句「最近很紅喔，別太囂張了！」、「腳踏兩條船，不怕翻船啊！」、「聽說之前連高三的都敢惹，妳很有種嘛！出來混是要還的！妳小心點！」……這類不知道是威脅我，還是奉勸我的話。

就像剛剛，我走在要去予潔班級的路上，很好運地又遇到之前曾遇過的幾位學姊，之所以認得，是因為她們一看見我就訕笑說道：「喲，學妹，真巧，又遇到了！」

到了予潔班上後，我跟她說這件事，她擔心地回問：「結果學姊有為難妳嗎？」

我懶懶地拉開予潔前面的空位反坐。

「還不就重覆那些相同的話，我都會背了。」

「沒想到會變得這麼嚴重。」

「因為對象是柯紹恩……和我，所以也不難理解了。」

就某方面而言，我和他都算有名的人，只是此「名」非彼「名」。

「某甲同學加一點油，某乙同學添一點醋，某丙同學再灌一點水，故事就這樣不斷地加料，變得越來越豐富。說不定等鄭凱均轉學後，又會突然蹦出什麼因為受不了我腳踏兩條船，憤而轉學這樣的流言。真是這樣，我也不會意外。」

「說到這個，」予潔的音調突然提高，「所有版本中，最令我生氣的就是說妳腳踏兩條船！根本就是故意把妳污名化，塑造成壞女人啊！」

「因為她們總不能承認，自己喜歡的柯紹恩眼光很差吧！」雖然感謝為我抱不平的予潔，但我說這句話時，還是忍不住笑了。

「所以妳也覺得自己很差嗎？」予潔臉上浮現心疼我的表情。

「吶，上次說妳重色輕友，這句話我收回。」

「嗯？」她因為我沒頭沒尾的話，一時反應不過來。

「通常這時候，妳不都會站在柯紹恩那邊嗎？」

我這麼一說，她恍然大悟：「就說了我不是重色輕友，我平常是就事論事。現在這件事關係到妳的名譽，要是傳出去，妳以後還要不要留給人探聽啊？」

我噗哧了一聲：「謝謝妳這麼為我的未來著想，不過很遺憾，目前的狀況是，各種爛版本的流言都已經傳出去了。」

「所以才更讓人火大啊！」予潔敲了桌子一下。

這是我第一次見她反應這麼激烈，看來她在班上也聽了不少關於我的壞話。

「唉呀，流言嘛，只要自己問心無愧，傳久了總會不攻自破的。再說，小華老師也說過，那些八卦通常維持不久，過一陣子就會被其他事給取代了。這段時間，就眼不見、耳不聽，忍耐一下就過去了，反正又不是沒遇過，只是覺得對妳、對鄭凱均很不好意思，因為這樣，害大家都不能聚在一起吃飯。」

「我和鄭凱均都沒事，妳不用擔心啦！我今天才去找過他，他說班上同學沒有特別借題發揮，他還能應付。感覺上，他好像勇敢許多呢！」

「是嗎？那就好。好險他要轉學了，之前還有些捨不得，現在倒希望他趕快轉走，趕快離開這個是非之地，免得被我連累。」

「什麼連累不連累的，妳不要這麼想，這又不是妳的錯，是那個亂放流言的人的錯！不過話說回來……」予潔頓時壓低音量湊上前，「柯紹恩到底有沒有喜歡妳？」

「當然是沒有。」我失笑。

「妳這麼肯定？」

我點頭，因為我已經確認過了。

「有時候，可能是有什麼讓人懷疑的地方，所以才會放出這樣的消息呀。」

「那也有可能是那個人忌妒我和柯紹恩特別好，所以故意讓我成為女生公敵。」我覺得這個可能性還比較高。

予潔想了想：「這也不無可能，但我有個疑問，為什麼不傳說是妳喜歡柯紹恩，而是柯紹恩喜歡妳？」

「這有差別嗎？」

「嗯……以結果論而言，是沒什麼差別，但我就是覺得很奇怪，按照常理，如果攻擊的對象是妳，不是應該把焦點放到妳身上就好了，可是以現在的狀況來看，連柯紹恩也一併被牽連嘍！」

「我看柯紹恩沒什麼差啊，只有一開始常被班上無聊同學鬧，起鬨要他告白，後來流言變成我腳踏兩條船後，矛頭全指向了我，而且只要柯紹恩一幫我說話，我的處境就會變得更慘，他反而因此獲得一堆同情票，現在人氣更是因禍得福又高漲了。到頭來，倒楣的還是只有我一個人。」我無奈啊！

予潔聽了，一臉想笑卻又同情我的複雜表情。

「不聊這個了。」我擺擺手，「妳的海報呢？」

來找予潔就是為了看海報，一不小心又聊了這堆烏煙瘴氣的事，真是浪費時間！但聊一聊後，一整天的悶氣，似乎也一吐而盡。感覺像是充飽了電，即使明天還得應付討厭的煩雜事，好像又可以拿出百分百的戰鬥力來面對了！

和予潔在學校待到五點多後，我們才各自回家。

因為流言鬧得沸沸揚揚，為了避免節外生枝，我跟柯紹恩說好，這陣子保持距離，以策安全。雖然我可以不在意那些流言蜚語，但也沒必要讓自己的處境雪上加霜，所以最好的辦法就是——安靜，等待流言自行退燒。

因為這樣，我們這段時間都是各自上下課，在學校也盡量避免單獨在一起，就連交談的機會也變少。

雖然是情勢所逼，但老實說，還真有些不習慣，明明之前才覺得「每天待在一起超過十個小時」是件很可怕的事，但現在卻又開始懷念了。

獨自前往公車站搭車時，望著身旁原本應該站著柯紹恩但最近老是空著的位置，鮮少感受到的惆悵感突然一湧而上，多愁善感得連我都覺得自己是怎麼了？搖搖頭，試圖將這股情緒給抖掉，然而它卻牢牢地緊抓著心口不放，讓人覺得討厭又氣惱。我無意義地一腳將鞋尖前的小石礫踢得遠遠的。

再度抬眼，公車亭就在前方，一群穿著制服、便服的女生或坐或站地聚在一起聊天。我慢步踱去，但視線卻被她們其中一人吸引，那人染著紅色頭髮，雖然有些褪色，但依舊誇張醒目。這時，對方也注意到我了，有那麼一瞬間，雖然沒有明顯表現出來，但我確實看見有一絲的訝異閃過她的臉龐。

應該沒認錯人。心中這麼確定的同時，也不禁對於如此的冤家路窄感到有種屋漏偏逢連夜雨的無力感。遇都遇上了，我也只能認命地繼續走近，但是，我沒從前方走，而是故意繞到候車亭後方，一邊爭取時間，一邊思忖著下一步該怎麼行動。

學姊的視線始終透著相隔的玻璃，緊緊地鎖住我。

氣氛有些詭譎，雖然我和她都不動聲色，面無表情，卻也都清楚彼此在打什麼主意，都在等著對方先動作。然而這個動作，不需要多清楚，也不需要太大，單單一個眨眼、一個呼吸，就可以準備伺機而……動！

「別跑！」學姊的吼聲，緩了一秒後才在身後響起。

我加足馬力向前奔去，打算用最短的時間擺脫掉學姊們，雖然剛剛才從予潔那獲得了能量，但那只是精神上，而非體力上，若時間拉長，我不確定此刻肚子很餓的我，是否有體力撐到甩開她們。

學姊們個個是狠角色，緊追不放，比想像中還難纏。

我決定了！如果今天順利脫逃的話，回家一定要好好大吃特吃，以彌補……噢！一瞬間，我就像是被路旁防火巷給吸進去般，眼前霎時一暗，接著，一個高大身影欺上，我的嘴同時被摀住。我本能地大叫，卻只能發出「嗚嗚嗚」的聲音，手腳想抵抗，卻也因為被困在牆和那個人之間，無法動彈。

被學姊追已經夠悲慘了，現在還遇上這算是……算是……

「是我。」

就在我還在想該如何形容此刻狀況時，耳邊傳來柯紹恩的聲音，捂住我的那隻手也跟著放了下來。

我先是一愣，而後抬眼，已經適應黑暗的雙眼，這才認出「那個人」確實是柯紹恩。

「嚇死我……」

話還說著，就見學姊們的身影出現在防火巷口，連忙又止住。

柯紹恩又向前一靠，整個人遮住我，我背貼牆壁，頭抵柯紹恩胸口，兩人之間幾乎一點空隙也沒有，一同隱沒在黑暗中。

因為擔心被發現，我們動也不敢動，就連呼吸都變得小心翼翼。由於我的視線被擋住了，所以只能憑聲音來判斷，然而傳進耳裡的，只有柯紹恩清晰卻有些紊亂的心跳聲。

難道他剛剛也被追殺了嗎？不然心臟怎麼跳這麼快？而且，怎麼聽著聽著，跳法好像又有些不一樣了？這麼想著，耳朵不自覺地貼近，想確認自己的想法是否有誤，就在這時——

「妳在幹麼？」頭頂上冒出柯紹恩的聲音。

我微微抬頭，接上他低下的視線。四目相視了一會兒後，我才回過神地驚覺我在幹麼，然後趕緊移開貼在他胸口上的耳朵，裝作若無其事地反問：「學姊走了？」

「嗯。」柯紹恩說著，又探頭往學姊們離去的方向望去。一會兒後，再回過頭將我帶出防火巷，「走吧。」

我們倆半跑半走往反方向去，然後在最近的公車站搭上公車，警報這才算完全解除。

「累死我了。」在擁擠的公車上一站定後，我將整顆頭靠上拉著吊環的手臂，「我怎麼覺得，我的高中生活比國中生活還精采啊！如果能撐到畢業，我也挺佩服自己的。」我一邊自嘲地說著，一邊看向公車玻璃窗上倒映的柯紹恩。

兩人的視線在窗上對上，其實就只是再稀鬆不過，每天至少會發生兩、三次的小事，但像這樣猛然相視，腦中突然瞬間閃過了什麼，讓我一怔。

「對不起。」片刻後，柯紹恩的這一句道歉，喚回我的思緒。

「幹麼跟我道歉？流言的事嗎？又不是你的錯。」

因為柯紹恩站在我的後方，我也不方便偏頭對著他說，所以依舊直視著玻璃上的他。而剛剛一閃而過的「什麼」，此刻也消失得無影無蹤，即使想再仔細回想，也想不起來了。

「話說回來，你不是先回去了嗎？」我又問。

「我沒有先回去，因為還有點事，所以留在學校處理。」

「什麼事？」

「沒什麼。」柯紹恩直接了當地表明不想讓我知道。

但因為我也只是順口問問，所以他不說，我也就繼續下一道問題：「你怎麼知道要躲在那裡救我？」

「妳出校門時，我就在妳附近，但還來不及叫妳，妳和學姊就追逐起來了。」

「所以你也跟著我們一路跑了這麼遠？」難怪剛剛他的心跳快得像是剛運動過。

「嗯，後來我看不能再繼續這樣下去，就從對街先繞到妳們會經過的地方躲著。」

「做得好！不然我鐵定會被抓到。」

柯紹恩從窗上凝視著我半晌：「妳還好嗎？」再開口時，他的語氣變得更正經了。

「你是指？」感覺到他的嚴肅，害我也不自覺跟著認真了起來。

「我是指最近在學校……」

這時我才知道，雖然他什麼都沒說，但其實對於幫不上什麼忙，多少有些自責吧，所以才會一上車就先跟我道歉。但是，他現在這般落寞的神情，實在不像平常的他，而且一點都不適合。

於是我轉過身，面向柯紹恩說：「放心啦，我言可珈耶！你不知道我從小到大都在處理這些事嗎？雖然這次的確有點棘手，不過也比一塊蛋糕大一點點而已，我應付得來！相信我！」

「比一塊蛋糕大一點點？這是什麼譬喻？」柯紹恩這才笑了。

「你國文比我好，你說呢？」

我也跟著笑了，然後在意識到此刻是久違的一起回家，先前的惆悵感再度升起，讓我忍不住又嘀咕了起來：「只是，這個流言到底什麼時候才能平息？每天一個人上下課，在班上又沒有說話的對象，真的好無聊。」

「會結束的，很快。」他輕輕說著，一手也輕輕覆上我的頭。

其實，摸頭這個動作也挺懷念的，不過，這是絕對不能跟他說的祕密！

流言仍蔓延著，只是又持續了一個星期後的最近，找麻煩的人有逐漸減少的趨勢。雖然有些意外，不過確實是件好事，但慶幸之餘，我卻又聽說了最新的版本是——有人親耳聽見柯紹恩說喜歡我。而且這個「有人」，據說就是開學第一天向柯紹恩告白的某班女生。

我一聽見這個新傳聞，立刻想起開學當天跟蹤柯紹恩到「告白聖地」時，偷看到的那個中長髮女生，之所以印象深刻，是因為當時我被她狠瞪了一眼。那時，還以為是自己的錯覺，如今，這個傳言若是真的，那麼就不是我誤會，她的確有可能討厭我，如果我的猜測成立的話。

會不會開學第一天，柯紹恩就跟對他告白的女生說……他喜歡我？

當我推敲出這個結論，除了錯愕還是錯愕，我頓時陷入混亂。

怎麼可能？

一秒後，我直接在心裡反駁。

如果這個推論不成立，那個女生狠瞪妳的原因是什麼？

接著，另一道聲音涼涼反問。

記不記得月考剛結束的某天，在樓梯口遇到兩個女生，其中一個特地看了妳好幾眼，妳不是還覺得納悶？她好像就留著中長髮……會不會她就是和柯紹恩告白的那個女生？

有可能，所以她那時認出是我，後來流言就傳出來了……

所以，柯紹恩可能真的喜歡妳。

不對不對，他喜歡我這件事太荒謬了！哪有人開學第一天，就喜歡上一個完全不熟的人？

一見鍾情，有沒有聽過？而且他那時曾主動說要認識妳喔。

話是這麼說沒錯……但他後來的種種行為，一點也不像是喜歡啊。

鬍子大叔不是說，他以前會捉弄喜歡的女生嗎？

大叔是大叔，柯紹恩是柯紹恩，不能混為一談。

總之，沒有從本人口中說出的答案，都只是猜測。

就說了那是不可能的！柯紹恩不可能喜歡我啦！

為什麼不可能？妳說說看啊！

為什麼可能？妳說說看啊！

……

「啊——煩死了！」

最後，我的腦內小劇場演完了，但柯紹恩喜歡我這件事到底是真是假，依舊沒個答案。

話說回來，我為什麼突然在意起這件事的真實性？還大費周章地自我對話起來？

我本來覺得沒有一定要知道答案，也不覺得這件事困擾到我，可是現在，我卻很反常地將它放在心上，每次上課看著隔壁的柯紹恩時，這件事總會自然而然浮現腦中，只是，我從來沒問過他。

至於為什麼不問……那或許不是直接的主因，但我最近其實有被柯紹恩轉變的態度影響到。

他的改變是從那天一起回家後的隔天開始的，平常下課時間，多半會待在教室的柯紹恩，突然固定在每節下課消失不見，不是各處室、老師或別班同學找他，他都是一個人獨自走出教室，然後上課鐘響後才回來。

問他去哪兒了，他也不告訴我，我不是要窺探他的隱私，只是我們之間一向有話直說，也沒什麼可隱瞞對方的事。我就是察覺到異狀了，我才會詢問，可是他接二連三用「沒事」

來敷衍我，讓我有種被排除在外的不爽感，因為如此，又加上我們還處於「保持距離」的狀態中，我索性賭氣不跟他說話，有時還故意把他提醒我的事當耳邊風，沒聽進去。

只是這樣做的後果就是，作業又變得丟三落四，不是小考本忘了訂正，就是作業簿遲交，結果這天打掃結束後，我又被請到辦公室去了。

訓話內容雖和以往一樣，但大概是有段時間都沒被念的關係，我覺得導師巴啦巴啦說了好久、好久，久到我都神遊一圈回來了，她居然還沒結束訓誡。在我打算繼續神遊第二圈前，導師才終於滿意地放人。

一出辦公室，原本還覺得疲憊，突然發現予潔在前方不遠處，精神又來了，我偷偷跑上前，然後奮力一躍，從背後勾住她的肩。

「怎麼還沒回家？」

「那妳怎麼也還在這裡？」予潔彷彿早就知道我在身後，完全沒被嚇到。

「還不就是又被念了……」說著，我的視線觸及她手中的海報，「這是完稿嗎？」

「嗯。」

「妳不交嗎？」予潔會出現在這裡，顯然是要來交海報的，但為什麼來了又離開？

她看了看我，欲言又止，我頓時察覺不對勁。

「怎麼了？」我問。

她沉默了一會兒後說：「剛剛原本要交的，但是我突然看見參賽作品中，有一張海報……和我的相似度很高。」

聽予潔這麼一說，莫名地有種不祥預感湧上心頭。

「知道是誰的作品嗎？」我問。

「是……徐韶婷。」

真的是她！

「她什麼時候報名的？」

「我看她的報名表日期是在我之後。」

那天她聽見予潔要參賽，接著就發生柯紹恩喜歡我的流言事件，所以她是想藉由傷害我朋友來報復我嗎？直覺告訴我一定是這樣。

至於她怎麼知道予潔的海報畫了什麼，這很簡單，徐韶婷也有認識幾位予潔班上的同學，一定是那天予潔帶海報來學校給我看時，被她的同學看見，然後告訴徐韶婷！

「帶我去看那張海報。」我拉著予潔折返教務處。

「那張，放在組長桌上那疊海報的最上面。」

我和予潔假裝站在窗邊聊天，一邊偷偷瞄向組長老師的桌子。

仔細比對兩張海報後，除了主要的地球圖素外，其他部分，像是標語、背景都有些微修改過。徐韶婷高招的地方是，她添加不同的素材，利用不同的顏色，讓原本雷同的畫面乍看之下變得不一樣，要不是經過予潔說明，我可能也會被矇騙過去。

這手段……真是令人火大！

「可珈，妳要幹麼？」

予潔見我二話不說拿走她手中的海報，自顧自往前走去，連忙上前拉住我。

「當然是向她討公道！上回的理化課惡作劇還不夠，這回又動到妳身上，因為鬥不過我，所以從我身旁的朋友下手，有沒有這麼小人啊！」

「但我們沒有證據。」

「這還需要什麼證據，畫得跟妳很像，不就擺明了是抄襲！」

「這只是我們單方面認為，但她……或是其他人也許並不這麼想。」

「我管她的，反正我就是要她給我一個說法！」

我現在滿腦子只有找徐韶婷算帳，予潔怎麼阻止我都沒用，這口氣如果不出，我就不叫言可珈！

「妳先不要這麼衝動啦……」予潔拉不住我，只能緊張地跟上我又快又急的腳步。

「我沒有衝動，我是火大！」

「現在都放學了，妳要去哪裡找人？」

「我知道徐韶婷今天會和一群人留下來討論功課。」

來到教室，我朝內一望——很好，大家都還在！

「可珈……」

拋下予潔無奈的喊聲，我走進教室，直搗以徐韶婷為中心圍成的人圈。原本有說有笑的同學，見到我出現，瞬間安靜下來。

「這是怎麼回事！」我將海報丟到坐在椅子上的徐韶婷身上。

徐韶婷看看我，又看看海報，然後拿起攤開。

「不覺得很眼熟嗎？」

「我為什麼要覺得眼熟？」她笑。

「我已經看過妳的海報了。」

「所以呢？」

「妳敢說妳沒抄襲予潔的?!」

「笑死人了！我的美術比蕭予潔好，我為什麼要抄她的？何況，妳有證據嗎？」

「妳是不是也畫了一模一樣的地球？」我朝海報上的地球敲了兩下。

「是又怎樣？地球不就長那樣……啊，我忘了妳的地科成績不好，要不要我借妳幾本地科參考書？」

周遭傳來了低低的訕笑聲。

「徐韶婷，妳少模糊焦點！我說的一模一樣是指，妳的『地球』為什麼一樣是用不同物品拼貼而成的？」

「呵！難道蕭予潔可以這樣做，我就不行嗎？而且，是我先交稿的喔，所以我是不是也可以合理懷疑，是蕭予潔抄襲我的？」

「她才不會這麼小人。」

「知人知面不知心，妳怎麼知道她不會做這種事？說不定她在妳面前說一套，在妳背後又是另外一套。」

「妳不要毀謗予潔！」

「那妳也不要毀謗我！」

「徐韶婷！」我用力拍了桌子一下，發出很大的響聲。

「言可珈！」她也倏地站起，怒視著我。

「發生什麼事了？」

就在這時，柯紹恩的聲音介入我和徐韶婷的爭吵，他穿過圍成一圈的其他同學，來到我旁邊。

幾位同學見狀，七嘴八舌地幫著解釋。

柯紹恩了解狀況後，徐韶婷先聲奪人，一副委屈樣地哭訴我汙衊她。

「紹恩，你評評理！言可珈這樣無憑無據，跑來說我抄襲蕭予潔的海報，不覺得太過分了嗎？」

柯紹恩沒有應話，而是看向了我。

「看我幹麼？做錯事的人是她！」我撇開頭。

「可珈，算了啦……」不知何時跟著進到教室裡的予潔，拉拉我的衣袖，悄聲說道。

「蕭予潔，妳來得正好！」徐韶婷一把拉過予潔，「妳說我抄襲妳的，有證據嗎？沒有證據就不要隨便放狗咬人！」

予潔皺了皺眉頭：「如果妳沒有，我向妳道歉，但是請妳說話不要這麼難聽，也請妳不要特別針對可珈。」

「可以啊，但在要求我之前，能不能請妳先綁好妳的『好朋友』，不要再讓她出來亂咬人？」

「徐韶婷妳！」我忍無可忍地衝上前，但馬上被柯紹恩制止。

我瞪向他，眼神警告他放手，可他卻更用力地把我拉回來。這時，予潔也輕拍我的背想安撫我。看在予潔的分上，我只好忍下，然後大力一甩，抽出被柯紹恩箝制住的手。

柯紹恩看了看我，然後緩緩開口：「關於抄襲的事，因為我沒看到海報，所以無法判斷，不過這種事情本來就很主觀，如果不是百分之百地照著畫，除非能拿出證據，不然很難說是抄襲，妳們兩位願意的話，或許可以拿給學校的美術老師對照看看，讓老師用專業來確認。」柯紹恩說著，分別看了予潔和徐韶婷一眼。

「我無所謂啊，如果蕭予潔要求的話，我可以配合。還是妳現在就要討一個說法，我也可以解釋我的創作理念，不過，我解釋完後，妳們要跟我道歉！」

「為什麼要跟妳道歉？妳明明就……」

「不用了，我現在就跟妳道歉。」

話還沒說完，予潔就突然出聲打岔，我錯愕地轉頭看向她。

「對不起，我們不該沒有證據就指責妳抄襲，造成妳的困擾，很抱歉。」

我思緒紛亂，一句話也說不出來。

我不懂予潔為什麼要道歉？她道歉了，那我剛剛所做的一切又算什麼，鬧劇一場嗎？

「好，我接受妳的道歉。」說著，徐韶婷轉向我，「妳呢？言可珈。」

看到她一臉得意的樣子，我怎麼可能說得出「對不起」這三個字！我一點也不想對她說！

就在這時，我發現柯紹恩正看著我，他那副也要我道歉的樣子，讓我心中那把火燒得更旺了！

但是，予潔都道歉了，我若不說，以後徐韶婷一定會把這件事拿出來大作文章，再怎麼不甘願，我還是開口說了聲「對不起」，然後一秒都不想多待地隨即轉身離開。

出了教室，準備下樓，予潔喊我名字的聲音從身後追來，但我沒有停下，也沒有放慢腳步。

「我知道妳很生氣，可是妳可以聽我說一下嗎？」

跑到身旁的予潔，放柔的聲音中有著委屈，分明就是看準我吃軟不吃硬，我明明知道，卻還是投降了。

「說。」我沒好氣地瞥了她一眼。

「其實就像柯紹恩說的，若不是百分之百照著畫，真的很難認定是抄襲。而且連妳也無法一眼就看出來，這就表示，大多數的人是很難發現的。我覺得我們兩人的海報相似，那是因為有些小元素是我想的，所以我可以一眼就看出來，但我想得到的東西，不代表別人想不到。而且我也承認，那些元素並沒有多特別，其他人只要常看美術相關書籍，多聯想一下，或許也能想到，何況是美術也不錯的徐韶婷。認真說起來，她會那樣畫，其實也不算奇怪。

再來，當柯紹恩建議我們拿給美術老師看時，她不加思索就答應了，還表明可以解釋她的創作理念，這代表她有信心不會被看出來，又或者她真的沒有抄。所以，最後只會演變成兩種狀況，一是我們真的誤會她了，二是她真的抄襲，但打死不會承認。不管哪一種，我們最後能做的就只有道歉。」

意思就是，這件事或許是巧合，也可能真的是抄襲，但真相是什麼，只有徐韶婷本人才知道。

「妳不是說了嗎？懷疑的時候，寧願選擇相信對方，所以我們就相信她吧，而且也有可能是我們誤會了。」

我一向抱持著這個信念沒錯，但因為事情發生在予潔身上，加上對象又是宿敵徐韶婷，所以我才會一下子就氣得完全失去理智。

「那妳的海報比賽怎麼辦？」我問。

「我想重畫一張。」

「這樣時間來得及嗎？」

「試試看嘍，如果來得及就參加，來不及就算了，反正比賽又不只有這一次，而且重畫之後，說不定會更好。」

「嗯，那妳加油喔！」

「那妳不生氣了？」

「沒事了啦。」

只是，無法弄清真相真是不甘，還有，剛剛柯紹恩的表現，實在太讓我失望了。好啦，也許他想的跟予潔一樣，但我不免還是有種不被相信的受傷感。

而且，都放學這麼久了，他為什麼還待在學校？一定又是為了一些不想讓我知道的事……

我先送了予潔上車，看見柯紹恩也來到公車站時，一想到之前的不爽加上今天的不滿，讓我決定對他視而不見。

也不知是不是我散發出「不要靠近我」的氣場太強，總之柯紹恩非常識相，從上車到下車，一直到走回家的路上，都與我保持了幾步的距離。

「言小貓。」

經過公園時，我知道柯紹恩縮短了我們之間的距離，來到我身後約一步遠的位置。

因為他聲音……很近。

「打算不理我？」

我繼續走，沒回話。

一道很輕的嘆息飄過耳畔，接著是柯紹恩有些無奈的解釋：「我相信妳，但在那種情況下，我不能幫任何人說話，只能就事論事。還有，我知道妳不想道歉，可是那是唯一能讓事情平息下來的辦法，所以，謝謝妳最後還是道歉了。」

「我又不是為了你，我是因為予潔！」

他的那句謝謝讓我覺得彆扭，原本打定主意不跟他說話，還是忍不住破功了，但看到他臉上那抹輕笑後，我立即回過頭，再度邁步。

「為什麼你還在學校？你不是先回家了嗎？」既然都開口了，再多問幾句也沒差了。

「看來，妳好像不只為了一件事生氣。」柯紹恩這次的話語中，又開始帶著笑意了，「是因為我隱瞞妳，我下課去了哪裡的事？」

知道就好，你還不算太遲鈍！我在心裡默默回應他。

「我可以告訴妳，不過妳要拿一個答案跟我交換。」

現在是怎樣？還敢跟我談條件就是了！

「好啊，什麼答案？」我停下腳步，轉身，雙手交叉於胸前。

「我喜歡妳……」

柯紹恩無預警地送上這句，讓我登時一愣。

「當妳聽到這個傳言時，是什麼心情？」

他又接續了這句話，我覺得瞬間像有一桶冰水從頭上淋下。

幹麼不一次把話說完啊！是想嚇誰！我一邊在心裡吶喊，一邊重整心緒。

「那我要先問問傳言是真是假？為什麼開學那天對你告白的女生說……你跟她說你喜歡我？」

他突然向我跨近了一步，輕聲問：「妳真的想知道？」

那句話語藏著某種想傳遞給我的訊息，有力地傳進我耳裡。

柯紹恩的口吻和神情不像平時總是帶著戲謔，望著那雙直視我的眼睛，他的眼瞳變得好認真。

心，漏跳了一拍，我很確定。

「算……算了，我也不是一定要知道。」我退後了一步，「還有，我氣還沒消，不要跟我說話。」

然後，我逃走了。

第八章　真相也不是這麼殘酷的

那日之後，偶爾還會聽到班上同學偷偷討論著海報是否抄襲的事，但大概是月考將近，大家開始將注意力轉移到考試上，到底徐韶婷有沒有抄襲、柯紹恩有沒有喜歡我、我有沒有腳踏兩條船……這些八卦流言也逐漸被每天考不完的小考、念不完的科目取代。先前的紛紛擾擾，一夕之間化為雲煙。流言啊，果然來得快，去得也快。

但對我這個當事者來說，想當作什麼也沒發生過，還真是件困難的事。尤其每次想認真讀書卻突然看見筆記上柯紹恩的字跡時，那天的對話和畫面就會清晰地躍上眼前。

為什麼那時我要逃走？為什麼他想知道我的心情？我的心情又是什麼？這些問號接二連三地冒出來。如果花時間想這些問題，能釐清一些答案也就算了，可每次想完後，卻只是讓自己更苦惱……似乎只要遇上關於柯紹恩的事，我總是很沒轍。

我「唉」了一聲後，頹然地向前倒下，額頭抵著桌面。

「女兒啊，可以幫媽媽一個忙嗎？」隨著叫喚聲，媽媽人來到了房門口，我坐起身轉向她。

「我剛做好一份巧克力蛋糕，妳可以幫忙拿給鬍子老闆和紹恩嗎？」

「可是我在念書耶！」其實也沒多認真，只是現在不太想遇到柯紹恩罷了。

「去去就回來了嘛，不會花妳太多時間，而且整天坐在書桌前念書也會累啊，就當作休息。」說著，媽走進房間直接將我拉起，「去走走，等一下再回來念書。」

然後，在沒得選擇下，我提著一盒蛋糕，被媽推出了家門。

慢慢踱步到咖啡廳，我在店外張望了一會兒，被鬍子大叔發現了，還特地來幫我開門。

「怎麼不進來？在外面看什麼？」

我笑笑，然後將蛋糕拿給大叔：「這是我媽剛做好的。」

「幫我謝謝妳媽媽嘍！剛好，我煮了一壺伯爵奶茶可以配蛋糕，要喝嗎？」大叔提著蛋糕走進吧檯內。

「喔……好啊。」想了一下後，我說。

來之前還怕遇到柯紹恩，但一到這裡沒見到他，卻好像又有點……失望？

「紹恩去幫我買東西了，才剛出去而已，大概晚點才會回來。」

「嗯？」耳邊聽到鬍子大叔這麼說，讓我收回了偷偷搜尋的視線。

「妳不是在找紹恩嗎？」大叔笑著瞥了我一眼。

「沒有啊，我是在找襪襪。」

「襪襪？牠不就在妳腳邊嗎？」

我順著大叔的視線低頭望去，果然看見襪襪正在用牠的前腳扒我的鞋子。

大叔呵呵低笑幾聲，我也只好裝傻跟著乾笑，然後若有其事地驚喜說道：「原來在這裡啊！」然後蹲下抱起牠。

「妳和紹恩最近還好嗎？之前你們幾乎每天膩在一起，這陣子倒是很少看你們在一起，吵架了？」

「沒有吵架啦。」是我單方面的賭氣……

「就……學校裡最近出一些事情，各自忙著處理。」因為聽大叔的口吻，似乎不知道流言的事，所以我也只是避重就輕地解釋了一下。

「發生什麼事？很嚴重嗎？」大叔將伯爵奶茶和切塊的蛋糕一併放上吧檯。

「是還好。」

我不知道大叔對「嚴重」的標準是什麼。我時常面對這些事情，算是習以為常，但對柯紹恩來說，算是嚴重吧？畢竟他一路走來應該都很順遂，這大概是他第一次成為流言的主角。不過，能夠在流言事件中安然地全身而退，他應該也是第一人。

「大叔，柯紹恩一定都沒遇過什麼挫折或打擊吧？」我放下襪襪，坐上高腳椅。

「為什麼妳會這麼想？」大叔興味盎然地看著我。

「因為我看見的他就是這樣，長得好、功課好、人緣好，到哪兒都無往不利，實在無法想像他會遇到什麼挫折打擊。」

「紹恩的確會讓人有『什麼都好』的感覺，不過有時候，什麼都好也不見得是好事喔。」

大叔這麼說好像也有道理，因為我當初就是因為他什麼都好，才不想跟他有交集……

「我還記得紹恩剛回台灣念小學時，就曾經因為他『什麼都好』，尤其是他混血兒的外表，受過不少同學欺負。」

欺負？聽見這個難以置信會出現在柯紹恩身上的辭彙時，我的思緒又集中了起來。

「是真的，那時我剛好旅行回來，住在我哥家，某次看見紹恩放學回家後，偷偷躲在房間哭，一問之下才知道的。其實我還滿能理解七、八歲小孩子那種惡作劇、捉弄人的心態，或許是因為羨慕忌妒，也許不是惡意，卻還是造成了傷害。不過對紹恩來說，如果是因為他功課好、人緣好或其他原因被欺負，他都可以忍受，唯有攻擊到他混血兒的外表或身分這件事，讓他特別耿耿於懷。因為那是他最愛、最引以為豪的父母給他的，他覺得這部分被拿來開玩笑，就好像自己的父母被看輕，所以當時他常因為這樣和欺負他的同學起衝突。」

大叔說到這兒，我想起之前解救鄭凱均，遇到的那群學長中，就有一位學長故意用「混血兒」這個字眼譏笑柯紹恩，我還因此咬了他。事後，柯紹恩認真向我道謝時，我只覺得他幹麼突然這麼客氣。

當時那句我不太在意的「謝謝」，此刻再度迴盪在耳邊，卻變得有了些重量。

「所以柯紹恩去學拳擊，是為了要保護自己不被同學欺負？」我不自覺將之聯想在一起。

「妳怎麼知道紹恩學過拳擊的事？」

我一驚，察覺自己不小心說溜了嘴，但還是不動聲色地回答：「某次聊天他曾跟我提過，不過他沒說為什麼去學。」

「嗯，其實一開始是為了運動強身去學的，只是剛好在面對同學的挑釁時，也能派上用場。不過就我所知，紹恩只是用來保護自己，從沒有把拳擊當成打架的武器。」

「讓妳失望了，這是我第一次打架，拜妳所賜。」

我想到他說過的話，突然覺得有些對不起他。

「不過，這樣已足夠讓那些欺負他的同學退卻了，後來漸漸就沒有人再找紹恩麻煩。」大叔頓了下後，又道：「但是我相信，即使是現在，會因為忌妒紹恩而不喜歡他的人，還是存在的，只是也許沒有外顯出來。畢竟，人都有比較之心，但如果太愛比較，心就容易被矇蔽了。」

後來，因為有客人上門，我們之間的閒聊就此打住。

我一邊和襪襪玩，一邊將蛋糕和奶茶吃喝完畢後，見柯紹恩還沒回來，看看時間，想了想，決定帶著襪襪到外頭等。

不是非要等到柯紹恩不可，只是覺得還有時間，想碰碰運氣，至於見到面後該聊什麼，我還沒想到。

雖然跟柯紹恩說了「我還在生氣，不要跟我說話」，但後來我和他也不是完全沒再交談。而那天我們彼此都沒給對方答案，最後不了了之，他似乎不在意，因為他再也沒提過那天的事。

而我剛剛之所以不太想遇到他，正是因為每次看到絲毫不受影響的他，就會覺得被那些事困擾住的我很愚蠢！

但這些都無所謂了，因為現在更讓我在意的是，關於柯紹恩的過去。

我想著大叔的話，想著小時候被欺負的柯紹恩，想著我以為，也是多數人以為的柯紹恩……

我曾在跟他討論鄭凱均時，對他說過：

「像你這麼受歡迎的人，大概無法感同身受。」

已經不記得他當時的表情了，但我想，他一定又裝出若無其事的樣子……

啊——我好後悔啊！

「襪襪，我是不是傷害到他了？」

坐在花臺的我微傾著身子，對躺臥在地上的襪襪喃喃自語，襪襪抬起頭望了我一眼，又低下了頭。

「怎麼一個人坐在這裡？」

上方突然傳來柯紹恩的聲音，我嚇了一跳，深怕剛剛的話被他聽見了。

「在等我嗎？」他在我身旁坐下，手中的一袋東西，隨手置於他的雙腳間。

想了想後，我還是誠實回答：「嗯。」

「那幹麼不在裡面等？小心又感冒了。」說著，他很順手地將我外套的拉鍊拉高。

我就這麼盯著他手伸來，手縮回去，他注意到我的目光，問了聲：「等我有事嗎？」

「也沒什麼，只是剛剛幫我媽拿蛋糕過來，沒看到你，想說等你回來，跟你打個招呼。」

還是說不出口，即使我們很熟，但有些事情仍無法自然地提起，他自己從不說他的過去，表示他不想讓別人知道吧？

「就為了跟我打招呼，所以在這裡等我？」柯紹恩一副不相信的樣子。

「對啊，不然呢？」我也只能繼續這麼說。

「那現在打過招呼了，要回去了嗎？」
「你急著進去嗎？」
「沒有。」
「那就再待一會兒。」
「嗯。」
兩人同時沉默，但沒有尷尬的感覺，像是各自懷抱心事，正沉浸在自己的思緒中。不過，柯紹恩是不是真的在想什麼，我當然不得而知，我們就這樣安靜了片刻。
「海報……」
「明天……」
兩人有默契地突然同時開口，然後愣了一下。
「你先說。」
「妳先說。」
又是同時，這次我和他都笑了。
「之前聽妳說蕭予潔的海報要重畫，畫得如何了？截止日好像快到了。」最後，柯紹恩先開口。
「嗯，是有些趕，不過予潔說應該能在截止日前交件。」
他點點頭：「妳剛剛要說什麼？」
「喔，我想說明天要不要恢復一起上下學？我看大家好像沒繼續討論我們的事了。」
「好啊。」他看向我。

兩人視線一交集，我彷彿又置身那日他問我「妳真的想知道？」時的場景中。此刻柯紹恩活生生站在我眼前，即使明知現在並不是那時候，但當時那種想逃的衝動卻莫名其妙地冒出來。

我趕緊抽回視線，然後隨口問他買了什麼，來轉移連自己都搞不清楚的情緒。

「一些生活用品。」他說著，打開地上的塑膠袋。我瞥了眼，新奇地發現一瓶魚露。

「這個。」我拿起它，「是泰國很常見的調味料吧。」

「嗯，幾乎每道料理都會用上，加入食物中烹煮的話，很提味。」

「可是這味道不好聞。」我皺皺鼻子，搖頭。

「會嗎？我覺得還好。」他拿過那瓶魚露。

「明明就很臭，不然你聞聞看。」我將他拿著魚露的那隻手推向他的鼻前。

他看了看我，趁我不注意，又將魚露遞到我面前，而且打開了瓶蓋。

實在難以形容的嗆鼻味道，一下子在鼻間漫開，我受不了地一手掩住口鼻，另一手推開那瓶魚露，一邊不忘大罵：「你很故意耶，柯紹恩！」

結果他笑得好開懷。

真是……超欠揍的！但這樣打鬧、大笑的時刻好像已經是很久以前的事。這陣子，心煩的時候比開心的時候還多。

我是這樣，柯紹恩也是這樣，雖然他多半沒有表現出來，但我能感覺到他的笑容少了，嚴肅的時候多了，也知道那都是因為我的緣故，只是明明知道，卻還是對他要任性……

「生氣了？」大概是見我不說話只是盯著他瞧，柯紹恩收斂了嘴角，「言小貓最近的脾氣似乎不太好。」

「我沒有生氣，而且我的脾氣也沒有不好。」

「是嗎？」說著，柯紹恩問向地上的小黑貓，「妳說呢？襪襪。」

襪襪完全不給我面子地「喵」了一聲，當作回應。

柯紹恩再度看向我，一臉說著：「妳看吧，連襪襪都認同我。」

這隻小傢伙，剛剛我問牠的時候，只是瞥了我一眼，現在柯紹恩問牠，牠倒懂得回應了！我故意對襪襪擺出凶牠的表情，牠卻裝得一臉無辜，讓人看了又好氣又好笑。

「咦？紹恩你回來啦！」就在這時，大叔的聲音突然從外賣窗口傳來，然後在看到我後，有些驚訝地說道：「可珈也還在啊？我以為妳回去了，要聊天就進來聊啊，我再泡一壺奶茶。」

「不用了，大叔，我差不多要回去了，書都還沒看完呢。」我嘿嘿地笑道。

見到柯紹恩，也說到話，還像以前一樣玩鬧，雖然真正想跟他說的話還藏在心中，不過突然覺得提了也沒什麼意義。只是，有句話我一定要說，不然我會良心不安。

「對不起。」

和大叔道再見後，在柯紹恩要進咖啡廳之前，我將這句話說出口。

「為了什麼？」他怔了一下，不解問道。

「只是突然想跟你說。」我揚起「這是祕密」的笑容。

他似是思忖般地望著我片刻。

「對不起。」居然也和我道歉。

「如果是為了流言，你之前已經跟我說過了。所以，這次的對不起又是為了什麼？」我問。

「我也只是突然想這樣跟妳說。」

「幹麼學我？」

「我沒有學妳，我是真的想跟妳說。」他輕輕說道。

隱約之中，我彷彿在他眼中看見了一絲「真的感到很抱歉」的愧疚感。

「回去小心，明天見。」他又說，然後習慣性地摸摸我的頭後，轉身離開。

我甚至覺得，連他手落在我頭頂上的感覺也和以往不一樣，似乎多了一些遲疑，和一些……欲言又止。

原以為那是我的錯覺，但隔日，還有接下來的日子裡，我常感覺到柯紹恩投來目光，以為他有話要說，但他最後總是放棄似地又收回了視線。

流言幾乎完全平息，所以應該不是為了流言的事，那是為了什麼呢？雖然我直接問了好幾次，他卻總說我想太多。

於是，無奈加無能為力的挫敗感，就這麼陪伴我一起度過了期中考。

考完試的當天，鄭凱均也辦理好了轉學手續。之前因為流言，為避免造成他更多困擾和麻煩，所以沒什麼機會去找他，原本想約他到鬍子咖啡廳吃飯，大家再聚一聚，但又因為他隔日就要到新學校報到，沒有多餘的時間停留，也就作罷。雖然可惜，不過我們互留了臉書和聯繫方式，他也答應如果假日有機會上台北，一定會來找我們。偶爾還能透過臉書得知對方的近況，不會完全沒了消息，這麼一想後，感傷也少了一些。

這日中午，我和予潔到很久沒來報到的輔導室吃飯，小華老師也難得有空閒地和我們一起用餐。席間，小華老師提及她昨天收到了鄭凱均的mail。

「凱均換了新環境後，似乎適應得還不錯。」老師說。

「嗯，我們之前在臉書上遇到時有聊了一下，他說新同學都很好相處。」我說。

「而且好像也認識了幾位新朋友。」予潔接著道。

「這都是你們的功勞。在信上，凱均這麼跟我說喔。」

「我們沒做什麼啦。」

「但你們認為的『沒什麼』，對凱均來說的確發揮了很大的幫助。有時候不得不承認，同儕的力量勝過老師說的一百句話。」

「真的嗎？」

「就像老師每天要你們認真念書，外加威脅利誘，你們可能還會拖拖拉拉，但若是朋友相約一起念書，互相盯功課，讀書效率一定會好很多吧？」

「好像是耶。」以前予潔陪我念書，又或是現在柯紹恩盯我功課，似乎就是這樣。

「對凱均來說也是如此，因為我們是老師與學生的關係，所以即使他聽進了我的話，卻因為我們不是生活在同一個環境裡，所以很難直接影響到他，但你們和凱均同齡，又有類似的經歷，他對你們的認同感也會提高。你們用自身經驗告訴他你們的想法，用行動讓他感受到友情，這些都是更真實且直接的。所以，不要覺得自己沒做什麼，你們做的這些事，正是老師無法做到的。」

小華老師這麼一說，我突然覺得既開心，又有些不好意思。

「不過，也許老師妳自己覺得有些事是妳做不到的，但妳不會像其他老師那樣對我有偏見，我覺得妳是最棒的老師！」

「謝謝妳喔，可珈，我想我會因為妳的這句話，開心好幾天吧！」

「對啊，我也覺得小華老師妳是最棒的老師，因為妳都會聽我們說話，然後一點也不敷衍地給我們意見。我覺得妳一點都不像老師，反而很像我們的朋友。」予潔也這麼說。

「因為只有成為妳們的朋友，帶著我想聽妳們說的心情，才能走進妳們的世界，也才能真正幫助到妳們啊。」小華老師笑道。

「其實我還滿好奇的，老師當初怎麼會想當老師呢，而且還是輔導老師？」予潔又說。

「我跟妳們說過我國中時的事情吧？」見我們點頭後，老師才繼續說下去，「就是那段時間的經歷，以及那位男同學的幫助，讓我決定當輔導老師。我的想法很單純，就是想像那位男同學一樣，用我的專業去幫助需要幫助的孩子，雖然能做的有限，但即使只是讓你們有一點小小轉念、改變，我就覺得足夠了。」

「這麼看來，不只老師謝謝那位同學，連我們都要向他說聲謝謝，當年要不是他，我們就不會遇到願意了解我們、傾聽我們的小華老師了。」

只可惜，連小華老師也不知道這位同學現在在哪裡。

在輔導室待了一會兒後，我們和小華老師道了再見，準備回教室午休。

經過川堂的布告欄，前幾天公布的三張得獎海報，還有五張入選佳作的海報還貼在上面。予潔雖然來得及在截止日前送件，但很可惜地沒有得獎，倒是徐韶婷的那張海報得了第三名。名單公布後，我還特地去找予潔，結果反而被她安慰。

「妳真的沒事了嗎？」我還是有些不放心。

「都過幾天了，妳還想著這件事啊？」予潔失笑。

「因為連我都有點耿耿於懷啊，一想到她得獎，我就會想起……那些不愉快的事。」

「妳啊，只要遇到朋友的事，總是看得比自己的事還重要，雖然身為朋友的我，因此覺得很開心，不過我也不希望看見妳因為我的事煩惱啊！我真的沒事了，妳就收起妳那多餘的擔心吧！與其擔心我，不如多擔心妳的期中考成績，這次不是退步了嗎？」

雖然予潔突然把話題轉到成績上讓我一時反應不過來，但下一秒我還是趕緊為自己辯解：「這次是意外。」還不都是流言害的！

「也是，慶幸的是，流言總算平息了，當初鬧得那麼大，真怕最後一發不可收拾。」

「對啊，但願這種事不要再來第二次。」

我真的沒有想要太熱鬧的高中生活，我只想安安靜靜地畢業。

然而，有些事情越想得到，往往越無法如願……

這天，連日的低溫寒流離開後，太陽首次露面。天氣變好，讓人心情跟著愉悅起來，就連上一大早的體育課時，平常總是懶洋洋縮著脖子、手插口袋的大家，也格外有活力地在場上打球，有些人則是在球場最側邊的兩個籃球架下，練習期末要考的三步上籃。

我因為沒人陪我打球、聊天，便跟著班上幾位女生排隊，輪流上籃。這對我來說並不困難，也不太需要練習，不過做這種乏味無趣的練習，剛好可以消磨時間。

排隊等候的過程中，我抱著球無所事事，偶爾發發呆，偶爾隨處張望，看見柯紹恩正在不遠處的場地和同學三對三鬥牛時，視線就那麼定住了。不一會兒，他在隊友罰球的空檔，視線飄向了我這裡，相視幾秒後，他對我投來一個招呼淺笑，然後再度將注意力放回球場上。

近日每每與柯紹恩相視，即使只是短暫的目光交集，我總能感受到他從期中考前就一直延續至今，始終不明說的猶豫，最近好像還多了點掙扎的感覺。不過，對於自己無法幫上什麼忙，我已釋懷許多，因為我後來思考著大叔所說的，關於柯紹恩從前被欺負的事，我明白他也有他必須獨自面對的煩惱，而那些，可能是我想像不到的……

前一位同學投完球，輪到我，我收回目光，但心神還停在柯紹恩剛剛送來的那一眼上。不專心的後果就是，籃球往上拋後，在籃框邊緣「咚咚」彈跳了兩下，沒進，落下的球又因為我沒在第一時間接住，滾得有些遠。

我追著球，來到球場外的泥土地，那裡等距地種了一排不知名大樹，幾位班上同屬一群的男同學正聚在那裡，平常下課總是見他們隔著老遠就大聲嚷嚷對話，此刻卻難得圍成一圈說悄悄話。

我撿起停在他們附近的籃球，發現當中有一位，是平時和柯紹恩走得較近，甚少和那一掛男生來往的同學，我感到奇怪地多看一眼，卻不意和他們其中一人對上，只見那人連忙朝其他說話的人使眼色，似乎是在暗示我的存在，接著就看見大家隨即大聲聊起無關緊要的事情，看似若無其事，我卻覺得刻意得很。

雖然不知道他們的悄悄話內容，不過歷經之前流言事件的洗禮後，我對這方面的敏感度提高了不少，心想著一定有鬼的同時，目光開始不自覺地跟著他們跑。

他們在我離開後不久，也回到了場上。那位和柯紹恩處得不錯的同學曾去找柯紹恩聊天，而其他人只是站在遠處，時而交談，時而往柯紹恩的方向望去。

女生之間會有小團體存在，男生亦然，只是沒有女生區分得這麼明顯，而那群男生在班上是屬於讓老師比較頭痛的一群，平時和柯紹恩沒什麼交集，甚少往來，他們今天看柯紹恩的眼神，讓我覺得詭異極了！

下課回教室後，我隨口問起柯紹恩剛剛和那位同學聊了什麼？

他先是一愣，而後才道：「就隨便聊聊，怎麼了？」

「只是好奇你們男生都聊些什麼。」總覺得他有些閃躲我的問題，我也不說開，只是笑笑回應。

但這樣的疑惑，逐漸變成了不安，除了因為發現柯紹恩之後老是心不在焉，也注意到那夥人偷覷柯紹恩的次數越來越多了。

「妳啊，只要遇到朋友的事，總是看得比自己的事還重要。」

予潔說得一點都沒錯，如果是自己的事，我大概轉眼就不當一回事了，但因為關係到柯紹恩，一直到下午的第三節課，我都還在默默關注那夥男生的動態。

「大家還有問題要發問嗎？」

這節課，數學老師因為臨時有事請假，學校一時找不到老師代課，於是宣布自習，不過老師有交代，要柯紹恩先帶大家檢討考卷，所以此時站在講臺上問出這句話的，是柯紹恩。

「什麼問題都可以問嗎？」一片靜默中，突然有個男生笑嘻嘻地問。

原本一手托著臉頰，一手抄寫黑板上算式的我，聽見聲音後，好奇地瞄了一眼。是那夥人的帶頭者。

「請說。」

「班長，從來都沒聽你說過國中時的事情，能不能說來聽聽？我們很好奇耶！」

他一說完，同夥的幾位男生也跟著起鬨，叫嚷附和，班上的氣氛突然變得有些躁動。

「這節是數學課，請問與數學有關的問題。」柯紹恩表情一沉，但還是語氣平穩地說道。

「題目不都討論完了嗎？反正還有多的時間，就當做聊天啊！我想，其他同學也都很好奇我們『敬愛的班長』，以前是個怎樣的人吧？」

這話明顯帶著挑釁，卻順利勾起大家的興趣與好奇，班上同學紛紛交頭接耳起來。

我心中的警鈴瞬間大響，但仍按捺住，坐在座位上。

「我以前和現在沒什麼不一樣，所以也沒什麼可好奇的。」柯紹恩微勾起嘴角，「如果大家沒有其他問題了，那剩下的時間自習。」

「現在是在逃避嗎？還是你有失憶症忘了以前的事，要不要我提醒你？我最近可是聽到不少關於班長你的精采事蹟喔！」

下了講臺的柯紹恩不予理會，繼續往座位的方向走來。

教室裡的碎語聲大了起來，我望向早上和那夥人待在一起的那位男同學，他一副事不關己樣，跟鄰座同學說著話。而且不光是他，平常那些有事沒事喜歡來找柯紹恩的男生女生，居然也都一聲不吭。

通常這個時候，身為朋友的人不是應該挺身為柯紹恩解圍嗎？這麼想著，我終於忍不住要出聲制止，下課鐘聲卻剛好響起，但這似乎不是值得慶幸的事，因大多數的人都還留在座位上議論紛紛，甚至還能感覺到他們正抱著看好戲的心態，期待接下來的發展。

這時，柯紹恩回到座位，他坐下前，和看著他的我對視了一會兒，那眼神看不出任何情緒，只是漠然，我瞬間有種被他推到好遙遠的距離的感覺，心中不安的情緒再度升起。

即使不知道該說些什麼，我也想強迫自己開口和他說話，但還來不及這麼做，那夥人來了，個個不懷好意。

「班長，你就滿足一下大家的好奇心嘛！你看大家下課後都還待在教室，不就是想聽你說說你以前的故事嗎？」說著，他還稱兄道弟似地搭上柯紹恩的肩。

柯紹恩冷冷地瞥了他一眼。

「喲，不開心嘍！難得看見我們好脾氣的班長也有生氣的一面耶！」

他的哈哈笑聲，搭著略帶戲謔的口吻，我聽了很不爽。他們為什麼要針對柯紹恩，又為什麼緊咬他國中的事不放……關於柯紹恩的過去，雖然我也很好奇，不過像他們這樣不顧當事者的心情，隨便用輕蔑的態度，威脅般地逼人公開隱私，這種行為實在令我不齒！

「你們是不是太過分了點？柯紹恩的過去是他的事，沒必要跟你們或是全班的人交代吧！」

他看了看我，笑得詭譎：「啊，說起來，最應該知道柯紹恩過去做了哪些事的人是妳，言可珈，你們之前不是還鬧過什麼緋聞嗎？妳小心點，別說我沒提醒妳。」

這些話轟得我一頭霧水，也瞄到柯紹恩示意我不要插手的眼神，但我怎麼可能不管！

「謝謝你的提醒，不過不管你們知道或是聽說了柯紹恩什麼事，我都百分之百相信他！」

「我們出去說。」柯紹恩的聲音接在我的話語之後，他面無表情地對領頭的那個男生說。

「那可不行喔，班長，這樣大家會被你塑造出來的好形象蒙在鼓裡，就不知道你的真面目嘍！」

一向沉穩的柯紹恩，終於露出了連我都沒見過的表情。即使他沉默不語，我也能直接感受到他明顯的怒氣。

柯紹恩硬是越過他，逕自往外走去，可他偏偏擋在面前，故意不讓柯紹恩離開。

「喂，你們鬧夠了沒？」我走上前。

柯紹恩趁我說話暫時引開他們注意力的空檔，再次邁開步伐。

「看來……那些搶朋友女友，靠臉吃飯的傳言都是真的嘍，不然怎麼這麼急著走？」

此話一出，還留在班上的同學瞬間譁然，我也怔了怔。

柯紹恩倏地看向顯得十分得意的那個人，已經相當恐怖的臉色更加凝結。

我強逼自己回過神後，按本能反應地推著柯紹恩往後門走去。他們當然不肯讓路，一群人再度湧上，混亂之間，我感覺到有人推開我，因為猝不及防，我向後踉蹌，後腳跟不知是抵到了桌腳還是椅腳，整個人重心不穩跌倒在地，同時間，椅子跟著倒下，壓在我的小腿上。

事情發生得太快，大家一時都沒反應過來，包括我自己也愣住了，只有柯紹恩連忙來到我身旁，搬正椅子，將我扶起。

「副班長，下節課老師如果問起，就說我們去保健室了。」柯紹恩朝徐韶婷的方向冷聲交代後，帶著我頭也不回地離開了教室。

一路上，他不發一語直視前方，但腳步配合我的速度，輕輕托著我的手完全撐住了我的重量。偷瞄了他好幾次，我覺得他應該知道，但他沒有回看我，只是緊抿著脣。

我的腦子亂哄哄，現在才感覺到腳痛，不過比起這些，柯紹恩此時在想什麼，才是我最在意的。

到了保健室，門上掛著「外出」的牌子，不過因為門沒鎖，我們就擅自進去了。門一關上，走廊上的吵雜喧鬧隔在了外邊，雖然無法完全隔音，但安靜許多，紛亂的心緒這也才有了喘息的空間。

「在這裡等老師一下吧。」站在我對面靠著桌子的柯紹恩說道。

「其實也沒這麼嚴重，不怎麼痛了。」坐在床上的我撒著謊，對上他的視軌。

兩人無聲地對望，柯紹恩眼底的情緒複雜而快速地變換著，我無法捉摸，只知道有種距離感隔在我們之間。

「雖然我不知道為什麼會有那種傳言出現，但我相信你。」或許現在不是說這件事的好時候，但是一看到他與我拉開距離，我就只有想抓住他的念頭。

「為什麼妳可以無條件地相信一個人？難道妳都不會有所懷疑嗎？」

以前他也常對我問這類問題，但當時是帶著類似好奇的口吻，此刻卻像質問，而且還有些……不滿？

「同學說的那些話你不要……」

「如果都是真的呢？」他打斷了我的話。

「不可能！」我如同往常，堅決否定。

「為什麼？」

「沒有為什麼，因為我知道你不是那種人！」

「……」他沉默了。

注視我的目光中，那多而雜亂的情緒逐漸退散，最後只剩下淡淡的哀傷，還有不知為何出現的歉意。

「我或許並不是妳想像中的那種人。」

他走向我，伸手覆上我的頭，沒有摸、沒有拍，只是靜靜地停留。那感覺，彷彿在用掌心記憶，彷彿在對我說：這是最後一次了……

「等醫護老師回來，讓她看過後再回教室吧，我會幫妳跟老師說的。」語落，頭頂上的重量消失。

一股再也抓不到他的強烈預感，隨之襲來。

「柯紹恩！」我不自覺地開口。

已經轉身要離開的他，回過身。我用著期盼著什麼的眼神瞅著他。

他的眼緩緩一眨：「言可珈……」輕得不能再輕的話語，不著痕跡地劃過我的心口……

「對不起。」

他鬆手了。

距離，就這麼拉開。

那天，柯紹恩離開保健室後，不管是在校內還是校外，他築起一道無形的屏障，將自己與外界隔絕，班上的同學明明都感覺得到，卻對於這樣的隔閡視而不見。他依舊是一年八班的班長，是老師眼中的模範生，卻不再一下課就被眾人簇擁、不再是被同學信賴、不再是處於天堂的那個柯紹恩。

人真的很現實！

柯紹恩又不像我是大家避之唯恐不及的問題學生，他可是開學第一天就擄獲全班人心的柯紹恩，為什麼也得到了和我同等……不！或許是更糟糕的對待？

如果是像之前緋聞事件那樣，大家直接找我談判、在我面前批評，都還算光明磊落，但像現在，表面相安無事，但背地裡卻不知道把柯紹恩說得多難聽，這算什麼？雖然不是全班都這樣，但是說他壞話的人或是擔心受牽連而選擇明哲保身的人，都讓人很心寒！一想到先前大家對柯紹恩的喜愛，對他示好的行為，我就覺得很諷刺！

「到底是誰放這種無聊的傳言，我一定要把他揪出來！」越想越氣，看到面前有杯奶茶，二話不說拿起來直接入口……

「好燙！」手中的杯子差點打翻。

「因為是剛拿來的熱飲啊，都還冒著煙呢。」予潔苦笑地遞來面紙，「誰叫妳想事情想得這麼入神！」

「還不是班上的氣氛太糟糕了，柯紹恩也還是那副『隨便你們怎麼說』的無所謂樣，再這樣下去，我看他的地位不僅落到了地獄，比我更低都有可能。」

「真的有這麼糟糕？」

「很糟糕！不過這個等等再跟妳說，妳先告訴我問得怎樣了？」

關於國中的那些傳言，如果柯紹恩否認的話，我想大家一定會相信他，但偏偏他什麼也不說，任憑謠言散播。雖說我一項奉行多說無益的宗旨，但偶爾還是得視情況而定，何況他不像我說什麼都沒人相信，以他的狀況，就是要趕緊跳出來滅火。他既然無意解釋，我只好想辦法幫他。

我突然想到予潔曾跟我說他們班有人國中和柯紹恩同校，如果能從他口中證實這些傳言是假的，對於遏止不實謠言說不定有幫助，於是我請予潔幫忙探問，然後我們兩人約放學後在這間飲料店碰面交換訊息。

「我同學說他國三時轉學了，不過國一、國二時，他知道的柯紹恩真的就是那種處處受老師同學歡迎的學生，所以他聽到傳言時，也嚇了一跳。後來他去問了以前的同學，才知道是在升上國三後，柯紹恩一夕之間從備受愛戴，變成大家孤立的對象。」

「原因是？」

「搶走好朋友喜歡的女孩，靠著那張混血兒帥氣的臉和許多女同學搞曖昧，表面上形象很好，但都是為了獲得大家認同而裝出來的……等等，和現在這個版本的傳言差不多。」

「證實了嗎？柯紹恩的那些朋友呢？沒有人出來幫他澄清？」

「說那些話的……正是跟他認識三年，最要好的朋友。」予潔語重心長。

我好像被一拳擊中般，腦子嗡嗡作響。

兩人無語了好長一段時間。

「知道他的朋友為什麼會說那些中傷他的話嗎？」許久後，我再啟口。

「不知道。」

「妳相信嗎？那些傳言。」

予潔搖頭。

「我也不相信。」我說，「但為什麼大家都相信？又不是沒相處過，又不是不認識柯紹恩……可是為什麼？」

「人與人之間的關係有時就是這麼不堪一擊。認識歸認識，相處歸相處，但那是表面上的交往，還是真正了解對方的交往呢？如果只是表面上的交往，即使只是一點小挑撥，也能輕而易舉地製造出裂痕。他們不是不相信柯紹恩，但也不是全然相信，他們是半信半疑。」

「就算是這樣，也沒必要翻臉跟翻書一樣快吧！之前我和柯紹恩傳出八卦流言時，那些一面倒力挺柯紹恩的人，現在也全部不見了！他們說柯紹恩假面，我看他們才是假面界的翹楚！」

「或許，柯紹恩的這個傳聞更具殺傷力。」

我愣了一下：「怎麼說？」

「妳想，一個每次都考不及格的人，他考二十分，還是三十分，對其他人來說都是不及格，沒有多大的差別，但是如果一個每次都考滿分的人，他只要一次九十分，大家是不是就會開始注意了？更何況這個傳言是直接將柯紹恩打到不及格……」

很好，我懂了，予潔的意思是，如果這傳言發生在我身上，大家的反應就是「因為是言可珈，所以一點也不奇怪」，但因為是發生在零缺點的柯紹恩身上，打擊就會是巨大的。

「妳的譬喻還真是一針見血。」不免還是要小小抗議一下。

「我沒有別的意思喔。」

「我知道啦。」我扯扯嘴角，「那現在怎麼辦？我真的很擔心柯紹恩。」

現在的他讓人害怕，雖然每天還是做著一樣的事，但他將自己封閉起來，拒絕外界的接觸，看起來像不在乎那些紛擾，可是怎麼可能不在乎？如果他不在乎的話，就不會問我：如果我被背叛了，是否還會繼續相信下一個人？

「學校裡會有些人上一秒還跟你說說笑笑，但是下一秒卻在背後說你壞話、捅你一刀；也有人怕被牽連排擠，輕易捨棄了你，又或是為了利益而跟你交朋友……」

當時他這麼說，因為那正是他曾經歷過的，而此時又再次發生……那個「懦弱的膽小鬼」、那些完全正中鄭凱均心情的話語，都不是因為他特別聰明會分析，而是因為那就是他自己的遭遇啊！

可是柯紹恩，你不是也說過你已經遇到願意讓你再相信一次的人嗎？那你就繼續相信下去啊！為什麼退縮了？

吁出長長一口氣，卻無法將積在胸腔的那團悶氣吐出，我的心情依然沉重，還夾雜些許酸楚。

時間持續前進，然而柯紹恩卻像停在了原地，班上緊繃的氣氛依舊，但幹部或是小老師真的遇到公事需要柯紹恩幫忙時，還是會來找他，只是因為內心已經有了疙瘩，加上見到柯紹恩表現出的冷反應，每次都是正事談完就結束，不再像以往那般熱絡。

另外，我也輾轉聽說，柯紹恩在國中的傳言之所以被爆出來，是因為有人看不慣他鋒頭太健，於是想抓他把柄，不知在什麼因緣際會下，認識了以前和柯紹恩同校的學生，傳言就這麼蔓延開來了。

我得知來龍去脈時，再度想起了那晚和大叔聊起柯紹恩的那些事。這麼看來，就某方面來說，我們應該算是同類。

既然是同類，柯紹恩為什麼連我都要排除在外？這個問題從一開始就存在我的心底，只是我從單純的不解，到現在又多了些不開心，我找不到理由，也想不出理由。

但是，這般情緒中，更多的是對自己無能為力的討厭，還有種種對柯紹恩的想念，不管是公報私仇加重我作業的他、故意摸我的頭惹我生氣的他、惡作劇後露出狡黠笑容的他、和我一起共患難的他、裝出受傷神情的他、喚我「坤喵」的他、還是……說我很「娜拉」的他……通通都好想念！

可惡！只有我獨自煩惱，他卻一副無事樣的狀況已經不是第一次了！真是太可惡了！

趁老師回頭寫黑板，我抓起新買的整塊橡皮擦丟向柯紹恩，「咚」地直接擊中他的頭，柯紹恩肩膀縮了一下，接住掉落的橡皮擦。

我倒抽一口氣，因為我以為他會閃開。

對不起——我想開口對他說，但他終究沒有看我，我把話吞了回去。

他默默將橡皮擦放到自己桌上，繼續上課。

一直到放學，我都沒有跟他要回橡皮擦，他也沒有還我。

回家時，我打算跟上柯紹恩的腳步和他搭同一班公車。

自從傳言爆發，柯紹恩連上學、回家的時間都刻意跟我錯開，不管我怎麼堵他，他總是有辦法躲我，即使我到咖啡廳找他，他也都會找理由避開我，我不知道他是怎麼跟鬍子大叔說的，但感覺大叔好像知道些什麼，卻裝作不知道，而且也沒問過我。不過，我倒是曾假裝閒聊地問起柯紹恩國三時的事，可是大叔說那時店剛開幕，都在忙店裡的事，所以不清楚。

然而這些都沒關係了，因為我已經打定主意每天都要跟著柯紹恩，跟到他願意跟我說話為止！

這天，我才剛跟著柯紹恩踏出教室，身後就有個細柔的女聲喊住我。

心裡一邊想著真不湊巧，一邊回頭，發現是文靜同學後，原本計畫被打斷的不悅感，瞬間被詫異取代。

「妳趕著回家嗎？」她走近，然後像是鼓足了勇氣般地問道。

因為知道柯紹恩一定已經走遠了，所以我搖頭。

「有件事想跟妳說。」

理化課事件後，我們的關係雖然有了小小地改善，但文靜同學人如其名，所以我們也很少交談，後來換了位子，交集又更少。現在她突然說有事要跟我說，還真稀奇。

「是關於柯紹恩。」

「柯紹恩？」我驚訝。

「妳相信柯紹恩吧？」結果她沒頭沒尾地先提出了問句。

我雖然感到莫名其妙，卻還是肯定地告訴她：「我相信他。」

「嗯，我也相信他。」她停頓了一下後，一口氣說道：「其實，之前妳和柯紹恩傳出緋聞流言的期間，我無意中看到他約那些找妳麻煩的女生見面，然後請她們不要再去找妳，也要她們不要再散播那些不實的謠言。那時我沒有跟妳說，是因為我想柯紹恩可能不想讓妳知道，所以他才都偷偷解決。我認為這樣的柯紹恩，絕對不是傳言中的那種人！」文靜同學的語調雖然還是柔柔的，卻帶著堅定的口吻。

突如其來的真相，我根本來不及細嚼，就囫圇吞棗地吞下，一下子塞得胸口滿滿的，我努力集中精神，聽她繼續說下去。

「現在之所以告訴妳，是因為我想讓妳知道，妳對柯紹恩一定很重要。再加上，先前的理化課事件，我一直對你們感到很抱歉，也想做些彌補……總之，我覺得如果是妳的話，也許能幫上他什麼忙，你們兩個都是很好的人，我……我能夠認識你們，和你們同班真的很高興。」

江文靜大概是感到難為情，話說到後面越說越小聲，最後幾乎沒了聲音。

我等了一會兒，以為她已經結束談話，結果她又突然開口：「那、那沒事了，再見。」她揚起有些不自然的笑容作為結束，轉身跑走。

我的思考速度跟不上眼前所見、耳朵所聽的，怔忡之中，她剛剛說的那些話，在腦海中跳來飛去。半晌後，我明白了她的意思。

離開學校上了公車，我繼續思索，這次是從頭到尾完整地將江文靜的話想了一遍。

不過，我刻意忽略了「妳對柯紹恩來說一定很重要」這句話，雖然我也很想弄清楚這句話所代表的意義，但我知道一旦投入後，我一定又會像先前那樣無止盡地自問自答起來，對於沒完沒了的循環，我厭煩了，因為那一點也不像我。再說，這不是重點，我現在最想知道的是，究竟柯紹恩還有多少事是我所不知道的？

下了公車，我一路跑到鬍子咖啡廳，遠遠地，看見還穿著制服的柯紹恩在外頭幫花圃澆水，襪襪也跟在一旁。我放慢速度，踱步上前，快接近時，襪襪發現了我，叫了幾聲，引起柯紹恩注意，他順著襪襪望著的方向看來……我不自覺停下了腳步。

距離五十公分，久違的對視，那些積壓許久的不解、不滿、生氣……還有更多更多無處宣洩的情緒不受控制，一下子毫無保留地丟向柯紹恩。

而他，只是靜靜站在那裡，不閃也不躲，不回應也不反擊，概括承受地等我無聲發洩完，靜靜地轉身。

我見他又要逃了，立刻衝上前，抓住他的外套一角。

「如果你今天再不理我，我就這樣一直抓著你的外套不放！」我知道這個威脅一點用也沒有，但是情急之下，也只能這麼做。

柯紹恩沒有立即反應，我拽著外套的手又更收緊了，過了一會兒……

「我出去一下。」他往咖啡廳內交代了一聲，然後偏頭對我說：「走吧。」

那表情、那語氣帶著「真拿妳沒辦法」的妥協和無奈。

我也不想這樣啊！我默默在心底咕噥，跟著柯紹恩邁開步伐，但沒走幾步，前方的他突然停下。

不會反悔了吧？我警戒地盯著他，他卻看向了他的衣角。

「這樣我比較安心，誰知道你會不會突然跑走？」我義正詞嚴地解釋仍抓著他的原因，以為他還會像剛剛那樣再開口說些什麼，結果他只是看了看我，然後任由我抓著他。

覺得有些失望，但好像又不是全然地失望……唉，心情真複雜。

最後，我不再多想地跟著他來到公園。

我們找了張長椅坐下後，我才鬆開了手，雖然剛剛有那麼一瞬不太想放手，但如果真的這麼做的話，好像又太誇張了。這都得怪柯紹恩之前把距離拉開得太徹底，讓我受夠了！

「為什麼你之前一個人去解決流言的事不告訴我？」一時沒想到該從哪裡切入，乾脆從剛剛聽到的事情開始，「今天放學，江文靜來找我，她說她曾無意中撞見你去見那些找我麻煩的人。如果她沒看見，或是沒告訴我，你是不是打算一直瞞下去？」

柯紹恩沒料到我會知道，有些愕然，但一下子又恢復神情，直接承認。

「為什麼？你可以跟我說啊。」

「說了，然後呢？」

「然後……」

好吧，然後我也不知道能做什麼，不過——

「至少你說了，我就不會生那些無意義的悶氣了……」

我一點也不喜歡帶著壞情緒來面對柯紹恩，雖說是生他的氣，但其實自己也很難受。像這種對彼此一點好處也沒有的事，若非不得已，真的不希望它發生在我們兩人之間。

「我們……可不可以再像以前那樣？」沉默了一會兒後，我說，「或許你對班上同學的態度感到失望，但並不是所有同學都不相信你。除了我，江文靜也相信你，她還說，我們兩人都是很好的人，能夠認識我們、和我們同班，她很高興。而且你不也說了，你已經遇到了一個對你無條件信任、把朋友放在第一位認真對待、不在乎旁人眼光的人？那麼，就算不是因為我、不是因為江文靜，單單因為那個人，再勇敢相信一次，不行嗎？」

「不是無法勇敢，」柯紹恩盯著前方逕自玩得開心的襪襪，緩緩說道：「比起中傷、比起班上同學的態度，我最無法面對的……就是『那個人』。」

「為什麼？」

「因為我做了傷害她的事。」

「你做了什麼傷害她的事？」

「很多很多……」

「很多很多？」

「例如，開學第一天的公車上，我就站在她身後，知道她是真的為了救一隻貓而遲到，但是當老師不相信她，要懲罰她時，我卻沒有出面為她說話。例如，當我從班上其他同學的口中，聽到許多關於她的傳言後，我因為好奇如果她成為全校的女生公敵後會有什麼反應，於是向跟我告白的女生說我喜歡她。例如：為了讓流言更加真實，我主動接近她，跟她做朋友。例如：當她覺得困擾、想和我保持距離時，我故意裝出受傷的表情……這些，妳覺得她能原諒嗎？」

柯紹恩的話就如同現正襲來的晚風，呼呼吹過，不間斷在耳邊反覆……

我有些恍惚，忽然搞不清楚自己坐在這裡是為了什麼？剛剛柯紹恩說了什麼，似乎是說了些和我有關的事，而且是不怎麼好的事，我又該是什麼反應？

「你在開玩笑嗎？柯紹恩。」結果我這麼問，比想像中還平靜。

「妳覺得我像在開玩笑嗎？」他一樣平靜地反問。

我盯著他半晌後，漠然地轉向前方。

沒錯，他不是在開玩笑，不過，我也無法把它當作是「真相」而接收。

這個真相，太殘酷了。

第九章　結局也不是這麼折磨人的

「為什麼？」

沉默，在兩人之間蔓延了一段時間，思緒依舊紛亂又像是停滯了，我無法做任何的思考，唯一想到的是——我要一個解釋。

「接近我，製造流言的理由是什麼？」

「我想知道哪一個才是真實的妳？是公車上看見的那個有正義感、有愛心的女孩，還是徐韶婷口中的那個問題學生？如果徐韶婷說的都是真的，當妳遲到時，妳大可不必認真解釋，更不可能乖乖接受老師的誤解，而且每節下課都認命罰抄。反之，如果徐韶婷說的都不是真的，為什麼妳在面對同學對妳的誤解，面對那些負面評價，一點也沒有一般人受到排擠時的反應？甚至在開學的那天中午，妳還和蕭予潔有說有笑的。」

「所以，因為不知道那些關於我傳言是真是假，乾脆直接製造流言，想證實我究竟是怎樣的人？為什麼？我是怎樣的人，對你很重要嗎？不要跟我說只是為了好奇好玩，如果是這個答案，我一定會先揍你一拳！」我是說真的。

「妳揍吧。」結果柯紹恩居然連辯解的意思都沒有！

我愣然瞪著他，已經握住的拳頭，應該毫不猶豫揮到他身上，但我發現，我無法……

「柯紹恩，我不是無條件地相信每一個人，我是無條件地相信『我相信的人』。這是在每一次相處中，逐漸發現對方的本質、了解對方後所認定的。或許，你不是我所知道，不是我想像中的那種人，但我認為的你，是不會故意去傷害朋友的……所以直到現在，我還是很想相信你，相信你現在說的這些話都是騙我的。如果，如果你現在跟我說，這些都不是真的，我會繼續相信你。」

儘管事實擺在眼前，潛意識中，我還是懷著一絲希望。

「不是真的，對嗎？」我又問。

「對不起。」

他還是說了，這句我最不想聽到的話。

「說再多次對不起並不能彌補我已經做錯的事，但是……對不……」

話說到一半，他停住了，因為我咬了他，狠狠地咬，在手臂上留下了清楚深刻的齒印。

抬眼，我看見他蹙著眉頭，眼中的歉意更深了。

如果要讓人生氣、討厭，那就做到底！露出那樣的表情，究竟要我怎麼樣？更加心煩意亂，我撇開了眼。

靜默一下子竄了進來，空氣比方才還要凝滯，讓人窒息的氣氛緊緊包覆著我和柯紹恩。

好想大吸一口氣，但我沒有力氣，一點力氣都沒有了。

眼神空洞地凝視前方一點，就著麼睜著、盯著，眼眶漸漸酸了、熱了。

一定是因為風吹的關係！我眨了眨眼，收回視線。

「好，既然有意靠近，既然都騙我了，為什麼不乾脆騙到底？為什麼還要私下解決流言的事？」雖然吃力，但氣弱的話語還是努力穿過層層阻隔說出來了，只是，心口的那道悶痛感，更重了。

柯紹恩沒有馬上回答，幾秒後，才緩緩開口：「國二的時候……」

原本不明白他為什麼沒頭沒尾地突然提起國中，但一下子又想起之前從予潔那兒聽到的事情，於是靜靜聽他說下去。

「我因為班務認識了一位隔壁班的女生，後來知道朋友喜歡她，就介紹他們認識，不過當時我朋友一直沒有勇氣告白，所以每次約那個女生出去玩，我就負責當陪客。久而久之，我們三人在其他人眼中，就是時常膩在一起的好朋友。

事情發生在國二放暑假的前一天，那女生突然約我見面，還特地要我不要告訴我朋友，我以為是什麼重要的事，便獨自赴約，沒想到她是要向我告白，而且還趁我不注意時突然上前抱住我，這一幕恰好被我朋友撞見。我並不知道被我朋友看見，加上隔日恰巧要回泰國，隔了一個暑假再回學校後，一切都變調了。

剛開學時，我只覺得班上同學對我的態度不大對勁，就連朋友也對我冷冷淡淡的，後來才知道，女生向我告白前，我朋友也曾對她告白，但那女生不僅拒絕了他，還告訴他是因為我才跟他做朋友的。因為這件事，再加上他無意中看見那一幕，所以他覺得我背叛了他。雖然我也跟他解釋過，但一個暑假的時間還是讓他對我產生了嫌隙。更後來，我從別人口中得知，在班上也算是活躍分子的他，對於不管如何努力，卻總是贏不了我這件事一直耿耿於懷，不管是功課、人緣、受女生歡迎的程度……等等，他覺得他就像我的附屬品，生活在我的陰影下……

因為這些原因，他暗地放出不實的傳言，大家都知道我們是好朋友，可信度也就提高了。最後，不管是相信或是半信半疑的人，我都明顯感覺得到他們的疏離，就像現在班上這樣。

我一直以為，只要真心待人，成為朋友後，就能彼此了解，最終才發現，原來大家都是戴著面具，原來大家都是這麼容易就相信流言。我當時很痛苦，無法釋懷，從那時候開始，我不再拿出真心來對待人，不再輕易相信別人、視別人為朋友，即使來到這所高中也是一樣……直到認識了妳。

妳和過去我所認識的人不太一樣，當大多數的人都在用力地證明自己，想讓所有的人了解自己時，妳做的只是『做自己』。然而當時我不了解妳，甚至質疑妳的真實面貌，所以抱著懷疑、試探的心態靠近。但是在理化課事件以及後來妳幫助鄭凱均的這段時間中，我觀察妳，偶爾也從我叔叔那裡聽到關於妳的事，我漸漸相信妳的本性就是妳平常表現出來的那樣，更在不知不覺中被妳那純粹，總是正向思考的個性給影響了。

我曾說過，妳的個性是妳唯一卻也是最重要的一個優點，而且，妳只需要擁有這一個，就勝過其他人十幾個優點，甚至勝過我，因為那正是我最需要，最缺乏的。如果那時我能像妳這樣坦率隨性，或許就不會耿耿於懷，不會開始帶著不信任人的心態去看待所有的人，更不會惡意地靠近妳，只為了證明沒有人是不戴著面具的。

是妳，讓我慢慢找回原本的自己，也讓我願意再去相信所謂的『朋友』。雖然現在說這些都像是辯解，於事無補，但是流言發生後，我已經不能像過去那樣冷眼旁觀，唯一能做的，只能盡力平息流言，不讓人來找妳麻煩……」

聽著柯紹恩的自白，我的思緒不斷回想。原來從一開始，柯紹恩就和他所認為的大家一樣戴著面具，即便他真的很優秀、零缺點，但同時，他也只讓同學看見他這一面……

「妳不覺得，有時表面上看到的，不一定就是妳所認為的。就像妳覺得我不可能丟下妳不管，但說不定我是演的，只為了博取妳的信任。」

「博取我信任，然後呢？和徐韶婷一樣捅我一刀嗎？我們又無冤無仇。」

「江文靜也跟妳無冤無仇。」

「所以你現在是要我多懷疑你嗎？」

「妳要也可以。」

我突然想起了我們的對話，我當時還亂猜他是不是也曾經被背叛過？如果我敏銳一些，就能發現柯紹恩偶爾在言語中向我透露的訊息。他的探問，他的不諱言承認，甚至還問過我最痛恨什麼事……只是我沒有想太多，就算注意到，也一下子又被其他的事情轉移了。

我知道過去的事對他造成傷害，但我不知道的是，那傷害居然比想像中還要深，甚至讓他做出了這樣惡劣的事情……然而，明明相當惡劣，但在明白一切後，我卻覺得可以理解。只是，還有一件事，是我相當在意的。

「既然如此，那為什麼不早一點跟我坦承？你明明有很多機會可以告訴我，可是你卻什麼也沒說，一直隱瞞我到現在！難道你還不相信我嗎？」

「不是，不是這樣的！」

「那是為什麼？」

「好幾次我都想坦白，但是我害怕，我不知道告訴妳真相後，妳會怎麼想我？也許不原諒我，從此不相往來……如果是這樣的結果，也是我自作自受，但是，我就是害怕這樣的事發生，班上同學對我的態度如何，我一點也無所謂，妳相信我，那就夠了。只是，每次聽到妳說妳相信我，我就越說不出口，也不知道該如何面對妳，因為……我最在乎的，只有妳。」

所以，那些欲言又止，還有刻意與我拉開距離，迴避我的追問，都是因為在乎我，害怕我知道後，連朋友都做不成了……但是，柯紹恩你知道嗎？我也是因為在乎你，才會如此害怕你永遠都不理我了。

如果，沒了這個「在乎」，你是不是就能坦率一些，而我是不是就能更果斷一些了？胸口的窒礙感仍存在，但我還是用力地深呼吸，實在抑鬱得太難受了！

覺得舒緩了些後：「你還有其他事瞞著我嗎？」

「沒有。」

他輕輕的話語，一下子就被捲入風中。

「這句話，我還是選擇相信你。但其他的，我還不知道該怎麼辦……」想了想，我站起身面向前方，「今天先到這裡吧。」

我向前邁去，身後悄然無聲。

帶著連自己都搞不清楚是憤怒、震驚、難過……還是什麼其他的心情回到家後，隨即撥了通電話給予潔，然後把所有的事情都告訴她。她一聽完就要衝過來找我，但被我制止了，就算見到面，兩個人可能也不知道怎麼辦，因為予潔和我一樣，毫無頭緒。

「既無法立刻對柯紹恩產生反感而絕交，也無法爽快地釋懷，有些傷害真的會影響很深，柯紹恩會因此變得不信任人，這也是可以想像的，而且他雖然一開始欺騙妳，可是到後來都是真心的……」

「如果能夠真的厭惡他，那可能還簡單些，但就是無法。柯紹恩說，他害怕告訴我真相後，我們就不再是朋友了，可是，他害怕的事，我也很怕，不管是之前，還是現在。但是，要我馬上原諒他，又覺得不甘心……好矛盾！」

「那就順其自然吧，先不要想原不原諒，畢竟做決定本來就不是這麼容易。」

最後，兩人在約一個小時的電話中，得到了這個結論。

不算結論的結論，但也只能先這樣。

隔幾天，我盡量將心思放到別的事情上。

對柯紹恩，我變得不知道該如何面對他。是要若無其事、明顯生氣，還是冷淡漠視，這些我都想過，但是真的迎面對上，上述的任何一個表現都沒出現，有的只是無聲對視了幾秒後，我就先彆扭地匆匆移開視線了。不過，這種狀況出現的次數並不多，因為柯紹恩更努力地避開我，只是，之前是刻意而為，現在怎麼看都像是在懲罰自己。

這天，因為前一晚準備歷史考試熬夜，結果早上睡過頭，匆匆忙忙趕到學校，好險沒有遲到，只是早餐來不及吃，也沒有買。

大概是咕噥「好餓」的喃喃聲被柯紹恩聽見了，他突然將自己原封不動的早餐，三明治和奶茶放到我桌上。

我怔了怔，盯著早餐片刻後，再看向柯紹恩時，他已經又埋首到他的課本中。

「這算是示好嗎？」我沒有那個意思，只是話說出口後，語氣不自覺有些衝。

「不是，只是看妳沒有吃早餐。」他也沒急著辯解，「不要嗎？」

生理告訴我很需要，但是理智同時告訴我現在不比以往，所以不能這麼大方地接受。掙扎的一瞬，見到柯紹恩就要伸手拿走早餐時，「那你呢？」我不加思索地開口，隨即有點後悔。

「我再去買就好了。」他說。

我看看他，原本想至少「喔」一聲當回應，但就在我猶豫的時候，他先轉過頭了。望著他沉靜的側臉片刻，我收回視線，隔了約一分鐘，才開始默默吃起了早餐。

鬍子大叔的三明治還是一樣的滋味，但今天似乎又多了些什麼，每嚥下一口，那似乎多了些的「什麼」，也跟著慢慢滲入心裡。

後來的課，我都有些不專心，時而暗覷柯紹恩，時而想著如果我是柯紹恩，此刻會是什麼心情？雖然很難揣摩，但我想一定充滿罪惡愧疚感吧？而且，一定遠比他過去每一次用歉然目光看我或是親口對我說「對不起」時都還要來得更深、更沉重。

然後，也想起了一些經歷過的事：為了救鄭凱均和學長起衝突、教官來了抓著我跑走、對我說「謝謝」、當鄭凱均退縮時，鼓勵他、幫我複習功課、照顧生病的我、從學姊手中救走我……就這樣，片片段段的畫面充斥在腦袋裡，想多了，腦子都有些發暈了。

下午，撿了堂中間下課，我到走廊角落吹風透氣，靠著圍欄，眺望著遠方，高處的風冷冽吹來，我覺得舒服，也清醒了許多。

就在這時，一群正聊著天的女同學從廁所出來，經過我身後。

我沒有要偷聽她們的對話，是她們自己的說話聲音不小，讓我清楚聽見她們正在聊柯紹恩的事，內容不外乎是傳言的真偽，互相交換從某某人或是某某地方聽來的新訊息，以及各自表達對柯紹恩的失望、負面想法。

我在她們走到了前方後，才回頭看去。是上回柯紹恩感冒那天，被我趕走的那群女生，看她們討論得很熱絡的樣子，我不動聲色跟上前去。

之前，就有很多人會私下議論柯紹恩，但今天聽著聽著，特別反感。

「在背後議論別人，太不道德了吧！」

我一出聲，前方的女生們都嚇了一跳。

「這些事情都證實過了嗎？如果沒有，就不應該像三姑六婆一樣，聚在一起說別人八卦。」

她們被我說得臉色一陣青一陣白，既憤然又不敢反擊。

我沒再說什麼，也沒多停留地直接越過她們。往前走了幾步後，後方才傳來「她自己也沒清高到哪裡！」、「之前跟柯紹恩還不是很好，現在咧？」這樣充滿輕蔑的悄聲對話。

回到班上後，我從後門進去，目光自然地落在默默坐在位子上的柯紹恩，或許是他周圍的喧鬧與之形成強烈的對比，我彷彿看見一抹孤獨的身影，好像隨時都會憑空消失，然後就算消失後，也不會有人注意到。而且，那不是外在因素使然，而是他自己放棄了，放棄與外界連結，那是一種怎樣都無所謂的自暴自棄。

我停下腳步，就這麼在他身後望著。然後孤單，正緩緩朝我而來……

最後一堂課上，我開始思忖一件事。直到放學時，我仍做不了抉擇，眼看著已經收好書包，起身離開的柯紹恩越走越遠，我還猶豫不決地留在座位上，有些急了，最後心一橫，決定什麼也不考慮，就照著心之所想地追上前了。

「柯紹恩，要一起回家嗎？」

聞聲回頭的他似是有些詫異，在他遲疑的短暫時間裡，我居然緊張了起來。

「嗯。」最後，他點頭。

我鬆了一口氣。

一起前往公車站的路上，雖說是我先主動跨出一步，但對於接下來要怎麼做，我還沒想到，所以我一路保持沉默。大概見我沒再開口，柯紹恩也沒說話，不過，我每次用眼角餘光偷看柯紹恩時，剛好都會捕捉到他正觀察我的視線。

上了公車，穿過走道上站立的人潮，我們勉強找了個約中間的位置站定，只是這輛公車開得橫衝直撞，每次煞車都來得突然，我拉著上頭的拉環，使勁保持平衡，但還是在一次猛然煞車時，失去重心，往前傾去，多虧身後柯紹恩即時拉住我，不然我就會整個人壓在我前面那個人身上。

之後，柯紹恩還找了個可以直接握著座椅旁把手的位置給我，讓我不用再隨著公車搖搖晃晃。

雖然這中間我們還是沒對談，但這兩件小到微不足道，甚至可以說只是舉手之勞的事，卻還是讓我有種熟悉安心感，就像是過去的我們每一次相處那般。

果然還是難以抹滅！儘管知道了他一開始接近我的惡質目的，然而那些在這段時間裡培養起來的，不管是默契、關心、還是在意，都很難輕易地一筆勾銷……所以，聽見有人說柯紹恩的壞話時，我還是會忍不住上前制止；所以，當我吃著他給我的早餐時，我有了動搖；所以最後，我選擇和他一起回家。

答案，其實早已呼之欲出，在原諒與不原諒之間，我的心、我的行為早就幫我做出選擇，我只是需要一個理由來說服自己罷了！

這麼一想後，所有的糾結、不安、煩躁瞬間一掃而空，心情突然輕鬆起來。

下車後，我也沒多說什麼，就將預先拿出來的歷史考卷塞到他手中。

「我今天歷史考超爛的，你要負責！」

他愣了愣，瞥了一眼不及格的歷史考卷後，又看了看我。

「都是因為你這陣子沒幫我複習。」我理直氣壯地解釋，「總之……這次期末考如果我考差了的話，你就死定了！」

他似是想了想後，說：「妳會揍我嗎？還是咬我？」

「你這樣問的意思是，你不打算幫我複習嗎？」

「我沒有這個意思。」雖然略帶難為情，但久違的笑意終於又出現在柯紹恩的臉上了。

「那明天開始喔！」

「嗯。」

一點又一點，內心的孤單空洞，此刻正慢慢被填滿。

我們又恢復之前那樣一起上下課，放學後留校複習功課。

起初，我還是能感覺到柯紹恩有所顧慮，甚至某次他又跟我提起了他很抱歉。

以後不要再說這件事了，再說，我會翻臉喔！

當時我這麼回答了他。

我不想他像是欠了我什麼，那太有負擔了，而且既然之前都解釋過了，我也釋出善意，就表示一切都沒事了，再提只是傷感情，沒有意義。既然我選擇原諒，就是希望還能像以前那樣自在相處，如果之間存有芥蒂，那不如不要合好。

柯紹恩懂了我的意思，那之後，他沒再提過那件事，和我的互動也自然多了，現在，我們偶爾也會打鬧了。真是太好了，這種雨過天青的感覺。

「心情很好？」

這天放學回家，我們帶著襪襪到公園玩，柯紹恩見我兀自笑著，好奇問道。

「很好啊。」

「為什麼？今天在學校有發生什麼好事嗎？」

「沒有啊，只是覺得我們又能像現在這樣，很好。」

「嗯。」簡短一句回應，卻意味深遠。

我們相視笑了，那散落之間的無聲話語，我們都懂。

這時，雞蛋糕的攤車來到公園，濃郁的牛奶香氣飄來，我說我想吃，柯紹恩說他去買。剛出爐的雞蛋糕即使隔著一層紙袋仍覺得燙手，但我還是迫不及待地拿出一個暖乎乎的雞蛋糕。

雞蛋糕裡有滿滿的奶油，一咬下，奶油溢了出來，我措手不及「哇」地驚呼一聲，沾得滿手。柯紹恩在一旁低低笑著，遞來了面紙，我在接過面紙的同時，順勢偷襲，將指尖上的奶油沾上他的臉頰。

見我得逞笑了，柯紹恩也不甘示弱地突然反抓我的手，朝我的面頰拂去，就算我力氣再大也比不過男生，柯紹恩知道，所以只是做做樣子，和我玩了一會兒後就收手了。

我舔了舔指上的奶油，看見柯紹恩臉上的我的傑作，一邊哈哈笑著，一邊拿起剛剛他給我的面紙往他臉上擦去。

「言可珈，謝謝。」

「謝什麼？這個嗎？」我以為他是謝我幫他擦拭臉上的奶油。

他沒答話，我看向他的眼睛，有些認真，這才反應過來他指的是什麼。

「不是說好了，不要再提了嗎？」

「我沒有要提，但這句話我一定要說。」

「也不用一定要說啦……但若你堅持，就讓你說一下好了。」如果這樣能讓你好過點的話。

「謝謝。」

我失笑：「你還真的又說了一次。」

「第一個『謝謝』是為了我的錯事，第二個『謝謝』是為了妳還能像以前那樣待我。我說過，所有人之中，我最怕的就是失去妳……妳還能待在我的身邊，我真的很感激。」

「我其實也一樣啊，你不理我的時候，我真的很怕我們從此變成陌生人。」雖然已經明白是怎麼回事，但想到那個時候，還是覺得很委屈。

「我知道。」

「你知道？」

「妳那時每天都用哀怨的眼神瞪著我，我當然知道。」

原來都有注意到啊。

「真的很煩惱啊！因為完全不知道原因……」話說到這裡，感覺他又要跟我道歉了，「我知道你要說什麼，但我已經聽得夠多了，所以就免了，而且，已經沒事了。」

這時，襪襪大概是自己玩得無聊，上前來找玩伴了，我將雞蛋糕一口塞進嘴裡，兩手拍拍後，起身，蹲在襪襪前，陪牠玩了起來。

「這麼說來，我們擔心的事情是一樣的？都害怕失去彼此？」柯紹恩的聲音在身後響起。

「因為重視、在乎啊。」正逗弄著襪襪的我，想也沒想地順口回道。

「所以，像現在這樣，妳很高興？」

「很高興啊。」

「所以，喜歡在一起？」

「喜歡啊。」

「所以……喜歡我？」

「嗯，喜歡……咦？」

話說出口後的下一秒，我才驚覺剛剛柯紹恩問了什麼，而我又答了什麼。

我的腦子和身體，都像僵化般地一動也不動。就在這時，感覺到柯紹恩起身了……

「回家吧，言小貓。」

他揉揉我的髮，不知是不是因為心理因素作祟，感覺多了些親暱，溫柔得讓我覺得……好像不轉身解釋或反駁也沒什麼關係……

這到底，是怎麼一回事？

後來昨天，沒有花很久的時間，大概也只有從咖啡廳到我家這段大約五分鐘的路程中，我迅速用了「我的確是喜歡柯紹恩啊，就像喜歡予潔那樣，所以沒什麼好大驚小怪」的理由說服了自己。

然而，某些事情似乎不是這麼簡單就能輕易帶過，也不是你認為是什麼，答案就一定會是什麼。尤其，當我發現一早看見柯紹恩的瞬間，我居然遲疑了一下，接著……

「所以……喜歡我？」

「嗯，喜歡……」

這兩句對話再次躍入腦海，然後我的心跳，從原本的走路速度，慢慢變成了慢跑，最後狂奔了起來……我開始認真覺得事有蹊蹺。

不過，凡事都應該給予三次機會。第一次是巧合，第二次是偶然，第三次，才能說是必然吧。只是，根本無需我自己驗證，只要柯紹恩像平常那樣靠近我、看著我、對著我笑，我雖然表面上可以故作無事，但自己卻很清楚的確不一樣了。而且，這種不一樣的感覺，還不只有三次，而是一整個早上。

我想，就算再怎麼難以置信，還是得承認我……等等！如果只有自己的判斷，或許仍有些偏頗，不如先問問予潔，如果連她都這麼認為，再承認也還不算太遲啊。

於是中午飯後，我們兩人一人帶著一瓶豆奶，跑到了司令臺，直接坐在臺上的邊緣處，我一臉嚴肅地說有事要問她。

「不會是柯紹恩又做了什麼事吧？」予潔一臉擔心。

「呃……他是有做了什麼事，但不是妳想的那樣。」

「不是壞事？」

「不是。」

「那就好，如果柯紹恩再做了什麼對不起妳的事，我真的會去找他算帳，而且從此不原諒他。」

「不必等妳出手，我就會先這麼做了。不過，現在要說的不是這個。」

「那是什麼？」

「就是……」我躊躇起來，因為之前從沒跟予潔討論過這種問題，突然要開口，還真有些彆扭。

「到底什麼事？」予潔被我勾起好奇心。

「就是……如果妳和某個男生每天都膩在一起，但有一天他突然不理妳，妳會覺得很難過的話，這樣算是喜歡嗎？」我一鼓作氣把話飆完。

予潔聽了先是一愣，然後抿著笑：「這個狀況的話，算是喜歡吧。」

「那……如果當妳聽到他說，他只在乎妳的想法時，感到高興，這樣算是喜歡嗎？」

「也算啊。」

「如果妳很喜歡和他相處時的感覺，這樣呢？」

「喜歡。」

「如果妳一直都不知道妳喜歡他，但有天發現妳好像喜歡上他了，再看到他時，原本沒有心動的感覺，現在卻突然有了反應，這樣算是真的喜歡嗎？」

「嗯。」

「為什麼？有沒有可能只是假象？」

「心動了就是心動了，之前沒反應，是因為不知道那叫做『喜歡』，後來有反應，那是因為大腦的想法影響了情緒的關係，如果妳催眠自己喜歡他，但其實根本沒有喜歡，那麼就算妳叫妳的心跳動起來，那也是勉強不來的。」予潔不疾不徐地解釋完後，饒富興味地笑了，「所以妳問了這麼多問題，結論出來了嗎？」

「嗯，我喜歡柯紹恩。」

順著予潔的話回答後，我才突然發覺不對勁，為什麼予潔一副知道我問這些問題是為了什麼，而且她聽了我的答案後，居然一點訝異的表情都沒有，只是笑咪咪的臉變得曖昧起來。

「妳問第一個問題時，我就猜測到問題中的主角是妳和柯紹恩啦。」予潔一臉得意樣。

「那妳為什麼沒有嚇一跳？好像還早就知道了一樣。」

「也不是早就知道，只是覺得這樣的發展在意料之中。」

「為什麼？」

「日久生情，聽過吧？妳自己可能沒發現，妳的生活早就被柯紹恩占據了，想到的、開口聊到的幾乎都是柯紹恩，這就是『喜歡』的證據啦！而且，以妳的個性，如果被騙了，一定會以其人之道，還治其人之身，要不是因為好感、喜歡，怎麼可能會這麼煩惱？」

予潔這麼說不無道理，而且似乎就是她說的那樣……

「妳呢，就別再懷疑了，因為事實擺在眼前，我倒是比較好奇，妳是怎麼發現自己的心意？妳並不是那種會主動探究內心世界的人啊……」

「嗯？這個啊……」

我本想裝傻帶過，但最後還是在予潔的視線逼迫下招供了。

結果，她果然又不客氣地笑了我很久很久。

被笑也是應該的，因為對於這麼輕易就被柯紹恩套出話，我也覺得自己很呆，不過就像予潔說的，事實已經擺在眼前，懊悔也沒用。

只是，就算是無意中獲知，但既然都收到告白了，給予回應不是應有的禮貌嗎？柯紹恩對我的態度不僅一如既往，面對我時也不感到彆扭，他那種好像什麼事也沒發生過的反應，漸漸讓我升起一種近似不甘的心情。

覺得不能再放任這情況下去，我決定採取行動，但一整天的上課時間裡，實在找不到適當的時機。放學後，又因為柯紹恩說之前複習課程進度落後太多，所以最近為了補進度，連聊個天、打個混的時間都沒有，好不容易複習時間結束，柯紹恩又說要先去辦公室一趟。

「妳先到樓下川堂等我。」他說。

「喔。」那種心上一直卡著一件事的感覺還真是悶。

「怎麼了？心情好像不太好？因為太累了嗎？撐一下吧，等月考完後，就可以大玩特玩了。」說著，他從抽屜拿出一個蔥花麵包和一瓶豆奶給我。

「怎麼有這個？」而且都是我最喜歡的。

「第四節下課後去買的。每次複習完，妳不是都喊肚子餓嗎？等我的時候，就先吃吧。」

好吧，那就先填飽肚子再說。

結果一下子就很沒骨氣地被食物（還是柯紹恩的貼心？）給收買了，一個人坐在川堂的階梯上時，我愉快地吃起了柯紹恩的愛心點心。

大概是心境轉變了，即使像這種過去覺得沒什麼的小事，如今卻不自覺地會將其意義、影響放大成好幾倍。現在回想起來，當時確實是喜歡了，所以才會因為太過在意而胡思亂想、患得患失，把自己搞得都不像自己了。

這麼看來，「喜歡」這件事還真是很麻煩，一點都不適合我，但是，這又不是說不要就能不要，而且越明白自己的心意後，那種喜歡的感覺會莫名地越發加深，接著，「柯紹恩到底是怎麼想的？」這個問題的答案，我就變得更想知道了。

所以與其說是不甘心，更正確的說法應該是想得到相對的回應吧。總之，喜歡也好，不喜歡也罷，就是不要像現在這樣不進不退！

吃完麵包後，我起身將塑膠袋丟進角落的垃圾桶。柯紹恩還沒出現，我無聊地一邊喝著豆奶，一邊在階梯上跳上跳下、打發時間。

「可珈？」

耳邊突然聽見小華老師的聲音，我轉向聲源處。

「怎麼還在學校裡？」

「我在等柯紹恩，他去辦公室找老師了。」

老師點點頭後，像是想起什麼似地：「我記得妳之前好像有提過柯紹恩的叔叔是開咖啡廳的，店名是『鬍子咖啡廳』對吧？」

「嗯，對啊。」

「是這間嗎？」老師拿出手機點出網頁，出現的是臉書的粉絲專頁。

我一看見封面照片中咖啡廳一隅以及也同時入鏡的白襪小貓時，馬上就認出了那是鬍子咖啡廳的角落，以及襪襪。

「沒錯沒錯，就是這間。這隻小貓就是我和予潔之前提過的流浪貓『襪襪』。」我開心地指著襪襪介紹道。

「那真是太巧了，昨天我朋友傳這個專頁給我，說是之前有同事去過那家咖啡廳，很喜歡那裡的感覺，還一直說貓咪很可愛，打算約時間一起到那裡聚餐。」

「咦？真的嗎？那好啊，我也很推薦喔。不過老師，那個朋友是男朋友嗎？」我賊賊地笑著。

老師失笑：「都是女生朋友啦！你們喔，對老師的事都很八卦耶。」

「嘿嘿，不是八卦，是關心。」

老師不置可否地笑笑。

這時，柯紹恩終於出現了，他和老師打招呼後，因為時間也晚了，老師沒再和我們多聊，便要我們快回家。

公車上，我開心地跟柯紹恩分享小華老師剛剛跟我說的事，之後又問起他怎麼這麼久才下來？

「老師交代很多事嗎？」我說。

「出來時，遇到江文靜和班上平常和她不錯的女同學，所以聊了一下。」

我有些驚訝，因為班上同學對柯紹恩的態度就跟後來一樣，沒有比較好，也沒有比較冷淡，就是維持最低限度的往來，所以像這樣主動交談，應該算是事件發生後的頭一遭。江文靜算是意料之中，但其他同學也一樣嗎？

「她們說社團剛結束，想順便繞過來找生物老師問問題，但那時老師已經回去了，剛好遇到我，我就幫她們解了幾題。」

「那這樣算是好現象吧。」

「誰知道呢。」他笑，不是很在意，「像現在這樣，也沒什麼不好。」

也是，等他人氣恢復，那些女生又會一天到晚跟前跟後，光是想到那畫面，就覺得還是這樣好了。但是，這麼想會不會太小心眼了點……

「而且，就像妳之前說的，確實也有些厭煩了。」柯紹恩的聲音接著又響起。

我的思緒轉了個彎，想了一下後，記起他說的是那天送筆記本來我家時的對話。

「所以之前同學他們來找你問問題、找你幫忙時，你真的覺得厭煩了？」

「這些事情對我來說只是舉手之勞，所以我不是對他們厭煩，而是對於不是真心做這些事的自己覺得厭煩了。其實事情爆發後，我反而對於能做回我自己鬆了一口氣，就像剛剛幫她們解答問題時，我清楚地知道自己的心態已經改變了，因為我也清楚地感受到她們是真的想尋求幫忙，而不是帶著其他目的。」

「那你當時說每天幫我複習功課，不覺得厭煩，這是真心話嗎？」

「當然。」

雖說有些多此一問，但仍舊問出口的原因，大概就是想聽到「因為是妳，所以特別」的例外答案，然後就覺得很滿意。沒想到我也會有這麼一天。

喜歡啊……我盯著柯紹恩，在心裡默默地搖頭嘆氣，然後又想起了要問他的事，於是暗忖著，等會兒回家的路上就來開問。

不過下車後，每次真要開口，還是會因為第一句話不知該如何切入又閉上了嘴。就這麼磨磨蹭蹭了一段路，硬著頭皮不管三七二十一地，我強迫自己開口了。

「柯紹恩，那天……」

「嗯？」

結果當柯紹恩一看向我，所有的話又瞬間吞下。直到想起以前的我都是有話就說，不會像現在這樣猶豫不決後，才一鼓作氣豁出去了。

「你喜歡我嗎？」

語落的瞬間，胸口鼓譟起來，而且還不是漸進式，而是一分鐘至少跳一百二十下的次數。外界的聲音我已經聽不到了，耳邊就只剩下撲通撲通……就在這時，柯紹恩突然抓起我的手，往他的方向一拉，我整個人撞上了他，一部機車從身後呼嘯而過。

搞什麼！不知道在巷子裡不能騎這麼快嗎？我火大地瞥了已經遠去的機車一眼，一回頭，發現柯紹恩與我的距離是如此近，剛剛暫時被拋忘在腦後的期待緊張情緒，又全部手牽手回來了。我下意識地退後，但柯紹恩卻又將我一拉，讓我回到原位。

現在是什麼狀況？心想著，但仍故作鎮定地盯著他。

只見他那雙看穿我般的眼，隨著微勾起的嘴角，彎成了一座橋，然後緩緩地朝我靠近……我在心底狂叫，頭也不自覺地向後仰。

「紹恩？可珈？」突兀冒出的鬍子大叔的聲音，讓我們兩人瞬間定格，然後一同轉向大叔。

「你們在幹麼？」大叔笑嘻嘻地上前。

柯紹恩拉開與我的距離，然後待我站穩後，才放開手。

「剛剛有一輛騎得很快的機車差點撞到可珈。」柯紹恩不慌不忙地解釋。

「這麼危險啊，沒事吧？可珈。」大叔有些擔心地轉向我。

怔一下後，我才連忙搖頭。相較於柯紹恩的冷靜，我卻顯得有些狼狽，像是做了什麼壞事被抓到一樣，但明明我才是受害者……

大叔又看了看我：「看起來真的被嚇到了。到咖啡廳來，大叔泡杯茶讓妳鎮定一下。」

本來想說不用了，但柯紹恩和大叔一前一後地逼得我不得不跟著他們進咖啡廳。

「對了，紹恩，剛剛大嫂打電話來說要找你，好像有什麼重要的事，你先去回個電話。」正走進吧檯內的大叔揚聲說。

「好。」柯紹恩回應，在離開前，手又不安分地在我頭上拍了兩下。

那意思好像在說：乖，等我。

我又不是襪襪！我抗議似地睨了他一眼，他卻笑得一臉滿足。

真是奇怪的傢伙！我一邊想著，一邊收回視線，卻撞上大叔意味深遠的目光。即使我根本沒做什麼見不得人的事，但這一刻居然有種心虛的感覺。

「看來，已經沒事了。」

當我匆匆坐上吧檯前的椅子時，大叔突然這麼說道。

「咦？我嗎？」

「妳也是，紹恩也是。」

我露出不解的表情。

「前陣子，紹恩不是發生了一些事，妳不還特地跑來問我關於他國三時的事情？那時候我跟妳說不清楚，其實一半是真、一半是假，我是有聽我大哥大嫂提過，但實際狀況我沒問過紹恩。之前，雖然紹恩什麼也沒說，但感覺得出來他在學校發生了不愉快的事情，後來妳來問我，我直覺就將兩件事聯想在一起。問了紹恩後，確實如我猜測的，而且他也向我坦承對妳做了不好的事。怎麼說都是自己的姪子，又是看他長大的，很明白他的本性並不是那麼糟糕，但如果我幫著紹恩跟妳說好話，這又太護短了，所以我選擇放手讓紹恩自己去處理，畢竟這是他自己惹出來的，理當由他自己解決。當時我有想過，就算可珈妳最後不原諒紹恩，我也會覺得這是理所當然的……不過慶幸的是，你們還能像以前一樣笑著、玩鬧著，我就放心了。我最近常在想，紹恩來台北念書是正確的，總覺得他越來越像國三以前的他了，尤其是跟妳在一起的時候。」

「是嗎？以前的他是什麼樣子？」

「嗯……有點孩子氣、喜歡惡作劇、很純真，和妳還滿像的。」

呃，這麼聽來，確實還滿像的。

「說來，我應該以紹恩叔叔的身分，跟可珈妳說聲謝謝。」

「為什麼？」

「謝謝妳不計前嫌，還願意跟他做朋友。我其實一直很擔心他，雖然知道有些事情急不來，也必須靠他自己，但就是會不由自主地窮擔心，看來大叔也到了會煩惱你們的年紀了。」

「就算如此，大叔還是很年輕啊。」

「呵呵，看來有保養有差喔。」大叔摸摸自己的臉，笑道。

我也跟著笑了，然後在啜了一口熱茶時，想起了某件事。

「啊，差點忘了。我今天遇到小華老師……就我們學校的輔導老師，她說最近會和朋友過來喔！她是我最喜歡的老師，也是最懂我的老師，如果她來的話，大叔要好好幫我好好招待她喔。」

「那有什麼問題，妳跟妳們老師說，她來的時候報妳的名字，我幫她打折。」

「謝謝大叔。」

「小事、小事。」大叔擺擺手，「但還是跟妳確認一下，妳們老師是女生吧？」

「是女生喔，很多人光聽『小華老師』都會以為是男生，不過老師的全名就很女性了，她叫陳怡華。」

大叔一聽，愣了一下：「有妳們老師的照片嗎？」

「照片？」

「她的名字……和我一位國中同學的名字一樣。」

突然之間，不知哪來的靈感：「是大叔以前喜歡的那個女生？」我莫名覺得是同一個人的機率很高。

「嗯。」大叔點頭。

「學校網站！」我突然想到地趕緊拿出手機，「上面應該有任課老師的照片。」

連上學校的網頁後，點進輔導室專頁，當輔導室老師們的照片一一跑出來時，我能感覺到大叔和我一樣，有些興奮、又有些緊張。

「這個。」我將小華老師的照片放大，「是嗎？」

大叔看了半晌後：「雖然不太確定，不過神韻和我記憶中的她很像。」說話時的語氣難掩著「真的找到了！」的無法置信。

「那一定就是了，因為小華老師也曾跟我說過她以前國中的事……」

當我完整地轉述了小華老師的過去後，大叔簡直就像是中了樂透頭獎般地開心，我也跟著期待起他們見面的那一天。

「這件事妳先跟小華保密喔，這樣比較有驚喜感。」

後來，大叔忙著招呼客人，離開吧檯前，還不忘這麼提醒我。

「發生什麼好事了？」

通完話，再度回到一樓的柯紹恩，經過邊哼著歌、邊做事的大叔身旁時，還覺得奇怪地又看了他一眼，坐上我身旁的空位問道。

我神祕兮兮地湊近他耳邊：「大叔找到他的初戀了！還是我們認識的人喔。」

「誰？」

「小華老師。」

柯紹恩驚訝地看著我。我對著他肯定地點了點頭，然後，兩人一同望向了大叔。此時的他，完全就像是沉浸在幸福中的年輕小夥子，雖說大叔本來就不老，但那和平時的穩重截然不同的模樣，還是讓我和柯紹恩忍不住噗哧笑了。

突然回頭的大叔完全沒注意到我們兩人在竊笑，只是注意到柯紹恩回來，然後問起通話的狀況如何？

聽見大叔這麼一問，原本笑著的柯紹恩突然斂起了笑容：「喔，外公生病了，媽打算先回泰國看情況如何。然後，因為爸也接到之前在邊境任教過的那間學校的電話，問爸是否有意願再回去，所以爸媽有在考慮乾脆再回泰國一陣子，而且也要我想想是不是要跟他們一起回去？」

我一聽：「一起回去的意思是……回泰國念書嗎？」

他遲疑了一下後：「對。」

像是累格的網路，我慢了半拍後才「喔」了一聲，然而，這句回應代表什麼意思，我自己也不知道，因為我的腦子早已一片空白。

現在，柯紹恩有沒有喜歡我已經不是我最迫切想知道的答案了，取代的是……他會不會回泰國念書？

每次一想起這個，就覺得好折磨。一方面希望他留下來，一方面又覺得我沒那個立場，畢竟他是因為外公，因為爸爸工作的原因才考慮回去的，不管如何，將家人擺在第一是必要的，如果是我一定也是如此。

有次，在和予潔聊完大叔和小華老師的事後，我們又聊起柯紹恩回泰國的事。

「妳問過柯紹恩了嗎？他是怎樣的想法？」

「我問過一次，他說還不確定，之後我也不好意思再問了。」

「也是，說不定他自己也正煩惱不知道該怎麼辦？如果一直問的話，說不定他會覺得很煩，等他有決定後，自然就會告訴妳了。」

「我也是這麼想。」所以之後都沒再提過了。

「那他外公現在的狀況還好嗎？」

「嗯，好像已經回家休養了，這樣應該就是好多了吧？」

「其實想想，他也不一定會回泰國念書。像現在他的外公情況好轉了，又或是他爸媽認為他不一定要隨他們回泰國……在還沒確定前，任何變數都有可能發生，靜觀其變吧！不過就算他真的回泰國了，現在網路這麼發達，Skype、視訊什麼的都很方便，ＯＫ啦！只是唯一比較擔心的是，柯紹恩在那裡交了新的女朋友……」

「喂！蕭予潔，妳這是在安慰我，還是在嚇我？」

「跟妳開玩笑的啦，柯紹恩才不會這樣呢！」

對啊，柯紹恩才不會這樣呢！

我明明也是這麼肯定，但那天之後，予潔的那句玩笑話，還是雪上加霜地讓我原本就已經很多的煩惱，又多增加了一條。

就如同之前是帶著無能為力的心情迎來期中考，這次迎接期末考的心情，也差不多就是這樣了，但還是有些微差別，那時候是柯紹恩不理我，現在則是可能面臨分開的疑慮。

這樣煩躁的情緒，我不想讓柯紹恩發現，所以從不在他面前表現出來，只有獨自一人躺在床上翻來覆去時，才會將它們抓出來，然後一面試著跟它們溝通，一面擁著它們入眠。

期末考前一天，我因為是值日生，必須將借來的歐美大陸地圖捲軸再放回教具室，柯紹恩說要陪我去，順便告訴我一件事。原以為他是要跟我說回泰國的事，害我緊張著，結果……

「昨天小華老師來鬍子咖啡廳了！」

由於跟原本預想的事情不一樣，讓我一時做不出立即反應。

隔了一秒後，才大叫：「真的嗎？然後呢？小華老師有認出鬍子大叔嗎？」

「嗯，雖然一開始不是很肯定，不過有向叔叔問起他以前就讀的國中，確認之後，兩個人一下子就聊開了。」

「鬍子大叔一定很高興吧。」我都可以想像他開心的樣子了。

「雖然沒有跟他確認，不過我想叔叔昨晚大概高興得睡不著了。」

「一定是這樣！」

我笑著，覺得這是這陣子最令人愉快的消息了，如果大叔和小華老師發展得好，說不定也能有好結果，那就真的太棒了！只是這麼想著，不免又想起我和柯紹恩，為大叔開心之餘，胸口也莫名地堵著一抹微妙的複雜情緒，突然有些悶啊……

來到教具室將地圖放好後，原本要離開了，但瞥見一旁的地球儀時，我不自覺地駐足了。柯紹恩見狀，也停下腳步，沒有詢問，也沒有催促。

我凝視著地球儀半晌後，伸手碰了碰，地球儀轉了幾圈後，又慢慢地停了下來。

「這裡，是台灣，」我右手指著一個小島圖案，「那泰國……是這個嗎？」我的左手指向台灣左下方的陸地。

「嗯。」

「這樣看起來好像不太遠，但實際距離是幾公里？」

「大約兩千五百公里。」

「那坐飛機要多久？」

「三個小時又四十分鐘左右。」

「那好像真的不是太遠。」我凝視著地球儀上的兩個國家，喃喃著……

「言可珈？」

耳邊聽見柯紹恩的喚聲，我抓回有些飄離的思緒。

「妳還好嗎？」

「我？」

我一時反應不過來，半晌，才從他眼底接收到一句句想說卻又不知從何說起，最後只好化作無聲的話語後，明白了他問的是指什麼，但還是裝做不知情地顧左右而言他。

「啊，你是說我剛剛的國文默背嗎？其實考那個成績我也超嘔的，我昨天明明就背得很……」

咦？

咦？咦？

剛剛那一瞬間是不是發生了什麼事？我記得我在說話，然後柯紹恩突然靠近……然後……

我、被、親、了！

當這幾個字閃過時，我下意識地捂上嘴，睜大了眼地瞪著柯紹恩。

「那個，先寄放在妳那裡，下次見面時記得還我。」

究竟是他的中文表達有問題，還是我的腦袋主機負荷不了當機了？什麼「那個」？什麼寄放？又什麼還他？到底什麼跟什麼啦！

最後那天，就連是怎麼離開教具室，我也一點印象都沒有，只記得整個人恍恍惚惚，一直持續到放學。直到回家後，才記起好像是柯紹恩牽著我的手，一路回到教室的。

而且，也拜他那令人招架不住的驚人之舉所賜，害我完全念不了書，滿腦子都是那一想起來就臉紅、害羞不已的吻。

很想找個人說說話，卻也因為是月考前夕，不好打擾予潔而作罷。

結果那晚，書既沒念到，覺也沒睡好！真是萬惡之首的柯紹恩！

不過，也幸好有這為期兩天的期末考，才能沖淡了不少「那件事」對我的衝擊。

考試的第一天，原以為見到柯紹恩時，會感到彆扭，但因為睡眠不足、精神不濟的關係，也無暇理會尷尬不尷尬了。再加上一整天的考試，思緒都放在準備科目上，所以互動的機會也不多，就這麼平順地度過第一天後，我似乎也就接受那件事了。

第二天的狀況大概也和第一天差不多，幾乎也是到整個考程結束後，兩人一起回家時，才有了考試以外話題的交談。

然而，我還來不及跟他討個說法，他就告訴我明天結業式已經跟老師請好假，搭一早的班機回泰國了。

「什麼時候決定的事？」

遲了幾秒後，我才勉強擠出這句問話，雖然早就知道無論會不會再回去念書，他都一定會回泰國，沒想到居然這麼快，連結業式都省了。

「跟我媽通完電話後的幾天，一直沒告訴妳，是怕影響妳準備考試。」

早就已經影響了。我望著他，無聲地說道。

「生氣了？」

「沒有。」

好吧，也或許有那麼一點，一點點。

「那……你還會回來嗎？」

「妳希望嗎？」

「如果我希望，你就會回來嗎？」

「妳說說看，也許會。」

「只是也許嗎？那你乾脆不要回來好了。」

就這麼離開吧，趁我覺得還能安撫得了自己的時候，乾淨俐落地離開吧。

帶著期望，等待不確定、未知的人回來，這絕對不是我能做到事！因為我一定會失去耐心，因為我一定會在你回來之前就先放棄的……

「真心話？」

「嗯！真心話。」

我不想給自己後路，用力回答。其實……那是回答給自己聽的。

「好，我知道了。」他說，很平靜地，沒有我預期失望的表情。

不會就真的這麼一走了之了吧？心裡一道有些慌的聲音響起。下一秒，想反悔的話語衝上喉頭，但最後還是被理智強壓了下來。輕抓著橫在胸前書包揹帶的右手，收緊了。

「手。」他突然又說道。

我不知道他要幹麼，所以沒有動作。

他直接抓起我垂放在側邊的左手，然後從他褲子的口袋裡拿出那塊一直沒還我的橡皮擦，放到我的掌心中。

「物歸原主了。」他說，「想我的時候，就看一下吧，別忘了，我也還有東西寄放在妳那裡，下次，也物歸原主吧！」

他笑著，一樣不忘他習慣的離別方式。

只是這一次，完全沒有當時在保健室時，那象徵著「最後一次」的感覺，反倒像是之前在咖啡廳那次一樣，正說著：乖，等我。

這意味著，他會再回來嗎？會嗎？這麼想著時，揹帶上的右手不自覺放鬆了，卻換成握著橡皮擦的左手緊抓了。

結業式的那天，儘管我已經很早到咖啡廳，還是錯過了柯紹恩。

之後將近一個月的寒假，除了中間的春節和爸媽返鄉過節、到處去玩，過得特別快以外，其餘的日子，倒也沒有想像中那麼難熬。

偶爾寫寫寒假作業、和予潔見面、到鬍子咖啡廳找襪襪玩、聽鬍子大叔分享他和小華老師的進展（雖然還是處於比同學還好一點的異姓朋友階段，不過也還算順利）、在網路上和鄭凱均聊天、看電視節目大笑一整個下午……每天不算無事可做，只是不可否認地，還是時常覺得少了什麼，而有淡淡的空虛，對任何事都有些提不起勁。

即便這些我都沒表現出來，也刻意去忽略，但它確實存在，我很清楚。

如果問我期不期待柯紹恩回來？說實在的，我自己都搞不清楚，好像有兩個我在體內拉扯著，當一個滿懷著希望時，另一個就會馬上不留情地狠狠潑一桶水。唉，我就知道「等待」一點也不適合我，然而就算知道了，卻也無法全然放棄。這大概都是因為他最後那句話的關係吧。

真是的！還不如就直接停在那句「好，我知道了。」就好了，後面又冒出個橡皮擦，還有物歸原主的，這不是擺明讓人在意、讓人難受嗎？而且，他說的：「下次，也物歸原主吧。」又是什麼意思？是要我怎麼歸回，難不成要我……呃！一想到這裡，我的臉又瞬間發燙了起來。

明明當時他親我的時候，我只有震驚的感覺，但事後不管過了多久，每次想起來，也還是覺得難為情，甚至最近還有些……想念……不對不對！怎麼會想念呢？這想法太糟糕了！一定是待在家中太久的緣故，才會想些有的沒的，得找點事來做做。

啊，到咖啡廳好了！我事不宜遲地抓起外套，行動。

「嘿，大叔！」推開門，我先探入半身打招呼。

「咦？可珈？妳怎麼還在這裡？」結果大叔卻一臉驚訝回應。

「今天還是寒假，我當然還在這裡啊。」我一頭霧水地走進咖啡廳。

「妳……」大叔看了看我，「還不知道嗎？關於紹恩……」

「他怎麼了？」我隨即接口。不會發生什麼意外？還是……不會回來了？

「他沒事啦，妳別緊張。」說著，大叔瞥了眼牆上掛鐘，「還有一點時間，妳先過來坐下吃點東西。」

「喔。」帶著困惑，我還是順從地在吧檯前坐下。「大叔你剛剛說還有一點時間，是什麼意思？」

「沒什麼，是店裡的事情。」大叔笑笑，給了我一杯咖啡和一盤手工餅乾。

「那『關於柯紹恩』又是怎麼一回事？」

「大叔先問妳喔，紹恩之前是不是有還妳一塊橡皮擦？」

「嗯。」

「那他還妳的時候，是不是有跟妳說一些話？」

「嗯。」

「那妳還記得他跟妳說了什麼嗎？」

「嗯。」

「那解決了。」

「欸？」解決？解決什麼了？為什麼我完全在狀況外？

「紹恩說，如果妳還沒發現『那件事』的話，就問妳這幾個問題，妳就會知道答案了。」

我根本不知道什麼答案，我只知道我越聽越混亂了！

「大叔你能不能直接告訴我？我根本聽不懂你在說什麼？」

「這個嘛……我答應過紹恩，不能背信。不好意思喔，可珈。」

寒假以來，關於柯紹恩的事，只要我問大叔他會不會回來？大叔總是這麼回答我。沒辦法，我一個外人怎麼比得上他們的叔姪關係，我當然是不會埋怨大叔不幫我，只是這種一問三不知，就連我自己都找不到答案的感覺，真是令人心情不好。

默默地吃了幾塊餅乾和喝了一半的咖啡後，大叔又突然問我等等要做什麼？

「沒什麼事，應該就回家了吧。」我說。

「既然沒事，那能不能幫大叔帶襪襪到公園玩一會兒？這小傢伙最近老想著跑出去玩，但是大叔一直沒時間帶牠出去。」

「好啊。」反正閒著也是閒著，而且回家後不免又要胡思亂想了。「那我現在就帶襪襪去公園。」

「麻煩嘍！」

我擺擺手，然後一口氣將剩下的咖啡喝完，又抓起盤中最後的一塊餅乾，領著襪襪出門了。

由於前幾日都下雨，今天終於放晴，公園裡有許多人都趁著這好天氣出來走走、曬太陽，遊戲區、沙坑區也有小孩子的身影。我帶著襪襪四處走走晃晃了一圈後，找了個附近的長椅坐下，就放襪襪到處去玩。

聽著孩童的笑聲、呆望著沙坑區裡玩得滿手滿身都是沙子的小朋友一會兒，我突然想起剛剛大叔問我的那一連串的問題，一手伸進外套口袋拿出橡皮擦。

自從那天柯紹恩還我後，我習慣將它帶在身邊。

「想我的時候，就看一下吧。」

當時他是這麼說的。

雖然把柯紹恩和橡皮擦畫上等號這件事，實在讓人費解，不過他都這麼說了，我也就試著照做。也不知道是心理因素還是怎樣，一次、二次後，似乎也真的有撫慰的功效。

不過，剛剛大叔提到了「答案」……難道，柯紹恩當初還我橡皮擦的用意不是我想的那樣嗎？而答案究竟又是什麼？我盯著眼前的橡皮擦，都快將它看穿了，還想不出個所以然來。

從以前就是這樣，每次都愛搞神祕，不一次把話說清楚，又不是元宵節猜燈謎活動！更何況猜燈謎至少還有提示，但柯紹恩一次提示都沒給過，每次都讓我想破頭！

該說是自暴自棄，還是遷怒呢？手一揚，想將橡皮擦丟得遠遠地，但手揮出去後，橡皮擦卻還在手裡。

唉……

「คุณแมว（坤喵）。」

突然，一道熟息的嗓音說著不熟悉的語言，從身後傳來。

原本微低著頭的我，倏地抬頭，不是很確定，但卻又不認為是自己幻聽。遲疑了幾秒後，我回頭。

「我回來了，言小貓。」

我眨了眨眼，愣愣地看著柯紹恩朝我走來，愣愣地看著他在我身旁坐下，愣愣地看著他對著我笑……

「你怎麼回來了？」

不加思索丟出的這句話，連自己都覺得莫名其妙，這不應該是離別後再次見面應該說的話吧！但是我還是說了。

「不想我回來？那好，我記得晚上也有班機……」

「我又沒說我不想你！」一緊張，話就這麼脫口而出了。

「喔，所以是想我了？」

我才不想讓他這麼得意，所以無視這個問題，直接跳問：「你外公還好嗎？」

這段期間我們都沒聯絡，不是我不想，是他根本都沒在線上，想找也找不到。

「好多了。這次回去就是陪他回清邁老家休養，也因為那裡的網路時常連不上，所以我就都沒上網了……」

後面網路的部分，我知道他是在跟我解釋，雖然覺得這樣不確定的狀況下太過頻繁接觸，只是更徒增苦惱，而認為不聯絡也好，但聽到是這樣的答案，還是莫名地放心了。

「那你爸媽呢？還留在泰國嗎？」

「嗯，目前還在泰國。」

「喔。」然後我沒說話了。

「就這樣？」

「嗯？」

「我外公問了，我爸媽也問了，不問我嗎？」

當然要啊，但這需要醞釀一下，做好心理準備才問得出口。

但他也沒等我問，又逕自開口了。

「我先回來，就是為了準備下學期的開課。因為外公已經沒什麼大礙，泰國也還有舅舅、阿姨幫忙照看，所以在大家的商量之下，我爸還是會回台灣繼續他原本的工作，而我媽大概就是每隔幾個月回泰國一次，目前暫定是這樣，不過，就算不是這樣的決定，我也跟我爸媽說好要在台灣完成學業了。」

「為什麼？如果你爸媽決定待在泰國，而你回來念書，這樣不就要分隔兩地了？」

「其實現在也是差不多的狀況啊。」

「那又不一樣，在這裡至少都是在台灣，可是台灣和泰國是兩個不同的地方耶！」

看來，如果真的發生了這樣的抉擇，我終究還是沒辦法自私地要求他留下來。只要一想到若是我要和爸媽分隔兩地，我打死都不肯。

「就實際面來考量，現在突然轉回泰國的高中就讀，我也不一定能適應，當初我爸媽也有想到這一點，所以才讓我自己做決定。不過，除此之外，選擇回來，多半還是帶著私心的。」

「私心？」

「就是妳啊。」他笑著，揉揉我的髮。

「自從國中那件事發生後，我不再相信任何人，也不再相信有任何人能夠真的了解其他人。當每個人都戴著面具生活時，『了解』就只是一種表面說說的敷衍，但是儘管如此，我還是下意識地不斷尋找，尋找那個懂得我的人。然後，我找到了妳，妳看見了別人眼中不一樣的我、看見了隱藏在面具後真實的我，這樣的妳對我來說彌足珍貴，所以我不能放手。而且，我也得拿回寄放在妳那裡的東西……」

「咦？等、等等！」我倉皇地用手抵住正朝我傾身而來的柯紹恩，「這裡有其他人耶！」大庭廣眾之下，被熟識的人看見怎麼辦？而且就算是不認識的人，我也一點都不想讓別人看見。

「他們都離我們很遠，而且也沒有人注意到我們這裡。」

柯紹恩繼續動作，我也繼續抵死不從，然後靈機一動，一手指向襪襪。

「襪襪在看我們了，牠還未成年喔！」

「是嗎？那襪襪，轉過去。」柯紹恩用食指在空中畫了個圈。

「喵～」似是回應地，襪襪居然還真的給我轉身了！

「沒有閒雜人等了，現在可以了吧？」

當然是不可以啊！怎麼柯紹恩回趟泰國後，整個性情大轉啦！

我一邊死命阻擋，一邊向後傾，柯紹恩突然以迅雷不及掩耳的速度撲上來……

抱住我？

「言小貓，妳剛剛究竟都想了些什麼？」柯紹恩下巴抵著我的肩膀，那話語中的笑意都清楚地傳進了耳裡。

「耍我啊！」應該要立刻推開他，以示我的不滿。不過，再等一下好了……

「因為太久沒看到妳生氣的表情，很想念。」

「……」算他這個答案我還能勉強接受。想著，嘴角也不自主地揚起。

「但是，為什麼妳沒看橡皮擦？」

「我看了啊。」

「既然看了，為什麼不知道我今天回來？」

「橡皮擦上又沒寫，我怎麼會知道。」那塊橡皮擦我看到上面寫了什麼字都記起來了，就是沒見到日期這類的數字。

「妳有把橡皮擦外面的紙套拿掉嗎？」

「沒有，我幹麼無緣無故……」

話說到一半，我像是被點醒地趕緊掙脫他的擁抱，將手中橡皮擦的紙套拿掉……上面的確用藍色簽字筆寫著今天的日期，還有大概是抵達台灣的時間。

我抬眼看了看他，他也看了看我，兩人默默無語地對視了一會兒。

「我知道了，以後我會直接告訴妳。」

「謝謝，請你以後『務必』要這麼做。」我還故意加重了「務必」兩字。

如果他直接告訴我的話，我就不會每天拉扯來拉扯去，也不會因為搞得太過心煩而少吃了好多飯、少看了好多本漫畫、也少睡了好多的覺，而如今明天就要開學了……

雖然很想叫柯紹恩把我的寒假還來，但那也是不可能的事了，所以我也只能悲泣地接受這個事實。話說回來，他此刻就在這裡，似乎也沒有什麼比這件事更重要的了。

「是，我會謹記在心。那麼，我現在突然很想喝妳沖泡的泰式奶茶，可以嗎？親愛的小貓少女。」柯紹恩起身，左手掌朝上地向我伸來。

「嗯……好吧，本少女就勉為其難地幫你沖泡一杯。」我也伸出右手，輕輕地放上。

「這次可以不要失手多倒半杯煉乳嗎？」柯紹恩握住了我的手。

「我考慮考慮嘍！」我也回握他。

「襪襪，走嘍！」兩人有默契地異口同聲地朝前方喚了聲。

然後，兩個人、一隻貓，緩緩地朝前方、被逐漸西下的夕陽曬得橘紅溫暖的方向而去。

明天，又是一個新學期的開始。我也許依舊是別人眼中的問題學生言可珈，他也許依舊是別人眼中因為傳言從天堂掉入地獄的柯紹恩，然而即便如此，他還是找到了相信他的人，我也等到了相信我的人。這麼想來，的確就如同柯紹恩說的，能夠遇到懂得自己的人，是何等的彌足珍貴，所以，不能放手。

嗯，不能放手。

感受著柯紹恩掌心溫度的同時，我一邊想著這些，一邊又更緊握了。柯紹恩感覺到我加重的力道，偏頭望了我一眼，相視而笑之瞬，他讀到了我的心，也回應了我。

前方的襪襪，彷若嗅到了流動在我們兩人之間、不同以往的氛圍，突然朝我們「喵喵～」地叫了幾聲後，頭也不回地朝咖啡廳跑去。

「襪襪現在是故意製造讓我們兩人獨處的機會嗎？」柯紹恩說。

「可能喔，誰知道呢！」

夕陽好像總是沉落得特別快，原本還能見到三分之二的太陽，不到幾分鐘，一下子就快看不見了。

那……我們要不要也跑回咖啡廳呢？原本要這麼問出口的，但想想後——

就這樣子，再多待一會兒吧！

全文完

後記

我一開始寫小說，就是從輕鬆校園的題材開始，但在《百分之五》之後的三年間，大概是因為搬到泰國居住，炎熱的氣候讓我的筆調一轉，故事調性和以往的輕鬆校園有了些許的不同。去年（2012）是我寫作生涯中一個階段的終點，今年開始是另一個階段的起點。《小貓少女》剛好就是新階段的第一本故事，所以當時我是帶著「將自己歸零，重新出發」的心情來準備這個故事的。既然是重新開始，題材自然就是選擇輕鬆校園。

不過，這個睽違三年的輕鬆校園回歸，讓我從開稿到完稿的期間都是心懷忐忑的，一方面怕自己無法掌握好故事，另一方面，在我私心的目標設定中，這個故事它背負著必須超越《原來》的任務。

一直有在追文，或是看過《原來》後記的讀者，一定知道《原來》對我的意義，但也因為它的意義以及對我的影響，在日後其實成了某種看不到的壓力，而這個壓力，是來自於讀者對《原來》的特別喜愛。

坦白說，有段時間我很迷惑，雖然覺得自己一直都在進步，卻始終有種跨越不了的挫折感，這讓我開始質疑自己是否已經寫不出更好的校園故事了（當然，這也可能是之後的故事調性轉變的關係）。於是《小貓少女》成了我對自己的挑戰，為了證明我可以。如今，從連載時讀者的反應，到現在順利出版來看，我想，我跨越了！

說完有點嚴肅的部分後，來說說這次的故事。

這是一個從「個性」發展的故事，故事中最大的亮點大概就是娜拉CP了！（笑）可珈的個性從連載開始，就一直是讀者們所喜愛的部分。閱讀過《原來》的讀者，可能會發現可珈和任瑋其實就是兩個個性相反的角色，所以如果在任瑋身上找到共鳴，而且很想改變，卻又不知道該如何變勇敢的人，或許可以在可珈身上找到解套。

而同樣深受大家喜愛的混血兒紹恩，是我長久以來的私心願——在故事中加入泰國元素，並教幾句泰語，這次總算能夠順利寫成，真的很開心！

順便解釋一下小貓少女的泰文「坤喵」，就如故事中紹恩的解釋，「坤」是敬稱，也是「你」的代名詞，「喵」是貓咪，所以可以同時翻成「Miss Cat」和「Your cat」。而故事中的「小貓」是紹恩取的暱稱，所以我翻成「小貓少女」。

每一部小說能夠順利完成，總要謝謝身邊的幾位友人。

這次要特別謝謝S和MO，從故事的發想到完成，她們總是不厭其煩地聽我發牢騷，陪我解決一個又一個的難題，更不吝將多年的寫作經驗與我分享，使我成長。尤其，這次如果沒有S，就沒有這麼有個性的可珈，特別特別謝謝她！當然，始終陪伴我的你們，也是一樣的感謝！

一直以來，對於自己的文字、風格在你們眼中是什麼模樣感到好奇，但逐漸地，我覺得已經能夠開始有自信地告訴你們：這就是「艾式風格」！新的階段，有個好的開始，無疑讓我多了幾份信心，期許自己在這個階段裡，也能夠達成更多目標，寫出更多充滿艾式風格的故事！

Su-Su（加油）！

艾小薇

城邦原創 長期徵稿

題材

(1) 愛情：校園愛情、都會愛情、古代言情等，非羅曼史，八萬字以上，需完結。
(2) 奇幻/玄幻：八萬字以上，單本或系列作皆可；若是系列作，請至少完稿一集以上，並附上分集大綱。

如何投稿

電子檔格式投稿（請盡量選擇此形式投稿）

(1) 請寄至客服信箱service@popo.tw，信件標題寫明：【投稿城邦原創實體書出版／作品名稱／真實姓名】（例：投稿城邦原創實體書出版／愛情這件事／徐大仁）
(2) 稿件存成word檔，其他格式（網址連結、PDF檔、txt檔、直接貼文於信件中等）恕不受理；並請使用正確全形標點符號。
(3) 請附上真實姓名、性別、聯絡電話、email、POPO原創網會員帳號、作者簡介與出版經歷。
(4) 請加入POPO原創市集(www.popo.tw/index)申請成為作家會員，並將投稿作品公開放上該網站至少4萬字，若想全文公開也可以。

紙本投稿

(1) 投稿地址：10483台北市民生東路二段149號6樓A室
城邦原創實體出版部收
(2) 請以A4紙列印稿件，不收手寫稿件。
(3) 請附上真實姓名、性別、聯絡電話、email、POPO原創網會員帳號、作者簡介與出版經歷。
(4) 請自行留存底稿，恕不退稿。
(5) 請加入POPO原創市集(www.popo.tw/index)申請成為作家會員，並將投稿作品公開放上該網站至少4萬字，若想全文公開也可以。

審稿與回覆

(1) 收到稿件後，約需2-3個月審稿時間，請耐心等候通知。若通過審稿，編輯部將以email回覆並洽談合作事宜，如未過稿，恕不另行通知。
(2) 由於來稿眾多，若投稿未過，請恕無法一一說明原因或給予寫作建議。
(3) 若欲詢問審稿進度，請來信至投稿信箱，請勿透過電話、部落格、粉絲團詢問。

其他注意事項

(1) 請勿抄襲他人作品。
(2) 請確認投稿作品的實體與電子版權都在您的手上。
(3) 如果您的作品在敝公司的徵稿類型之外，仍然可以投稿，只是過稿機率相對較低。

國家圖書館出版品預行編目資料

小貓少女／艾小薇著. -- 初版. -- 臺北市；城邦原創, 民 102.07

288面；14.8×21公分—（戀小說；7）

ISBN 978-986-89052-7-6（平裝）

857.7 102012128

小貓少女

作　　者／艾小薇
企畫選書／楊馥蔓、簡尤莉
責任編輯／簡尤莉

行銷業務／林政杰
總 編 輯／楊馥蔓
總 經 理／伍文翠
發 行 人／何飛鵬
法律顧問／元禾法律事務所　王子文律師
出　　版／城邦原創股份有限公司
台北市中山區民生東路二段 141 號 6 樓
電話：(02) 2509-5506　傳眞：(02) 2500-1933
E-mail：service@popo.tw
發　　行／英屬蓋曼群島商家庭傳媒股份有限公司城邦分公司
聯絡地址：台北市中山區民生東路二段 141 號 11 樓
書虫客服服務專線：(02) 25007718・(02) 25007719
24小時傳眞服務：(02) 25001990・(02) 25001991
服務時間：週一至週五09:30-12:00・13:30-17:00
郵撥帳號：19863813　戶名：書虫股份有限公司
讀者服務信箱 email：service@readingclub.com.tw
城邦讀書花園網址：www.cite.com.tw
香港發行所／城邦（香港）出版集團有限公司
地址：香港灣仔駱克道 193 號東超商業中心 1 樓
email：hkcite@biznetvigator.com
電話：(852)25086231　傳眞：(852) 25789337
馬新發行所／城邦（馬新）出版集團 Cité(M)Sdn. Bhd.
41, Jalan Radin Anum, Bandar Baru Sri Petaling,
57000 Kuala Lumpur, Malaysia.
電話：(603) 90578822　傳眞：(603) 90576622
email:cite@cite.com.my

封面設計／黃聖文
電腦排版／浩瀚電腦排版股份有限公司
印　　刷／漾格科技股份有限公司
經 銷 商／聯合發行股份有限公司
客服專線：(02)2917-8022　傳眞：(02)2911-0053

■ 2013 年（民 102）7月初版
■ 2019 年（民 108）1月初版9刷
Printed in Taiwan

定價／230元

ISBN　978-986-89052-7-6

POPO城邦原創 www.popo.tw　城邦讀書花園 www.cite.com.tw

POPO城邦原創
www.popo.tw

廣　告　回　函
北區郵政管理登記證
台北廣字第000791號
郵資已付，免貼郵票

104台北市民生東路二段 141 號 2 樓

英屬蓋曼群島商家庭傳媒股份有限公司
城邦分公司

請沿虛線對摺，謝謝！

不必用釘書機或貼郵票，直接投入郵筒即可，感謝！

POPO城邦原創
www.popo.tw

自由創作，追逐夢想，實現寫作所有可能
城邦原創：http://www.popo.tw
POPO原創FB分享團：https://www.facebook.com/wwwpopotw

書號：3PL007　書名：小貓少女　作者：艾小薇

請於此處用膠水黏貼

POPO城邦原創 www.popo.tw

讀者回函卡

謝謝您購買我們出版的書籍！
請費心填寫此回函卡，我們將不定期寄上城邦集團最新的出版訊息。

姓名：＿＿＿＿＿＿　性別：□男　□女　聯絡電話：＿＿＿＿＿＿

生日：西元＿＿＿年＿＿＿月＿＿＿日　傳真：＿＿＿＿＿＿

地址：＿＿＿＿＿＿

E-mail：＿＿＿＿＿＿

學歷：□小學　□國中　□高中　□大學　□碩士　□博士

職業：□學生　□上班族　□服務業　□自由業　□退休　□其它＿＿＿＿

年齡：□12歲以下　□12～18歲　□18歲～25歲　□25歲～35歲
□35歲～45歲　□45歲～55歲　□55歲以上

您從何種方式得知本書消息：□POPO網　□書店　□網路　□報章媒體
□廣播電視　□親友推薦　□其它＿＿＿＿

您喜歡本書的什麼地方：□封面　□整體設計　□作者　□內容
□宣傳文案　□贈品　□其它＿＿＿＿

您常透過哪些管道購書：□書店　□網路　□便利商店　□量販店
□劃撥郵購　□其它＿＿＿＿

一個月花費多少錢購書：□1000元以下　□1000～1500元　□1500元以上

一個月平均看多少小說：□三本以下　□三～五本　□五本以上＿＿＿＿本

最喜歡哪位作家：＿＿＿＿＿＿

喜歡的作品類型：□校園純愛小說　□都會愛情小說　□奇幻冒險小說
□恐怖驚悚小說　□懸疑小說　□大陸原創小說
□圖文書　□生活風格　□休閒旅遊　□其它＿＿＿＿

每天上網閱讀小說的時間：□無　□一小時內　□一～三小時
□三小時～五小時　□五小時以上

對我們的建議：＿＿＿＿＿＿

【為提供訂購、行銷、客戶管理或其他合於營業登記項目或章程所定業務之目的，家庭傳媒集團（即英屬蓋曼群島商家庭傳媒（股）公司城邦分公司、城邦文化事業（股）公司、城邦原創（股）公司），於本集團之營運期間及地區內，將以電郵、傳真、電話、簡訊、郵寄或其他公告方式利用您提供之資料（資料類別：C001、C002、C003、C011等）。利用對象除本集團外，亦可能包括相關服務的協力機構。如您有依個資法第三條或其他需服務之處，得致電本公司客服中心電話 02-25007718；25007719 請求協助。相關資料如為非必要項目，不提供亦不影響您的權益。】

請於此處用膠水黏貼